Ein dankbares Wort gibt Wärme für drei Winter.
Aus Russland

Der Wurzel Übel
Zum Buch:
Froh gelaunt entfernen Kriminalhauptkommissar a. D. Heiner Riemenschneider und sein Schwiegersohn in spe die Überreste eines zerstörten Apfelbaums von Riemenschneiders Anwesen, als sie unter den Ausläufern des Wurzelwerkes eine skelettierte Frauenleiche entdecken. Bei der Toten findet man ein Armkettchen, in das der Name Celine eingraviert ist. Celine stand als Kindermädchen im Dienst des Internisten Dr. Martin Rupp, dem Vorbesitzer von Riemenschneiders Haus. Das liegt sechzehn Jahre zurück.
Bald darauf gibt es ein weiteres Opfer zu beklagen.

Die Autorin Helga Schittek arbeitete viele Jahre in einer sozialen Einrichtung. Sie wurde in Schmelz-Limbach an der Saar geboren und lebt heute mit ihrem Mann im Kreis Ahrweiler.

Weitere Bücher zu dieser Krimireihe:

    Der Fall Karin Riemenschneider
    Damals im November

Der Wurzel Übel

Bibliografische Information der Deutschen Nationalbibliothek
Die Deutsche Nationalbibliothek verzeichnet diese Publikation in der Deutschen Nationalbibliografie; detaillierte bibliografische Daten sind im Internet über http://dnb.d-nb.de abrufbar.

2. Auflage 2016
© 2009 Autorin: Helga Schittek
Herstellung und Verlag: BoD - Books on Demand, Norderstedt
Printed in Germany

ISBN:978-3-7412-2363-1

Kapitel eins

Längst hatte der Frühling 1982 in den letzten Vorgarten Einzug gehalten, herrschten in den Morgenstunden zweistellige Temperaturen. Scherzend und hungrig fieberten zwei gestandene Mannsbilder dem Ende eines nicht alltäglichen Arbeitseinsatzes entgegen.

Seit Jahren hatte Riemenschneider den mickrigen Apfelbaum im mittleren Drittel des Wiesenstücks, der kaum Früchte getragen hatte, mit einem gewissen Argwohn betrachtet. Aber immer wieder hatte sich eine Ausrede finden lassen, ihm noch eine Chance zu geben. Doch vor wenigen Tagen hatte eine ausgebrochene Kuh eine Entscheidung unumgänglich gemacht.

Der ehemalige Kriminalhauptkommissar streifte die Gartenhandschuhe ab und ließ sie neben sich ins Gras fallen. Zum wiederholten Male stopften seine kräftigen Hände ein grünkariertes Flanellhemd in die blaue Arbeitshose. Schließlich wischte er den Schweiß von seiner Stirn, verzog die schmalen Lippen zu einem spitzbübischen Grinsen und schielte zu seinem Adlatus hinüber.

„Müde, Stefan?", erkundigte sich Riemenschneider und weitete das Gummi, das seine Haare zusammengehalten hatte, mit den Fingern, um die schlohweiße Mähne, die seine Schultern bedeckte, aufs Neue in einen Pferdeschwanz zu verwandeln. „Ich dachte, Beate hätte dich vor mir gewarnt."

Sein Gegenüber warf ihm einen verständnislosen Blick zu und strich sich mit dem rechten Unterarm eine Strähne aus der Stirn. Dabei zerstörte der junge Mann nicht nur seinen Mittelscheitel, sondern verwandelte auch seine blonde, bis tief in den Nacken reichende Haarpracht, in ein zerzaustes Etwas.

„Na, welche Antwort erwartest du von mir?", lachte Stefan, nachdem er eine halb volle Sprudelflasche in einem Zug geleert hatte.

Riemenschneider mochte den aus Mannheim stammenden Kollegen, mit dem seine Tochter seit letztem Sommer liiert war.

Stefan Mogosky versah seit letztem Jahr im Januar seinen Dienst bei der Trierer Kripo. Sein Vorgänger Julius Erler war bei einem Flugzeugabsturz ums Leben gekommen.

„Als ich in deinem Alter war ...", meinte der Exkripomann.

„Die Betonung liegt auf war", griente Stefan und schielte auf die Schaufel. „Damals, zur Zeit des Wirtschaftswunders!"

Wenn du mich ärgern willst, musst du schon früher aufstehen, dachte Riemenschneider und bückte sich mit der Geschwindigkeit eines Zweizehenfaultiers nach seinen Handschuhen.

„Glaube mir, mein Lieber", meinte er, „es ist unwahrscheinlich, dass wir auf diesem Wiesenstück Goldmünzen aus der Römerzeit ausgraben werden. Mag sein, dass in der Vorkriegszeit an dieser Stelle ein Plumpsklo gestanden hat. - Kannst du mit diesem Begriff überhaupt etwas anfangen, du als Städter?"

Stefan verzog das Gesicht.

Ein altersschwacher Kadett mit knatterndem Auspuff und ohrenbetäubender Musik aus dem Fahrzeuginnern, der sich in Richtung Ortsmitte bewegte, dazu das Geläut der Kirchenglocken, veranlassten Riemenschneider, von einer detaillierten Beschreibung der Vor- und Nachteile einer Außentoilette abzusehen.

Nichtsdestotrotz schmunzelte er: „Stell dir vor, es ist Mitternacht. Die Schneedecke vor dem Haus beträgt zwanzig Zentimeter. Und bei zehn Grad unter null, musst du raus."

Ein leichtes Hungergefühl beschlich ihn. Er wandte den Kopf und ließ seinen Blick die Straße entlangwandern. „Mein Fräulein Tochter könnte allmählich eintrudeln. Es kann doch nicht so viel Zeit in Anspruch nehmen, ein Paar Schuhe zu kaufen. Glücklicherweise muss ich die Rechnung nicht bezahlen!"

Bei einer Körpergröße von einem Meter neunzig brachte er gut und gerne hundert und fünf Kilo auf die Waage. Vom Fleisch fallen würde er vorerst nicht.

Stefan, der in Gedanken bereits aus der Dusche stieg und in frische Klamotten schlüpfte, freute sich auf drei freie Tage, die er mit Beate verbringen würde. Die waren angemessen, wenn man im Anschluss für vier Tage zur Fortbildung musste. Mit leisem Seufzen legten sie die letzten Reste des Wurzelwerkes frei und dann ein letztes Mal Hand an.

„Na, dann bin ich mal gespannt, ob wir nicht doch einen Goldschatz entdecken", witzelte er, während sich Riemenschneider auf den Traktor schwang. „Aber vermutlich hat hier jemand seinen alten Hund …"

Die Baumreste neigten sich.

„Heiner!", schrie Stefan in den Motorenlärm hinein.

Kapitel zwei

Die Kollegen hatten nicht lange auf sich warten lassen.

„H. R., was hast du denn nun schon wieder angestellt?", jammerte Kriminaloberkommissar Wilfried Nickel, dessen Augen sich in kleine braune Knöpfe verwandelten, und runzelte die Stirn. „Falls du mir eine Freude bereiten wolltest: Eine Schachtel Zigaretten wäre mir lieber gewesen."

„Mir auch!", brummte Riemenschneider.

Wilfried war der einzige seiner ehemaligen Kollegen, der ihn hin und wieder bei seinem Spitznamen anredete. Überhaupt war der gertenschlanke Beamte, dessen Haupt Mutter Natur lediglich mit einem schwarzen Flaum bedacht hatte, eine Nummer für sich.

Zu Beginn seiner beruflichen Laufbahn war er immer wieder mit seinen Vorgesetzten angeeckt und der Abteilung verwiesen worden. Schließlich hatten Riemenschneider und sein Freund Peter Jakobi ihn unter ihre Fittiche genommen.

Mittlerweile war er selbst Vater von drei Töchtern im Teenageralter und seit mehr als acht Jahren bester Kumpel und Ersatzpapi von Riemenschneiders Tochter Beate. Zudem war er mit Stefan befreundet.

Riemenschneider löste seine Haarpracht und ging zu Peter Jakobi hinüber. Für einen kurzen Augenblick kehrte Ruhe ein. Mittlerweile hatte man den letzten der Knochen, die hie und da Textilsegmente aufwiesen, aus dem Erdreich geborgen.

Vor ihnen lagen die Überreste eines menschlichen Leichnams.

„Ich fasse zusammen", meldete sich Hauptkommissar Peter Jakobi mit gezücktem Notizblock zu Wort. „Ihr habt den Baum da gefällt und seid dabei auf ihn hier gestoßen."

Gerichtsmediziner Franz Decker rückte seine Brille zurecht und schüttelte den Kopf.

Meist arbeitete er als Pathologe, nicht als Forensiker. Doch seit ein früherer Chef vor fast zwei Jahrzehnten eine leitende Position am Institut für Rechtsmedizin in Mainz angetreten hatte, ermöglichte ein Sondervertrag ihm und seinen Kollegen die Autopsie ungeklärter Todesfälle im Kreis Trier-Saarburg.

„Falsch!", korrigierte er den Schulfreund.

Jakobi stutzte und verzog den Mund.

„Du meinst ...?"

„Genau! Dieses Becken gehört zu einer Frau. Und eines kann ich jetzt schon sagen: Der Schädel zeigt keinerlei Anzeichen äußerer Gewalteinwirkung auf. Ebenso wenig hat man ihr die Kehle durchgeschnitten. Erwürgt wurde sie auch nicht. Dann wäre das Zungenbein gebrochen."

Riemenschneider legte seine Stirn in Falten und zog die, vor einer Woche gestutzten Haare an seinem Kinn in die Länge.

Stefans Linke knautschte die Vorderseite seines Sweatshirts. Seine rechte Hand hatte er in die Hosentasche gesteckt.

„Was, wenn hier noch mehr ...", setzte er an, doch dann bemerkte er Jakobis abwehrende Hand, die in seine Richtung zeigte.

„Du denkst an einen ehemaligen Friedhof?", brummte Riemenschneider mit halbem Munde. Vor seinem geistigen Auge sah er neben einem umgegrabenen Wiesenstück auch die restlichen seiner heiß geliebten Apfelbäume, die man samt Wurzelwerk aus dem Boden gehoben hatte, dazu ein Archäologenteam, das Millimeter für Millimeter in das Erdreich eindrang.

Seufzend ballte er seine Hände zu Fäusten und lockerte sie gleich darauf wieder. Dies wiederholte er mehrere Male.

Einen Hilfe suchenden Blick in Richtung seiner Freunde konnte er sich sparen. Jakobi hatte seine ersten neun Lebensjahre in Daun verbracht; Decker war mit zehn mit seinen Eltern aus Gummersbach nach Kell übergesiedelt.

„Dazu kann ich euch nichts sagen", fügte er hinzu.

„Einem Augenblick, bitte!", rief Wilfried.

Etwas erregte seine Aufmerksamkeit. Er streifte ein Paar Handschuhe über und ging in die Hocke.

Als er die Grube verließ, baumelte eine Kette mit Anhänger aus Edelstahl zwischen den Fingern seiner rechten Hand. Er pustete ein paar Mal kräftig und hielt ihn gegen das Licht. Schließlich holte er ein zerknülltes Papiertaschentuch zu Hilfe. Eine Gravur kam zum Vorschein: schmale, schnörkellose Druckbuchstaben.

„Celine", fragte er in die Runde. „Kann jemand mit diesem Namen etwas anfangen?"

Decker hob die Schultern. Jakobi brummte etwas Unverständliches und schüttelte schließlich den Kopf.

„Sekunde ... Nee, da müsste ich lügen", murmelte Riemenschneider und verdrehte die Augen.

„Wann hattest du dieses Haus gekauft?"

„Nächsten Monat werden es ..."

„Entschuldigung, die Herren, ich wohne in diesem Haus", drang eine schneidende Mezzosopranstimme von der anderen Straßenseite herüber.

„Darf ich fragen, was es hier Interessantes zu sehen gibt?"

Riemenschneider vermied es, sich umzudrehen. Es erübrigte sich, genauso wie die Frage, wem diese Worte gegolten hatten. Er presste die Lippen zusammen. Seine Nasenflügel bebten, während sich sein Adamsapfel nach vorn schob.

Womit hatte er das verdient? Wieder würde sein Name in den regionalen und bundesweiten Blättern erscheinen. Dieses Mal vielleicht etwas kleiner. Viel zu oft hatte er in diesen Schuhen gestanden, und die letzten Wunden waren längst noch nicht verheilt.

Ein unmerkliches Rinnsal bahnte sich aus Nacken und Achselhöhlen seinen Weg. Er atmete tief durch und warf einen Blick in die Runde.

„Dann wollen wir mal", ergriff Wilfried, nachdem er das Schmuckstück verstaut hatte, die Initiative.

Riemenschneiders Tochter Beate, von Beruf Sozialarbeiterin, stand zwischen zwei Einkaufstüten und verschränkte die Arme vor ihrer Brust. Links von ihr hatten zwei Vertreter der schreibenden Zunft Posten bezogen. Der erste, ein Zweimetermensch ganz in Jeans und mit blondem Bürstenhaarschnitt, hantierte mit seiner Kamera. Sein Kollege, ein dunkelhaariger Pykniker mit Hornbrille und hellem Norwegerpulli, jammerte über seine unpassende Bekleidung und die Qualität seines Aufnahmegerätes.

Erwartungsvoll wiegte Beate den Kopf. Schließlich reckte die junge Frau ihr Kinn und blickte dem Blondschopf unmittelbar in die Augen.

„Also!", schnarrte sie.

Anstatt zu antworten, gab der junge Mann seinem Kollegen ein Zeichen.

„Du kriegst die Tür nicht zu! Oberkommissar Nickel, wie er leibt und lebt", knurrte der Pykniker.

„Kalle, der wird uns doch nicht am Arbeiten hindern?", näselte der Lange.

„Ich fürchte doch", entgegnete Wilfried.

Nummer zwei räusperte sich und zuckte mit den Mundwinkeln.

Doch der Ermittler streckte die Hand aus und lockte mit dem Zeigefinger.

„Ich darf euch eh nichts sagen", erklärte er. „Also, her mit dem Film und dann husch husch ins Körbchen. Ihr hattet euren Auftritt!"

Fluchend stiegen die Journalisten in einen blauen Polo, der zwei Häuser weiter eine Ausfahrt blockierte.

„Was wollten diese Heinis hier? Ist etwas passiert?", erkundigte sich Beate.

Wilfrieds Mundwinkel wanderten nach außen.

„Nicht hier auf der Straße!"

Beate zog eine Grimasse und verdrehte ihre stahlblauen Augen. Dann entfernte sie eine Spange aus ihrem feuerroten Haar. Zum Vorschein kam ein Zopf, der fast bis hinab zur Taille reichte.

„Wie wäre es mit einem Kaffee?"

„Oh", machte Wilfried. Doch bevor er dazu kam, ihre Frage zu beantworten, war Beate samt Einkaufstüten in den Vorgarten der Nachbarin geeilt.

Peter Jakobi hatte seinen Notizblock im Innern seiner Jackentasche verschwinden lassen und knotete die Schleifen seiner Schnürsenkel.

Schließlich linste er auf seine Armbanduhr.

„Die hat viele Jahre in der Erde geruht. Nun kommt es auf die halbe Stunde mehr oder weniger auch nicht an", beschied Franz Decker und runzelte die Stirn, während der Wagen des Instituts das Grundstück verließ. „Sag bloß, du hast Sehnsucht nach deinem Schreibtisch?"

Jakobi nickte.

„Keine Bange, der Krach hat ein Ende!", erklärte Doris Meyer und stellte den Staubsauger ab.

„Das will ich auch hoffen!", lachte Riemenschneider, zog die blonde Frau zu sich heran und küsste sie. Vor neun Jahren hatten sie sich in der Sauna kennengelernt. Zwölf Monate später war sie bei ihm eingezogen. Beates Mutter Karin war vor vielen Jahren aus seinem Leben verschwunden. Er hatte nie wieder etwas von ihr gehört, bis sie im vergangenen Jahr wieder aufgetaucht war: als Leiche. Das Rätsel über ihren langjährigen Aufenthalt und die Umstände ihres Ablebens hatte er mit seinen Freunden und Kollegen Seite an Seite aufgeklärt.

„Was habe ich da eben vernommen?", hakte Stefan nach, während sie sich um den Küchentisch scharten. „Ich dachte, in diesem Landstrich würde man sein Haus selber bauen."

Riemenschneider streckte die Beine unter dem Tisch aus und schüttelte den Kopf.

„Bis zu Beates zehntem Lebensjahr bewohnten meine Familie und ich die erste Etage meines Elternhauses. Im Januar 66 erlitt meine Mutter einen Schlaganfall." Er legte eine Pause ein und ließ seine Blicke an der Decke entlang wandern. Schließlich gab er sich einen Ruck. „Sie wollte ihrer Schwiegertochter nicht zur Last fallen. Alte Leute haben eben ihren eigenen Kopf. Aus diesem Grund sind sie und mein Vater zu Hanni nach Schillingen gezogen."

Hanni, Taufname Hannelore, war mit dem Elektromeister Gregor Dillschneider verheiratet und Mutter von vier erwachsenen Söhnen. Sie stammte aus der ersten Ehe ihrer Mutter, die zwei Jahre, nachdem ihr erster Mann vom Blitz erschlagen worden war, dessen jüngeren Bruder geheiratet hatte.

Vor drei Monaten war Gerda Riemenschneider im Bad gestürzt. Physisch hatte die Einundachtzigjährige die anschließende Operation gut überstanden, doch irgendetwas war in der alten Frau zerbrochen.

Der ehemalige Staatsdiener seufzte leise und kniff abermals die Augenlider zusammen, da er eine aufsteigende Träne bemerkte.

„Wenn du bedenkst, was sich in den letzten fünfzehn Jahren alles ereignet hat", rief Franz ihn in die Gegenwart zurück, „war dies die beste Entscheidung, die Toni und Gerda treffen konnten."

Wilfried, der einzige Raucher im Team, trommelte mit seinen Fingern auf die Tischplatte und schielte zu Stefan hinüber, der Anstalten machte, seine Stimme aufs Neue zu erheben.

„Dieses Haus gehörte einem Internisten namens Martin Rupp", erklärte er und pflanzte seine Unterarme auf die Tischplatte. „Wir befinden uns hier in der ehemaligen Praxis."

„Nicht ganz", meinte Riemenschneider, nachdem er schweigend seinen Bart gekrault hatte. „Hier war damals wie heute die Küche, und nebenan hatte Frau Rupp ihr Schlafzimmer."

Der Kollege aus Mannheim verdrehte die Augen.

„Offiziell hieß es, sie hätte unter den Dachschrägen eine Etage höher keinen Schlaf finden können", meinte Jakobi.

„Über der Gästetoilette befand sich die Nasszelle der Hausangestellten, Tür an Tür mit ihrer Kammer, von der aus man, wenn man einen Vorhang zur Seite schob, ins Kinderzimmer gelangte", fuhr Riemenschneider mit seiner Beschreibung der Örtlichkeiten fort. „In den beiden Zimmern über dem Wohnzimmer schliefen und arbeiteten Martin und Matthias Rupp. Der Raum über dem Gästezimmer diente als Besenkammer. Der nächste war das Bügelzimmer. Daneben lag das ehemalige Wohnzimmer."

Franz hatte seine Brille abgenommen und betrachtete deren Gläser von beiden Seiten.

Die Türklinke bewegte sich nach unten. Wenig später stand Beate mitten im Raum.

„Heiner, du solltest deinen Gästen …", meinte die junge Frau und stemmte ihre Hände in die Hüften. Doch als sie die leicht geschwungenen, schmalen Augenbrauen ihres Vaters in die Höhe schnellen sah, unterließ sie weitere Zurechtweisungen. Im Alter von zehn Jahren hatte sie beschlossen, ihn fortan beim Vornamen zu nennen, da sie es unmöglich fand, dass alle Väter Papa hießen. Diesen Standpunkt vertrat sie noch immer.

„Was haltet ihr von Kaffee?", rief sie zur Tischgesellschaft hinüber und machte sich, ohne eine Antwort abzuwarten, an die Arbeit. „Gebt mir noch ein paar Sekunden, dann bin ich wieder weg."

„Hol dir doch einen Stuhl und setz dich zu uns", brummelte Jakobi, nachdem sie jeden mit einer Tasse bedacht und die gefüllte Kanne in der Mitte des Tisches abgestellt hatte.

Beate stellte ihren Stuhl zwischen die von Stefan und Wilfried, krempelte die Ärmel ihrer weißen Baumwollbluse nach oben und strich eine Strähne aus ihrem Gesicht.

„Erst hat mir Erna von einem toten Soldaten erzählt", versuchte sie, auf behutsame Art ihre Neugier zu stillen. „Kaum, dass ich die Straße überquert hatte, kam Pauline mir entgegen und wollte mich ausquetschen. Ihr Mann hat sogar den Rasenmäher abgeschaltet."

„Soso", machte Stefan.

„Es gibt Leute, denen wirklich nichts entgeht", lachte Wilfried. „Zugegeben: Nicht jedem ist es vergönnt, ein Skelett …"

Jakobi räusperte sich.

Wilfried wurde sachlich.

„Das glaube ich nicht!", stöhnte Beate wenig später und richtete ihre Augen auf ihren Vater, durchbohrte ihn mit ihren Blicken. Stefan ergriff ihre Hand. Man brauchte kein Hellseher zu sein, um ihre Gefühle zu erahnen.

Die junge Frau nickte und versüßte die koffeinhaltige Flüssigkeit in ihrer Tasse mit zwei Teelöffeln Zucker.

„Und wer, glaubt ihr, hat die Presse auf den Plan gerufen?" Beate beugte sich vor und schob den rechten Fuß unter ihr Gesäß. „Für die Leute in der Nachbarschaft ist es normal, dass ihr hier ein- und ausgeht. Entschuldigt, ich wollte euch nicht aufhalten."

„Vermutlich hat uns jemand abgehört", erwiderte Peter Jakobi, der in seinem Notizblock blätterte und gleichzeitig ein Gähnen unterdrückte.

Er saß mit dem Rücken zum Fenster, und die einfallenden Sonnenstrahlen verliehen den beiden Wirbeln am Hinterkopf, die sich von der glatten braunen Kopfbehaarung abhoben, einen seidigen Schimmer.

Wilfried grinste in die Innenseite seines Teelöffels, als handele es sich um einen Spiegel.

„Sag mal Atie, hast du jemals von einer Celine gehört?"

Doch die schüttelte den Kopf. „Als wir eingezogen sind, war ich gerade mal neun Jahre alt. Wer immer die Frau war, die ihr heute ausgebuddelt habt, sie war zu alt, um mit mir auf Bäume zu klettern. Wenn ich mich recht erinnere, waren damals erst vier Häuser in dieser Straße bewohnt."

Riemenschneider erhob sich und fasste sich ins Kreuz. Seine Bandscheibe schmerzte. Er verweilte einen Augenblick, bevor er eine Runde um den Tisch drehte.

„Was hatte diesen Doktor dazu bewogen, sein Haus zu verkaufen?", erkundigte sich Stefan und massierte seinen rechten Oberschenkel. Zwar gewährten die Freunde und Kollegen ihm, dem Städter, jede erdenkliche Hilfe, sich in der neuen Umgebung einzuleben, doch hin und wieder fühlte er sich wie ein Unwissender inmitten einer Gruppe von Geheimnisträgern.

Franz runzelte die Stirn. „Das hatte mit dem Tod seiner Frau zu tun. Eine schreckliche Geschichte! Sie war mit einer brennenden Zigarette eingeschlafen und verbrannt."

„Wo lebt die Familie heute?"

Riemenschneider kehrte an seinen Platz zurück und stemmte beide Arme auf die Tischplatte, bevor er in seinen Stuhl sank.

„Rupp senior verlegte seinen Wirkungskreis nach Hermeskeil. Sein Haus ist eines der letzten auf der rechten Straßenseite, wenn man Richtung Nonnweiler fährt. Vor einem halben Jahr hat er sich zur Ruhe gesetzt. Matthias Rupp, der damals in Mainz studierte, arbeitet als chirurgischer Assistenzarzt im Hermeskeiler Krankenhaus. Zum Oberarzt hat es nicht ganz gereicht."

Er hielt einen Moment inne, da sein Magen knurrte.

„Ich schätze, der hat ein schnuckeliges Häuschen irgendwo im Zentrum", mutmaßte Stefan und linste zu dem Kollegen gleichen Dienstgrades hinüber.

Wilfried zog seinen linken Mundwinkel nach oben und griff nach der Warmhaltekanne.

„Fehlt nur noch Julian", löste Gerichtsmediziner Franz Decker seinen Freund ab, während er gleichzeitig damit beschäftigt war, einige seiner dunkelblonden Haarsträhnen so zu verteilen, dass die lichten Stellen bestmöglich verdeckt waren. „Er ist in Beates Alter."

„Mindestens zwei, wenn nicht sogar drei Jahre jünger!"

Franz knipste ihr zu, setzte seine Brille auf und fuhr fort: „Er war ein aufgeweckter Junge. Ein lebhaftes Kerlchen, bis zu seinem sechsten Lebensjahr! Er war damals im Raum, als das mit seiner Mutter passierte. Seit jenem Tag hat er kein Wort mehr gesprochen und ist in seiner Entwicklung stehen geblieben. Kein Arzt, kein Therapeut konnte ihm helfen. Mittlerweile lebt er im Langzeitbereich der Landesnervenklinik in Andernach."

Kapitel drei

Viertel vor zwei machte sich Doris, die eine Teilzeitstelle als Physiotherapeutin in Weiskirchen bekleidete, auf den Weg zur Arbeit. Gegen halb vier verabschiedeten sich Beate und Stefan, in der Absicht Freunde zu besuchen.

Riemenschneider stieg in seine Clogs. Nach einem Blick in den Spiegel zurrte er an seinem Gürtel. Das Nudelgericht, das Beate gezaubert hatte, war ihm eine Gaumenfreude gewesen. Doch nun, zwei Stunden später, stieß ihm die Hackfleischsoße hin und wieder auf. Hätte er doch bloß den Schokopudding verschmäht!

Gedankenverloren stapfte er die lasierten Holzstufen hinab in den Keller. Der Raum, durch den man in die Garage gelangte, war mit einer Werkbank, Farbtöpfen und Pinseln verschiedener Kategorien ausgestattet. Hier warteten ein zweitüriger Kleiderschrank und eine Holztruhe vom Sperrmüll darauf, mit Motiven volkstümlicher Bauernmalerei versehen zu werden, ehe sie für einen guten Zweck den Besitzer wechselten. Und auf dem unteren von zwei Regalbrettern, die er an der Innenwand gegenüber dem Garageneingang angebracht hatte, stand ein Karton, gefüllt mit Utensilien, die er für sein neuestes Hobby benötigte: die Hinterglasmalerei.

Der ehemalige Staatsdiener pflanzte sich auf die äußerste Kante der Werkbank, während er seine Blicke die Wände entlang gleiten ließ. Kurz darauf schüttelte er seine schlohweiße Mähne in den Nacken, erhob sich und klopfte den Staub von seiner Hose. An diesem Tag würde er keinen Pinsel anrühren.

In der Garage streichelte er seine Harley. Es wurde höchste Zeit, dass er sie wieder anmeldete.

Schließlich trat er, einen Besen in der Hand, hinaus ins Freie. Was war bloß in ihn gefahren?

Für gewöhnlich gehörte es zu seinen leichtesten Übungen, die ihm vergönnte freie Zeit sinnvoll zu nutzen. Er legte den rechten Zeigefinger auf eine Narbe unterhalb seines linken Auges, die ihn an eine Verletzung erinnerte, deretwegen er vor vierunddreißig Monaten im Innendienst gelandet war. Doch der fehlende Stress hatte letzten Endes seiner Gesundheit geschadet.

Mit flinken Besenstrichen rückte er Staub und Schmutz auf Bürgersteig und Rinnstein zu Leibe. Doch in Höhe der Garage angekommen, wandte er den Kopf ab. In seinen Schläfen pochte es. All sein Mühen, den Fundort keines Blickes zu würdigen, konnte nicht verhindern, dass ein einziger Name ständig in seinem Kopf kreiste.

„Unsereiner hat immer zu tun, was Heiner?"

„Du sagst es, Balduin."

Erfreut darüber, dass er seinen blattfüßigen Nachbarn nicht über den Haufen gerannt hatte, trat Riemenschneider einen Schritt zur Seite und lehnte den Besenstiel gegen seine Brust.

Dabei musste er seinen Kopf senken, damit er Balduin Kiefer, der wegen seiner hageren Statur und seiner geringen Körpergröße bei Abwesenheit von jedermann Hebemich genannt wurde, in Augenhöhe gegenübertreten konnte. Doch ehe er sich versah, packte ihn Kiefers linke Hand am Oberarm. Den rechten Arm streckte der leichtgewichtige Mann über die Buchsbaumhecke hinweg und fuchtelte mit dem Zeigefinger umher.

„Dort auf dem Rasen soll ich einen Teich anlegen, sagt meine Pauline. Aber, was wird dann aus meinen Gartenzwergen?"

Riemenschneider hob seine Brauen.

„Hm", machte er grimmig, ehe er den Mund zu einem leichten Lächeln verzog. „Du wohnst doch schon ewig hier und erinnerst dich sicher noch an den Dr. Rupp?"

„Natürlich! Worum geht's?" Kiefer steckte seine Hände in die Hosentaschen, reckte sein Kinn in die Höhe und tänzelte hin und her.

„Fällt dir zu dem Namen Celine jemand ein?"

„Luxemburgerin?"

„Wäre möglich!"

„Habt ihr etwa ...?"

Hebemichs Pupillen wanderten nach oben. Sein Gesicht färbte sich zunächst weiß, dann wieder rosa. Erst als sein Gegenüber ein „Dazu kann ich nichts sagen" verlauten ließ, beruhigte er sich allmählich.

„Möglich, dass das Kindermädchen so hieß", meinte er schließlich und kratzte sich am Kopf. Dadurch verlieh er seinem grauen Haarschopf, der ohnehin aussah, als sei die letzte Auseinandersetzung mit einem Fön zu seinen Ungunsten ausgegangen, ein noch unmöglicheres Aussehen.

„Tut mir leid, dass ich dir keine große Hilfe bin. Ich habe all die Jahre auf Montage gearbeitet. Dumm, dass Pauline nicht zu Hause ist!"

„Schon okay", nickte Riemenschneider, „und, was deine Wichtel anbelangt: Die stellen wir so auf, dass sie ins Bild passen."

Erna Stinnes stellte den Putzeimer links von der untersten Treppenstufe ab.

„Falls du zu uns willst, hast du dir einen ungünstigen Zeitpunkt ausgesucht, Heiner", erklärte die mollige Mittsechzigerin und warf erst Riemenschneider, dann dem feuchten Hausflur, einen entnervten Blick zu.

Ohne ein weiteres Wort zu verlieren, zog sie ein ausrangiertes Unterhemd aus dem trüben Nass. Einmal nass, einmal feucht, einmal trocken, wischte sie die vier Stufen und kippte das Wasser in den Rinnstein.

„Was kann ich für dich tun?" Sie setze den Eimer in dem Kiesbett rechts vom Eingang ab und zog ihren rosafarbenen Pullover nach unten, wodurch sie unbeabsichtigt ihre Leibesfülle betonte, statt sie zu kaschieren.

„Kanntest du eine Celine?"

„Celine?", wiederholte Erna, während sie die Oberlippe gegen ihre Nasenspitze drückte. „Ach ja! Die hat drüben beim Doktor als Kindermädchen gearbeitet."

„Und wie lange?"

„Seit der Julian geboren wurde. Das müssten fast sechs Jahre gewesen sein. Als sie kam, war sie höchstens achtzehn."

Nach diesen Worten bückte sie sich nach dem Eimer und stöhnte unter der Last ihres Übergewichts.

Ein leichter, kühler Wind blies Riemenschneider ins Gesicht. Er legte seinen Kopf in den Nacken und blinzelte zum Firmament und zu einer allmählich dichter werdenden Wolkendecke hinauf.

„Mist!", schimpfte eine Frauenstimme wenige Zentimeter von seinem Ohr entfernt, während der Duft von marinierten Steaks in seine Nase stieg.

„Oh, hallo Heiner, wie geht's?"

Marianne Klinger, Ernas verheiratete Tochter, die im selben Haus wohnte, trat hinzu und stellte sich breitbeinig in ihre Mitte.

Nachdem er ihre Frage mit der üblichen Floskel erwiderte hatte, knöpfte er die Ärmel seines Hemdes zu und verzog die Mundwinkel.

„Stell dir vor, drüben unter den Apfelbäumen, hat man Celine gefunden", plapperte Erna drauf los.

Ein ungutes Gefühl machte sich in Riemenschneiders Magengrube breit. Ertappte er sich doch eben beim Detektivspielen. Ihm war klar, dass dies von seinen Kollegen nicht gerne gesehen würde.

„Hab ich das behauptet?", sagte er mit erzieherischem Unterton. Dabei beobachtete er in aller Seelenruhe, wie Erna schuldbewusst die Augen verdrehte und nach Luft rang. „Ich weiß nur, dass wir eine Kette mit einem Anhänger, in den dieser Name eingraviert wurde, gefunden haben", fuhr er in gemäßigtem Ton fort.

Mariannes Lippen formten ein I, ohne ihre Zähne auch nur einen Millimeter auseinander zu bewegen. Das tat sie immer, wenn sie angestrengt nachdachte. Der kastanienbraune Pagenkopf ließ das Gesicht der an einer Schilddrüsenüberfunktion leidenden Frau um einiges länger erscheinen.

„Sie hieß Celine Kramer", erklärte Marianne. „Celine war ein in sich gekehrter Mensch, der nur für seine Arbeit gelebt hat. Ich war ein zweimal mit ihr im Kino. Aber meist bin ich ihr samstags beim Einkaufen begegnet. In den letzten beiden Jahren hatte sie einen Freund, der sie an ihren freien Tagen mit dem Auto abholte."

Sie verstummte für einen Augenblick und nahm die Tragetasche in ihre linke Hand. Mit der rechten schob sie den Riemen ihrer Handtasche, der aufgrund der einseitigen Belastung von ihrer Schulter zu rutschen drohte, in seine Ausgangsposition zurück. Daraufhin wanderte der Beutel erneut in die rechte Hand, sodass das Spiel von vorne beginnen konnte.

Riemenschneider vergrub den rechten Daumen in seinem Hosenbund und lauerte aus den Augenwinkeln.

„Dieser Freund?"

„Er war Luxemburger. Hilfe! - Sein Name fällt mir im Moment nicht ein." Marianne wiegte den Kopf. „Der alte Rupp konnte ihn wohl nicht so recht verknausern. Wenn es nach ihm gegangen wäre, hätte Celine überhaupt keinen Mann anschauen dürfen. Aus diesem Grund hatten die beiden ein Ritual eingeführt. Er hat jedes Mal gehupt, sobald er bei Josefs Haus in die Straße einbog. Wo Karl und Sofie wohnen, hat er gedreht." Mit ausgestrecktem Arm zeigte sie auf das letzte Gebäude, hinter dem die Straße in einen Wanderweg überging. „Damals war dort noch Wiese."

„Nebenan, vor Marias Garagentor", beendete sie ihre Ausführung und wies in die entgegengesetzte Richtung, „hat er geparkt."

Ein Kribbeln in der Nase bescherte Erna eine Niesattacke, sodass ihr Putzeimer, den sie zwischendurch wieder hochgehoben hatte, einige Male gegen ihre Knie donnerte.

Auch Riemenschneider wippte mit dem linken Fuß. Der Flüssigkeitspegel seiner Blase bereitete ihm zunehmendes Unbehagen.

„Hattest du ihr Verschwinden denn nicht bemerkt?", versuchte er am Ball zu bleiben. Aber da ihm bekannt war, dass Marianne vor ihrer Heirat als Schreibkraft gearbeitet hatte, glaubte er die Antwort bereits zu kennen.

Doch zu seiner Verwunderung reagierte die Vierzigjährige mit einer heftigen Kopfbewegung.

„Ich war damals maßlos enttäuscht von ihr."

„Weswegen?"

„Es ist für mich noch so präsent, als ob es gestern passiert wäre. Drei Wochen vor Ostern stand sie plötzlich vor unserer Tür und weinte. Wir gingen in mein Zimmer. Sie erzählte, ihr Verlobter beabsichtigte, eine Stelle in Merzig anzutreten. Sein Arbeitgeber hätte sogar für eine Unterkunft gesorgt. Ich sagte ihr, für einen Mann mit Auto sei es kein Problem, hin und wieder vorbei zu schauen, und sie nickte. Danach haben wir eine halbe Stunde über Gott und die Welt geredet und kamen auf die Idee, nach den Feiertagen gemeinsam vierzehn Tage Urlaub in Frankreich zu machen. Mein Chef war sauer, und mein Vater hatte getobt, obwohl ich schon volljährig war. Dann war sie plötzlich verschwunden. Es hieß, sie sei zu ihrer Mutter nach Luxemburg gefahren."

Obwohl so viele Jahre ins Land gezogen waren, spülte die Erinnerung Mariannes Gefühle wieder hoch. Da waren sie wieder: die Wut und die Enttäuschung von damals.

„Und du hast sie nie wieder gesehen?"

Marianne schüttelte den Kopf.

Der ehemalige Staatsdiener verbannte seine Haare hinter den Ohren und bedankte sich. Zum Glück hatte der Harndrang nachgelassen. Doch nach wenigen Schritten drehte er sich um.

„Augenblick!", murmelte er und kraulte seine Barthaare. „Wie lange wohnt Maria schon hier? - Ihr habt mir erzählt, dass dieser Verlobte seinen Wagen vor ihrer Garage geparkt hatte."

„Marias Haus befand sich damals im Rohbau", antwortete Erna. „Sie und Guido sind viel später eingezogen. Ich glaube, das war wenige Wochen, bevor die Geschichte mit der Frau Dr. Rupp passierte."

„Frau Rupp", berichtigte Riemenschneider. Da Erna daraufhin scheinbar verständnislos den Kopf hin und her wiegte, verzichtete er auf eine Belehrung und trat den Rückweg an.

Beim Betreten der Garage verweilte sein Blick auf dem roten Benz, den er neben dem Motorrad abgestellt hatte. Ihn hatte er sich zur Frühpensionierung geschenkt und hütete ihn wie seinen Augapfel. Er beschloss, ihm eine Exklusivreinigung zu Teil werden zu lassen.

Doch dann nahm er auf seinem Weg ins Bad zwei Stufen auf einmal.

Während er grübelnd seine Notdurft verrichtete, passierte der Kadett, der um die Mittagszeit das Weite gesucht hatte, nun die Straße in entgegengesetzter Richtung.

Im Wohnzimmer klingelte das Telefon.

Kapitel vier

„Heidrun hier", flötete die Stimme am anderen Ende der Leitung. „Da Wilfried bis gestern auf Fortbildung war, habe ich mich soeben zu einer nachträglichen Geburtstagsfeier entschlossen. Heute ist es außergewöhnlich warm, sodass wir draußen sitzen können. Stefan und Beate sind hier. Doris habe ich erreicht. Oh, die macht früher Feierabend und wird bald vor deiner Tür stehen. Komm bloß nicht auf die Idee, ein Geschenk für mich aufzutreiben."

Ehe er auch nur Piep sagen konnte, brach die Verbindung ab.

Bereits nach dem ersten Klingelton öffnete sich die Tür.

Riemenschneider umarmte die Frau seines Exkollegen und bedachte sie mit einem gehauchten Kuss auf die Wange.

Heidrun Nickel reichte ihm gerade mal bis zu den Achselhöhlen. Ihre nackten Füße steckten in einem Paar weißer Sandalen. Sie trug eine rotkarierte Baumwollbluse und eine hellblaue Jeans. Leider vermochte ihr dunkelblonder Lockenschopf nicht, ihre ausladenden Hüften wegzuzaubern.

Nachdem sie einen Blick ins Wohnzimmer geworfen hatte, wo die Zwillinge damit beschäftigt waren, die letzten Spuren einer Knüpfaktion zu beseitigen, führte sie die Gäste hinaus auf die Terrasse.

„Falls du meine Hilfe brauchst, Heidrun", meinte Doris, als sie die Küche betraten.

Doch die lehnte dankend ab.

„Tach!", nuschelte Wilfrieds älteste Tochter Marion, ohne aufzublicken.

Die Sechzehnjährige rutschte ein Stück nach vorn, vergrub ihre Füße unter der Eckbank. Schließlich warf sie Beate einen Hilfe suchenden Blick zu.

„Der Alte ist ein widerlicher Kotzbrocken. Aber der ist noch harmlos im Vergleich zu der blöden Ziege, mit der er verheiratet ist", stöhnte sie und zog eine Schnute, während sie ihre Ellenbogen auf die Tischplatte stemmte und mit gefalteten Händen den Kopf stützte.

„Chefs sind nun mal so", meinte Beate und versenkte ein Salatbesteck in dem Endiviensalat, den sie minutenlang bearbeitet hatte.

Heidrun schnappte sich die Schüssel und marschierte davon. Riemenschneider unternahm in Gedanken einen Rundgang durch das Haus.

Kollege Wilfried und seine Frau hatten ihr Heim nach der Devise klein aber mein eingerichtet. Der Fußboden im Erdgeschoss war in einem hellen Grauton gefliest. Die Schlafzimmer befanden sich im ersten Stock. Und im größten Kellerraum hatte Wilfried sein ganz persönliches Spielzimmer angelegt, in dem, neben mehreren Fitnessgeräten, ein Billardtisch seinen unumstößlichen Platz gefunden hatte.

Auf der überdachten Terrasse herrschte eine wohlige Wärme. Nicht zuletzt des Grillfeuers wegen!

„Ich wusste doch, dass du dich nicht zweimal bitten lässt, wenn es was zu beißen gibt", hetzte Wilfried, dessen Mundwinkel auseinanderdrifteten. Seine Augen verwandelten sich in kleine Knöpfe, sodass er wieder einmal mehr einem Lausbuben ähnelte als einem zweiundvierzigjährigen Kriminalbeamten.

„Du hast es erfasst", erwiderte Riemenschneider und ließ sich zu Wilfrieds Linken nieder. Dabei musterte er ganz nebenbei dessen ausgewaschene Jeans, die oberhalb seiner Knie endete und aussah, als hätte eines seiner Kinder die Schere walten lassen.

Schließlich schielte er zu Stefan hinüber. Der nickte ihm zu und hob die rechte Augenbraue.

Scheinheilige Gesellen seid ihr, dachte Riemenschneider, schnappte sich eine der Bierflaschen und leerte sie zur Hälfte.

„Und ihr habt mich wirklich ganz ohne Hintergedanken eingeladen?", säuselte er und wischte den Schaum von seinen Lippen.

„Natürlich", brummte Wilfried.

„Dann wollt ihr ganz bestimmt nicht wissen, womit ein Pensionär wie ich den Nachmittag verbringt. Trotzdem werde ich es euch erzählen. Nun, zunächst habe ich den Rinnstein gefegt."

Wilfried räusperte sich ostentativ.

„Und was ist mit euch? Konntet ihr etwas über Celine in Erfahrung bringen?"

Die Kollegen antworteten mit synchronem Kopfschütteln.

„Sie hieß Kramer und hatte für die Rupps gearbeitet und war Mädchen für alles", fuhr er fort.

Wilfrieds Füße hakten sich um die Stuhlbeine. „Aha!"

In wenigen Worten schilderte Riemenschneider, welchem Umstand er diese Information verdankte.

„Wenn du Hebemich fast über den Haufen gerannt hast, war es nur logisch ..."

„Zier dich nicht, Will, brüll mich ruhig an, wenn du glaubst, dass es dir hinterher besser geht!"

Sein Blick schnellte zu einem gelben Gartenschlauch hinüber, der seinen Platz auf einem verwaisten Kaninchenstall gefunden hatte. Dann wandte er sich erneut seinem Kollegen zu.

„Warum sollte er das tun?", mischte sich Heidrun ein, die an seinem Rücken vorbei eine Schüssel Nudelsalat zwischen ihnen absetzte und in die Mitte des Tisches schob.

Wilfrieds Mundwinkel zuckten.

„Ich möchte es so formulieren", erklärte Riemenschneider, während die Gastgeberin das Fleisch wendete. „Dein Mann wirkt etwas empfindlich."

„Das hat weniger mit dir zu tun als mit unserer Marion. Wilfried hat ihr Rauchverbot erteilt und ist nun bereit, seinen eigenen Konsum ..."

Doch der tippte seiner Frau zwischen die Schulterblätter.

„Drei pubertierende Weiber auf einem Haufen können ganz schön anstrengend sein." Er zauberte einen seiner berüchtigten filterlosen Glimmstängel aus seiner Brusttasche hervor und klemmte ihn zwischen die Lippen.

„Aber weitergebuddelt hast du nicht?", griff Stefan das Thema wieder auf, schlug die Beine übereinander und kratzte sich am Knie.

Der Exkripomann kraulte seine Barthaare. Bei aller Sympathie, die er für seinen Schwiegersohn in spe empfand: Der nette Städter gehörte zu der Spezies korrekter und ehrgeiziger Beamter, die im Extremfall in der Lage war, die eigene Mutter hinter Schloss und Riegel zu verfrachten.

Ach, leckt mich doch, dachte er. Ihr habt gut reden.

Im selben Moment klatschte Wilfrieds Hand auf seine Schulter.

„Kopf hoch, Heiner! Wir haben schon ganz andere Probleme geschultert!" Wilfried hielt einen Moment lang inne und presste die Lippen zusammen. Er atmete laut ein und aus, ehe er schließlich die Zigarette zwischen Daumen, Zeige- und Mittelfinger seiner rechten Hand zerquetschte.

„An Tagen wie diesen wurmt es mich, dass ich nach zwei Monaten Innendienst die Brocken hingeworfen habe", brummelte Riemenschneider.

Wilfried Nickel tippte sich an die Schläfe und warf seinem ehemaligen Vorgesetzten einen strafenden Blick zu.

Nach kurzem Klappern erschien Beate mit einem Korb alkoholfreier Getränke auf der Bildfläche, den sie am äußeren Ende des Tisches abstellte, bevor sie sich im Schneidersitz neben Stefan niederließ.

„Entschuldigung, dauert eure Besprechung noch länger?", quengelte Marion und lehnte sich gegen den Türrahmen.

Wilfried schielte zu seiner Frau hinüber, die die Stirn runzelte.

„Ruf die Zwerge!", raunzte er schließlich.

„Mitte nächster Woche ist Marion ihren Chef los. Dann übernimmt der Nachfolger die Praxis", seufzte Heidrun, nachdem sie neben Wilfried Platz genommen hatte, und stützte den Kopf in beide Hände. „Dabei wollte unsere Große unbedingt Arzthelferin werden! Apropos Arzthelferin: Da fällt mir ein ... Klar doch!"

Riemenschneider wurde hellwach.

„Was?"

Er schob die leere Bierflasche, die er zwischen den Händen hin und her gedreht hatte, beiseite und schüttelte seine Mähne in den Nacken.

„Wie ihr wisst, habe ich nach der Handelsschule, bis zwei Monate vor Marions Geburt, in der Kanzlei meines Onkels gearbeitet."

Heidrun hob ihre Brauen, legte ihre linke Hand auf die Tischplatte, spreizte die Finger und ballte sie im Anschluss zur Faust, sodass die Knöchel weiß hervortraten.

„Diese Celine Kramer!" Ihre Blicke wanderten von einem zum anderen. „Ich bin ihr einmal begegnet. Marianne hat, während der vier Jahre, in denen ich mit ihr zusammengearbeitet hatte, hin und wieder von ihr erzählt. Für sie war sie eigenbrötlerisch und wortkarg. Das will nichts heißen."

Heidrun fingerte an den Ärmeln ihrer Bluse und krempelte sie schließlich nach oben.

„Das ist nach Mariannes Befinden jeder, der nicht redet wie ein Wasserfall. Ein gutes Jahr nach Marions Geburt litt ich unter Kreislaufschwankungen und Herzrasen, und unser Hausarzt empfahl mir, einen Internisten aufzusuchen. Da ich Marion nicht bei der Schwiegermutter abgeben wollte, packte ich sie in den Kinderwagen und los ging's. Zunächst verlief alles glatt. Doch als ich das Sprechzimmer verließ, brüllte sie plötzlich wie am Spieß. Sie war halt nass: Nicht sehr, aber der Mensch freut sich! Frau Rupp streckte ihren Kopf aus der Küche und packte mich am Arm. Dann bat sie Celine, hinauf in die erste Etage zu flitzen, um eine frische Windel und eine ausrangierte Hose zu holen. Gemeinsam haben wir auf Marion eingeredet und sie aus ihrer misslichen Lage befreit. Das Kindermädchen war nett, sehr nett. Aber irgendwie war sie auch eigenartig."

„Wie meinst du das?", hakte Riemenschneider nach.

Heidrun zuckte mit den Schultern.

Die stahlblauen Augen des Frühpensionärs weiteten sich. Gleichzeitig wanderten seine schmalen, geschwungenen Augenbrauen in die Höhe und verschoben sich alsbald zur Mitte hin.

„Versuch es wenigstens."

„Unkonzentriert? Abgespannt? Blass um die Nase? Ach Heiner!", jammerte Heidrun und fuchtelte mit hoch erhobenen Armen umher.

Kapitel fünf

Die Nacht zum Montag schien kein Ende nehmen zu wollen. Stunde um Stunde wälzte sich Riemenschneider von einer Seite auf die andere und beneidete das weibliche Wesen, das nur Zentimeter von ihm entfernt, in Rückenlage schlummerte und hin und wieder schnarchende Geräusche von sich gab.

Dass ein voller Magen keine gute Ausgangsbasis für einen gesunden Schlaf liefern konnte, hatte er unzählige Male im Laufe seines Lebens auf grausame Art und Weise erkennen müssen, aber nie die Konsequenzen gezogen.

Kurz vor dem Morgengrauen zeigte sich Gott Morpheus gnädig und schickte ihm einen Traum.

Er fuhr in einem grünen Käfer die L 146 entlang. Im Radio wurde ein Konzert übertragen. Vom mäßigen Empfang genervt, bog er auf den Parkplatz „Drei Mörder" ein und verließ den Wagen.

Der Boden unten seinen Füßen wirkte moosig, und das Laufen ähnelte dem Vorwärtsbewegen auf einer riesigen Luftmatratze. Das änderte sich auch nicht, als er die Straße überquerte und den Waldweg in Richtung Bonerath einschlug.

Das hätte ausgereicht. Doch dann flog eine Stechmücke schnurstracks auf ihn zu und löste sich, wenige Zentimeter von ihm entfernt, in Luft auf.

Sein Weg führte ihn an einem Hochstand vorbei. Dort überraschte er drei Gitarrenspieler in braunem Umhang mit Kapuze, die sich um einen Baumstumpf scharten, auf dem eine schwarzhaarige Schönheit in einem schwarzrot gestreiften Kleid eine Art Bauchtanz aufführte.

Dann geschah es: Erst verschob sich ihre linke Körperhälfte, dann die rechte. Im nächsten Augenblick drifteten sie auseinander, bis zur vollständigen Teilung, aus der zwei eigenständige Gestalten hervorgingen, die in entgegengesetzte Richtungen davonhuschten.

Eine Hand strich über sein Haar.

„Heiner, ist mir dir alles in Ordnung?", fragte eine besorgte Stimme.

Riemenschneider schreckte auf.

Zu seiner Verwunderung fand er sich auf dem Bettvorleger wieder.

Kopfschüttelnd setzte er sich auf die Bettkante und rieb sich die Augen. Nachdem er Doris von seinem Traum erzählt hatte, stieg er in seine Pantoffeln und taumelte ins Bad. Eine eiskalte Dusche holte ihn in die Welt der Lebenden zurück.

Auf dem Flur stieß er mit Stefan zusammen, der ihm mit einer Reisetasche in der Hand in einem Atemzug einen guten Morgen wünschte und sich bis zum nächsten Wochenende verabschiedete.

Beate küsste ihren Vater auf die Wange.

„Guten Morgen, Heiner!", lachte sie, räumte Stefans Frühstücksgedeck in die Spülmaschine und kehrte mit zwei hart gekochten Eiern und einer vollen Kaffeekanne an den Tisch zurück.

Sie warf einen Blick auf ihre Armbanduhr. „Lena holt mich in zehn Minuten ab."

„Apropos Lena", meinte Riemenschneider und schnappte sich das Glas mit der Erdbeermarmelade. „Wolltet ihr nicht letzten Freitagnachmittag bei ihr vorbei schauen? - Aha, die Hochzeit mit dem Baulöwen fällt wohl ins Wasser?"

Beates Augenbrauen sprangen in die Höhe, während sie ihren Blick in den seinen senkte und in ihr Brot biss. Schweren Herzens unterdrückte sie ihr Verlangen, mit vollem Munde zu antworten.

„Sie wollen es bei einer standesamtlichen Trauung belassen."

„Und wer wird Trauzeuge?"

„Benno und ich."

„Ein Zahnarzt macht mehr her als ..."

„Du sagst es." Nachdem sie ihr Ei geköpft und ausgelöffelt hatte, fügte sie hinzu: „Erst hatten wir eine Menge Spaß. Doch dann ist ihr Bruder Hugo auf der Bildfläche erschienen. Der hatte wieder mal nur ein Thema drauf: den Verkauf der Firma. Dabei steht das noch gar nicht zur Diskussion. Als er anfing herum zu stänkern, hat Lena ihn vor die Tür gesetzt. Wenig später sind Stefan und ich zu Wilfried gefahren."

Schweigend setzten sie ihr Frühstück fort, bis Beate ihm einen Kuss auf die Wange drückte und nach einem Sprint ins Bad aus dem Haus flitzte.

Riemenschneider strich sich eine Strähne aus dem Gesicht und verbannte sie hinter seinem rechten Ohr. Er drehte sich zur Fensterbank und schaltete das Radio an.

Drei Sätze: Mehr war den Redakteuren der Skelettfund vom Freitag nicht wert.

Im gegenüberliegenden Bad trällerte Doris unter der Dusche.
Riemenschneider seufzte.

Er würde sich nie an den Freundeskreis seiner Tochter gewöhnen. Millionen junger Menschen gab es im Land. Warum hatte Beate ausgerechnet an Lena und Sigurt Mathedy einen Narren gefressen? Lena war nach der Scheidung ihrer Eltern in Abtei bei ihrer Mutter aufgewachsen. Sie und Beate kannten sich von Kindesbeinen an, waren Judobegeisterte, bis Lena sich bei einem Sturz von der Leiter, eine Beckenfraktur zugezogen hatte. Die junge Frau hatte als Tippse in einer Trierer Baufirma angefangen und sich in die Chefetage hochgeschlafen.

Sigurt Mathedy, gelernter Landschaftsgärtner, war vor acht Jahren wegen Drogenhandels verhaftet worden und hatte insgesamt vier Jahre im Gefängnis zugebracht. Dass Sigurt und Beate damals für ein paar Tage so etwas wie ein Paar waren, hatte er erst vor einem Jahr erfahren. Im Gefängnis hatte Mathedy entdeckt, dass seine homosexuellen Anteile die dominierenden waren und ihnen fortan den Vorrang eingeräumt. Nach einem zweijährigen Einsatz bei der städtischen Müllabfuhr arbeitete er nun als Friedhofsgärtner in Trier. Seit etwa einem Jahr war er mit dem Ehranger Zahnarzt Benno Kaiser liiert.

Doch Riemenschneiders Aversion wurzelte tiefer.

Vor neunundzwanzig Jahren hatte er, während eines Einsatzes im Trierer Stadtteil Olewig, die Floristin und seine spätere Ehefrau Karin Demuth kennengelernt. Aber an diese Geschichte wollte er lieber keinen Gedanken mehr verschwenden.

Sigurts Vater Hugo hatte den früheren Laden in eine Blumengroßhandlung umgewandelt; mit Filialen in Frankfurt und Berlin. Sein ältester Sohn Hugo, ein gescheiterter Immobilienkaufmann und Physiotherapeut, besaß neben einem Massagesalon in Trier, zwei weitere im Frankfurter Westend. Dass Vater und Sohn den größten Teil ihres Einkommens auf andere Art und Weise erzielten, war offensichtlich. Leider konnten sie nie überführt werden. Auch nicht, nachdem Hugo eins, genannt Blumen-Hugo, wegen einer anderen Angelegenheit hinter Gittern saß.

Kurz vor zwölf parkte Riemenschneider den roten Benz vor der Arztpraxis in der Bahnhofstraße. Fette Regentropfen platschten gegen die Windschutzscheibe. In seinem Rückspiegel beobachtete er, wie der Friseur an der Ecke die Auslagen in seinem Schaufenster erneuerte.

Gelangweilt wählte er einen anderen Sender und langte in einen Beutel mit Eukalyptusbonbons, den er stets griffbereit in der Mittelkonsole deponiert hatte. Exakt in dem Moment, als Mike Krüger einem ratlosen Ärzteteam vorschlug, anstatt eines konventionellen Bauchschnitts, eine etwas skurrilere Operationsmethode anzuwenden, öffnete sich die Praxistür.

Jakobis Mundwinkel endeten nur wenige Zentimeter oberhalb des Kinns. Die Querfalte zwischen den Augenbrauen war nicht zu übersehen. Doch mehr als das verdrießliche Gesicht ließen die geröteten Abstehohren keine Zweifel am Seelenzustand des Kriminalhauptkommissars.

„Wenn es kommt, kommt es gleich doppelt und dreifach", jammerte der Kripomann und ließ sich in den Beifahrersitz sinken.

„Hier, sieh dir die Scheiße an!", fuhr er fort und tippte auf seinen verbundenen Zeigefinger.

„Was hast du angestellt?"

„Paul, meinem Nachbarn von gegenüber, beim Abbau seiner Küchenmöbel geholfen. Autofahren kann ich heute vergessen. Stefan ist weg. Ich kann Wilfried doch nicht draufsetzen."

„Das tust du ja auch nicht", erklärte Riemenschneider und startete den Wagen. „Auf geht's nach Hermeskeil! Dort wolltest du doch hin?"

„Warnung vor dem Hund" stand auf dem winzigen Schild, das an dem hüfthohen, weiß lackierten Holztor angebracht war. Doch der Collie, der ausgestreckt auf dem von Moos durchzogen Rasen lag, hob zunächst verträumt den Kopf. Dann stakste er auf die Eindringlinge zu und zog sich, nachdem er ihre Hände beschnuppert und einen Rosenstock markiert hatte, an seinen Platz zurück.

Eine matronenhafte Gestalt in dunkelblauem Kleid und beige-weiß gestreifter Kittelschürze stellte sich ihnen in den Weg. Riemenschneider schätzte die Frau auf Anfang sechzig. Ihre weiße Kurzhaarfrisur verstärkte das kantige Gesicht mit der Warze in Höhe des linken Nasenflügels.

„Lassen Sie es gut sein, Franziska!", rief der Hausherr der Dicken zu, als er bemerkte, dass Jakobi sich ausweisen wollte. „Ich kenne die Herren."

In dem Raum roch es nach Leder und Möbelpolitur. Jeder Gegenstand erfüllte seinen Zweck. Vor einer Schrankwand, vollgestopft mit medizinischer Fachliteratur, stand ein kleiner Schreibtisch, dahinter ein gepolsterter Stuhl, der keiner ergonomischen Richtlinie entsprach. Ein riesiger Gummibaum, rechts neben dem Fenster, markierte das Ende des Arbeitszimmers.

Während sich der Doktor auf die äußere Sessellehne hockte, gaben Riemenschneider und Jakobi einer schwarzen Ledercouch den Vorzug.

„Leider kein erfreulicher Anlass!", eröffnete Jakobi.

„Hm", nickte Rupp. Seine große, knochige Hand massierte sein rechtes Knie.

Er räusperte sich: „Ich begreife es nicht. Ein Skelett auf meinem Grundstück ..."

Riemenschneiders geschwungene Brauen wanderten langsam in die Höhe.

„Nun ja", fuhr der Mediziner in weitaus weniger theatralischem Ton fort. „Entschuldigung, was darf ich Ihnen anbieten? Kaffee, Mineralwasser?" Die Ermittler lehnten höflich ab, und Rupp rutschte zur Seite und entfernte von einem angrenzenden Teewagen ein Glas, nachdem er es mit Cognac gefüllt hatte.

Riemenschneider musterte den Internisten aus den Augenwinkeln.

Selbst der in drei Blautönen gehaltene Freizeitanzug aus Mischgewebe kleidete den eins achtzig großen, schlanken Mann. Die lange schmale Nase, die grauen Adleraugen, die vollen Lippen verliehen dem Mediziner mit dem schütteren weißen Haar ein nahezu aristokratisches Aussehen.

„Arme Celine", murmelte er nach einer Weile. „All die Jahre war ich wütend auf sie."

„Weswegen?", wunderte sich Jakobi.

„Sie hatte sich ein paar Tage freigenommen, weil sie ihre Mutter besuchen wollte. Das kam gelegen, da meine Frau zur Kur war und den Jungen mitgenommen hatte. Es ist ja allgemein bekannt, dass meine Frau an Depressionen litt." Er nippte an seinem Glas. „Ich selbst hatte damals an einer viertägigen Fortbildung teilgenommen und war im Anschluss zu einem dreitägigen Ärztekongress nach Bad Reichenhall gefahren. Am Abend vor meiner Abreise hatten wir uns dahin gehend geeinigt, dass Celine einen Tag vor mir zurückkehren und nach dem Rechten sehen sollte."

Reifenquietschen und das Gebimmel zweier Fahrräder drangen durch das geöffnete Fenster zu ihnen herüber.

Rupp leerte sein Glas in einem Zug und schob es in die Mitte der Tischplatte, während er seine Verwunderung und den Groll von damals in Worte fasste.

„Und wie würden Sie das Verhältnis zwischen ihrer Familie und Celine definieren?", erkundigte sich Jakobi.

„Durch die Bank weg gut."

Riemenschneider presste seine Lippen aufeinander.

„Sie war eine tüchtige, junge Frau: ordentlich und zuverlässig in der Arbeit. Unser Sohn Julian, den sie seit seiner Geburt betreut hatte, hing sehr an ihr. Wie auch immer: Sie war und blieb verschwunden."

„Kamen Sie nie auf die Idee, sich mit der Mutter in Verbindung zu setzen?"

„Selbstverständlich!", entgegnete Rupp mit bewegter Stimme. „Die Mutter erklärte mir, Celine sei noch am Tag ihrer Ankunft mit einer Freundin zu ihrem Cousin nach Frankreich weitergefahren. Leider würde sich die Heimreise auf unbekannte Zeit verschieben, da Celine mit einer akuten Blinddarmentzündung ins Krankenhaus eingeliefert worden sei."

Jakobi rutschte ein Stück nach vorne und umfasste seine Knie.

„Wohnte nicht damals noch ihr Sohn Matthias zu Hause?"

Der Mediziner reckte seinen hageren Hals, während er zeitgleich die Hände auf dem Schoß faltete und die Schulterblätter in die Höhe wandern ließ.

„Matthias studierte in Mainz, wenn er mal ausnahmsweise nicht mit irgendwelchen Freunden unterwegs war."

Hauptkommissar Peter Jakobi nickte Riemenschneider zu. Doch der machte keinerlei Anstalten, sich zu erheben sondern spreizte die Finger auf der Tischplatte und wandte sich dem Hausherrn zu.

„Soviel uns bekannt ist, hatte Celine einen Freund. – Er war ein Landsmann von ihr. Wie hatte denn der junge Mann auf ihr Verschwinden reagiert?"

„Da bin ich überfragt", quäkte Rupp und verdrehte die Augen. „Den kannte ich nicht persönlich. Er hatte den Ruf, etwas mürrisch zu sein. Ich glaube, er hieß Jean: Jean soundso; irgendwas mit bich am Ende."

„Was ist los mit dir?", fragte Riemenschneider und startete den Wagen.

Jakobi machte keine Anstalten, ihm zu antworten.

„Schmerzen?"

„So kann man es auch nennen!", schimpfte der nach einer Weile, ohne den Blick von seinem ramponierten Zeigefinger zu wenden.

„Was? – Wie?"

„Sollte ich noch mal auf die Schnapsidee kommen, dich irgendwohin mitzunehmen, wäre es nett, wenn du mir die eine oder andere Information zukommen lassen würdest. Schließlich bin ich kein Hellseher", schnaubte der Hauptkommissar mit puterrotem Gesicht.

Riemenschneider nickte.

„Entschuldige! Du warst das Wochenende über nicht erreichbar. Ich war der Meinung, Wilfried hätte mit dir geredet. Er wird wohl noch nicht dazu gekommen sein."

Peter Jakobi runzelte die Stirn und ließ seine Pupillen von rechts oben nach links unten wandern.

Das eingeschossige Reihenhaus lag inmitten einer betonierten Fläche. Den einzigen Lichtblick verschafften zwei Margeritenbäumchen rechts und links vom Eingang. Das Garagentor stand offen. Ein fetter schwarzer Kater wälzte sich zwischen den Vorderrädern eines roten Porsche hin und her.

„Na wird's bald!", raunzte Wilfried Nickel und trat von einem Fuß auf den anderen. Kurz entschlossen betätigte er zum wiederholten Mal den kupfernen Klingelknopf.

Jakobi, der wenige Zentimeter hinter ihm stand, hatte seinen Blick geradeaus gerichtet.

Schließlich erschien eine schlanke männliche Gestalt im Türrahmen.

„Bitte hier entlang", brummte Matthias Rupp und eilte vor den Ermittlern her. „Meine Pizza muss aus dem Ofen."

Der Mediziner entschuldigte sich für das Chaos und räumte mit wenigen Handgriffen zwei Stühle frei.

Auf Celine Kramer angesprochen, spannte er die Kiefermuskulatur an und nickte schließlich. „Wir glaubten, sie hätte sich aus dem Staub gemacht. Für Mutter war es besonders schlimm. Sie verfiel in eine schlimme Depression und verbrachte ganze Tage im Bett. Und Julian blieb nichts anders übrig, als sich in die Situation zu fügen."

„Wie darf man das verstehen?", wollte Jakobi wissen.

„Er hat in ihrem Schlafzimmer gespielt. Armer Kerl", seufzte der Chirurg und fingerte an seiner rechten Braue.

„Immer der Reihe nach", meinte Wilfried, umklammerte mit seiner rechten Hand die Stuhllehne, schielte erst auf seinen Ehering und dann zu Rupp hinüber.

„Was willst du wissen?", schnarrte der, schaltete den Backofen aus und kehrte mit einer Pizza an den Tisch zurück.

„Du sagtest eben, dass Celine Kramer ein nettes Mädchen war. Vielleicht war sie ja noch ein bisschen mehr."

Rupps Pupillen verengten sich, während er die italienische Backware auf seinem Teller in sechs gleichgroße Stücke teilte.

Die beiden Männer kannten sich von Jugend an. Sie mochten sich nicht. Wilfrieds Mutter hatte, nachdem ihr Mann im Krieg gefallen war, mit ihren vier Kindern Obdach im Hause ihres Schwagers gefunden. Der Onkel, ein ständig betrunkener Schuhmacher, war im nüchternen Zustand ein begnadeter Handwerker. Und die Familie des Doktors stand ganz oben auf seiner Kundenliste.

„Also gut", polterte Rupp und schlug mit der flachen Hand auf den Tisch. „Ich mochte sie sehr. Mit ihr konnte man über alles reden. Sie war eine aufmerksame Zuhörerin, die Sinn für Humor hatte."

„War sie nicht verlobt?", murmelte Jakobi und fingerte einen Notizblock aus seiner Jackentasche.

„Ja!"

Wilfried verzog die Mundwinkel und strich mit seiner Rechten über den Kopf.

„Fasbich hieß er, Jean Fasbich."

„Den mochtest du weniger?", stichelte Wilfried.

Der Hausherr schob sich ein großes Stück Pizza in den Mund und schlang es herunter.

„Der Kerl war ein Idiot. Da lief nichts zwischen Celine und mir."

„Er war also eifersüchtig", stellte Jakobi fest und legte die Stirn in Falten. Ein klopfender Schmerz machte sich in seinem Zeigefinger breit.

Rupp schnaubte.

„Der konnte sich doch kein Urteil erlauben. Er hat seinen Wagen immer in gebührendem Sicherheitsabstand geparkt und nie einen Fuß über unsere Schwelle gesetzt."

„Und was hat dein Vater dazu gesagt, dass ihr euch so gut verstanden habt?"

Rupp nahm die Gabel von der Pizza und zeigte auf Wilfried.

„Ihm hat missfallen, dass Celine verlobt war und der unbeschwerte Umgang, den sie und ich miteinander führten."

Kapitel sechs

Mit den Gedanken nicht ganz bei der Sache, lederte Riemenschneider den roten Benz ab. Dann drückte er den Schwamm aus, ließ ihn zu Boden fallen und beobachtete, wie der Inhalt seines Eimers die Rinne entlang lief. Dass hierbei ein Teil des Wassers auf seinen Schuhen landete, störte ihn nicht.

Auch die Nachbarschaft war nicht untätig.

Leise vor sich hin schimpfend transportierte Balduin Kiefer einen Tisch und drei Gartenstühle, unter den Augen seiner Frau Pauline, die vom geöffneten Küchenfenster aus Instruktionen erteilte.

„So arbeite ich auch am liebsten", rief Riemenschneider der Nachbarin zu und betrat den Vorgarten.

„Nicht, dass du einen falschen Eindruck von mir bekommst", erwiderte Pauline und wedelte, nachdem sie einen Putzeimer auf der Fensterbank abgestellt hatte, mit dem Fensterleder umher.

Doch Riemenschneider schüttelte seine Mähne. „Vorwärts Balduin! Die Bank holen wir gemeinsam aus dem Keller."

„Schlimme Sache, das mit der Celine!", jammerte Pauline und öffnete die Küchentür.

Eine Kuckucksuhr verkündete die dritte Nachmittagsstunde.

Der Exkripomann stoppte auf dem Weg nach draußen und bedeutete mit einer eindeutigen Kopfbewegung, die Bank abzusetzen.

„Seit zwei Nächten habe ich kein Auge zugetan", fügte Pauline hinzu, als der Vogel verstummt war. Ihr Gesicht war kreidebleich. Sie rieb sich die Oberarme. „Da liegt das arme Ding seit mehr als sechzehn Jahren nur wenige Meter von deinem Haus entfernt, und niemand hat's geahnt."

Riemenschneider stemmte die Hände in die Seite und spitzte die Lippen.

„Hattest du denn damals gar nichts bemerkt?"

Ein Knopf drei Zentimeter über seinem Bauchnabel stand offen und gab den Blick auf sein Unterhemd frei.

Pauline schüttelte den Kopf.

„Das Wiesenstück neben deinem Haus war damals nicht einsehbar."

„Wie das? - Da war ein Maschendrahtzaun. Den hatte ich mit Franz weggeräumt und wenig später die ersten Bäume gepflanzt", sinnierte Riemenschneider und schloss die Knopfleiste.

„Nee, nee!", lachte Hebemich. „Der Doktor hatte zusätzlich einen mannshohen Weidenmattenzaun angebracht."

„Wofür sollte das denn gut sein?", griente Riemenschneider. „Hatte der gute Mann vielleicht etwas zu verbergen?"

Kiefer kratzte sich hinterm rechten Ohr und murmelte: „Es ging das Gerücht von einer hauseigenen Sauna um, und, dass die Familie schon damals Anhänger der Freikörperkultur gewesen sein sollte."

Seine Angetraute atmete schroff aus und ein.

Sichtlich angewidert schüttelte sie den Kopf.

Der ehemalige Staatsdiener verzog den Mund zu einem emotionslosen Lächeln.

„Was willst du machen?", meinte er. „Die Menschen sind nun mal verschieden. Da ändern wir nichts dran."

Wenig überzeugt, trottete die Nachbarin zurück zu ihrem Fensterplatz und setzte ihre Arbeit fort.

Während Riemenschneider Kiefers Vorgarten verließ, bot sich ihm ein vertrautes Bild. Am Ende der Straße legte der dicke Josef seinen Hund Hasso an die Leine.

Dem Keuchen und Schnaufen nach zu urteilen, war der Mischlingsrüde auch an diesem Tag wieder einmal seinem Besitzer ausgebüxt.

„Irgendwann erwischt dich der Jäger, und dann macht es peng", prophezeite der fettleibige Mann dem Vierbeiner.

„Nun mach dem armen Kerl keine Angst", prustete Riemenschneider und streichelte das Tier, das ihn schwanzwedelnd von allen Seiten beschnupperte.

Josef drehte seinen kahlen Kopf zur Seite und warf einen verstohlenen Blick zwischen den Apfelbäumen hindurch.

„Ist das Loch noch da?" Nachdem er ein weiteres Mal nach Luft gerungen hatte, hob er seine buschigen Augenbrauen, und wischte sich mit dem Handrücken über die Stirn.

Diese Frage hättest du dir sparen können, dachte Riemenschneider und ließ den linken Mundwinkel nach oben wandern.

„Hm", machte er schließlich.

„Dieses Mädchen hatte wirklich keinen leichten Stand", murmelte Josef.

„Könntest du vielleicht konkreter werden?"

„Die Arbeit bei dem Doktor war bestimmt kein Zuckerschlecken."

Josef fuhr mit dem linken Handrücken über seine blaue Arbeitshose und fuhr fort: „Heiner, die wurde ganz schön rumkommandiert. Kaum Freizeit! Ihr Verlobter war im Haus unerwünscht."

Der Exkripomann presste die Lippen zusammen und schaute ins Leere.

„Der Mann war Autoschlosser: ein tüchtiger Arbeiter, aber leider auch eifersüchtig. Die beiden hatten ihr Ritual. Wahrscheinlich hast du bereits davon gehört. Eines Abends hat er vor meiner Haustür angehalten, ihr eine geknallt, sie aus dem Wagen geworfen und hinter ihr her geschimpft."

„Hast du mitgekriegt, worüber sie gestritten hatten?"

„Ich habe nicht alles verstanden", seufzte Josef. „Dabei war es eine der wenigen Ausnahmen, bei der er nicht ins Französische verfallen war. Das tat er nämlich immer, wenn er in Rage geriet. Seine letzten Worte waren, dass er nicht bereit wäre, sich Hörner aufsetzen zu lassen."

Gegen 18 Uhr klappte Riemenschneider die Zeitung zu, faltete sie in der Mitte, streckte die Füße unter dem Tisch aus und schlug sie übereinander.

„Wie sieht's aus?", flötete Beate und ließ einen frischgebackenen Käsekuchen zum Abkühlen auf ein Drahtgitter gleiten. Dann langte sie in die Schublade und winkte mit dem Flaschenöffner. „Im Kühlschrank stehen noch drei Flaschen Bier."

Doch anstatt auf die Frage seiner Tochter einzugehen, kraulte der Frühpensionär sein Kinn.

„Wann wollte Franz vorbei schauen?"

Riemenschneider zuckte mit den Schulterblättern und erhob sich.

„Maren und Juliane haben ihre drei Racker bei ihm und Gerlinde abgeladen. Das Bier wird ein Weilchen warten müssen, der Kuchen auch."

Nachdem ihr Vater, eine abfällige Bemerkung auf den Lippen ins Bad gestapft war, nutzte die junge Frau den Moment, in dem sie sich unbeobachtet fühlte. Kurz entschlossen schnappte sie sich einen Stuhl und benutzte ihn als Hilfsmittel für diverse gymnastische Übungen.

Doch gerade, als sie dabei war zur Höchstform aufzulaufen, klingelte es an der Tür.

Der Mann, der auf der obersten Treppenstufe stand, war untersetzt und hatte X-Beine. Das vermochte weder eine anthrazitfarbene Cordhose noch ein hellblaues Oberhemd zu verbergen. Dazu kamen ein zu groß geratener Mund, ein blonder Oberlippenbart und eine Stirnglatze, die in keinem Verhältnis zur übrigen Haarpracht stand.

„Bitte, Sie ...", setzte Beate an. Das Wort „wünschen" verschluckte sie, als sie seine vorstehenden Augäpfel bemerkte. Die geknickte Nase zeugte von einer vergangenen Boxerkarriere. Er sah aus, wie Stefan ihn beschrieben hatte.

„Herr Kriminalrat Hermann, nehme ich an!"

Der Besucher betrachtete Beate schweigend.

„Genau", nickte der Beamte. „Und Sie sind Heiners Tochter. Die Ähnlichkeit ist wirklich verblüffend."

Beate zwinkerte mit den Lidern, ehe sie ihm ihre Hand entgegenstreckte und ihn bat, ihr zu folgen.

„Damit Sie sich ein Bild machen können", erklärte sie, nachdem sie sich mit der linken Hand in den Nacken gefasst und ihren Zopf über die linke Schulter gezogen hatte. „Im ersten Zimmer auf der linken Seite befand sich die Ruppsche Rezeption." Ihr Finger zeigte auf die Tür am Ende des Flures und beschrieb einen Halbkreis, bis zum Badezimmer. „Gegenüber, dort wo sich heute das Gäste-WC befindet, durften die Patienten ihre Notdurft verrichten. Direkt nebenan waren die Küche sowie Frau Rupps Schlafgemach. Im heutigen Wohnzimmer lagerten Krankenakten, und in vier Kabinen wurden Infusionen angelegt, Spritzen verabreicht und manches EKG geschrieben; Wand an Wand mit dem Wartezimmer. Heiners Schlafzimmer war Sprechzimmer, das Bad ein Labor."

Hermann kniff die Augenlider zusammen und nickte im Zeitlupentempo.

„Ich hoffe, Sie fühlen sich nicht unwohl in diesem Ambiente", erklärte sie, während Hermann am Küchentisch Platz nahm, und öffnete den Küchenschrank. An diesem Ort werden von jeher alle wichtigen Dinge im Hause Riemenschneider besprochen. Hier wird gegessen, geschwätzt und seit einem Jahr auch nebenbei gearbeitet."

„Was darf ich Ihnen zu trinken anbieten, Herr Kriminalrat?"

„Eine Apfelsaftschorle wäre nicht schlecht", meinte Hermann, der die großen Ohrringe und das dekolletierte T-Shirt seines ganz in Schwarz gekleideten Gegenübers in Augenschein nahm.

Doch dann bemerkte er ihren Blick.

„Was machen Sie beruflich?"

„Da kann ich mir diese Aufmachung nicht leisten", reagierte Beate unterkühlt, kehrte aber augenblicklich zu einer freundlicheren Tonart zurück. „Ich arbeite als Sozialarbeiterin in der JVA."

„Gefällt Ihnen der Job?"

Beate warf einen zufriedenen Blick auf ihr Backwerk und spitzte die Lippen.

„Oh ja, obwohl die Erkenntnis, dass zwischen meinem Idealismus und dem tatsächlichen Handlungsspielraum Welten liegen anfangs schmerzhaft war. Aber da Sie hierhergekommen sind, um meinem Vater den Kopf ..."

Hermann verzog den Mund zu einem breiten Grinsen.

„Raus hier!", schimpfte Riemenschneider und verließ die Wanne.

„Hermann sitzt in der Küche."

„Das habe ich mitbekommen", murmelte der Exkripomann, nachdem die Unterwäsche seine Blöße verhüllte, und legte seine linke Hand auf ihre rechte Schulter. „Und nun geh schon. Übrigens: Unser Vorrat an Apfelsaft reicht aus, um zehn von seiner Sorte abzufüllen."

„Welch ein Glanz in meiner Hütte!"

Hermann fuhr herum.

„Lange nicht mehr gesehen, was Ing?"

„Jesses!", fauchte der und musterte Riemenschneider, der die Küche durch das Wohnzimmer betreten hatte.

„Der bin ich nicht", grinste Riemenschneider und angelte sich eine Flasche Bier aus dem Kühlschrank. „Schon eingelebt auf deiner neuen Dienststelle?"

„Nach drei Monaten? Der Wechsel war schon lange fällig: schon der Kinder wegen. Berlin war eine Nummer zu groß. Die wären nur in schlechte Kreise geraten. Dummerweise hat man nach Scherbaums Pensionierung Kirschwald den Vortritt gegeben."

„Doch Mister Größenwahn wollte unbedingt zum BKA. Schätze, dass diese Karriere nur von kurzer Dauer sein wird."

Hermann rekelte sich und schielte nach seinem Lieblingsgetränk.

„Was veranlasst einen Vollblutermittler wie dich, zum Druiden zu mutieren und sich aufs Altenteil zurückzuziehen?"

„An meine Frisur müsstest du dich doch erinnern. Ich sag nur Karin!" Riemenschneider wischte den Schaum von seiner Unterlippe. Sein Blick haftete an der Pinnwand auf der Fensterseite des Raumes. „Und letztes Jahr waren die Medien ihretwegen voll. Und du mein Lieber hattest sogar Amtshilfe geleistet."

Nach einem weiteren Schluck setzte er seinen Exkurs in die Vergangenheit fort: „Im Sommer 78 stürmten Peter Jakobi und ich einen Konzer Antiquitätenladen. Wir wollten den Besitzer festnehmen. Der Mann hatte vierzehn Tage zuvor seiner Schwiegermutter eine Fleischgabel in den Rücken gerammt. Plötzlich zog der Kerl eine Waffe und ballerte drauf los. Die Kugel streifte einen Lampenschirm und blieb im Sekretär stecken. Zwei Splitter erwischten mein linkes Auge. Dass es den Ärzten gelang, meine Sehkraft zu erhalten, grenzt an ein Wunder. Ein Wermutstropfen blieb. Ich musste in den Innendienst. Der hat mir den letzten Nerv geraubt. Zweimal hat man mich mit Blaulicht ins Krankenhaus eingeliefert und tags darauf wieder entlassen."

„Und deshalb hast du dich für den Frühruhestand entschieden? Das sieht dir ähnlich", nickte Hermann.

Riemenschneider schüttelte seine wellige Kopfbehaarung in den Nacken und ließ seine Mundwinkel abwechselnd mal zur rechten und mal zur linken Seite huschen.

„Aber, wie du siehst, wird dieses beschauliche Dasein in zunehmendem Maße gestört."

„Und dir kribbelt es in den Fingerspitzen, bis der Mörder hinter Gittern sitzt?"

„Sollte ich mich irgendwann mit dem Gedanken tragen, eine Detektei aufzumachen, bist du der Erste, der davon erfährt", quäkte Riemenschneider mit beleidigtem Unterton, während ihn Hermann mit kreisender Handbewegung zur Contenance ermahnte.

Es läutete an der Tür.

„Bleib sitzen!", trällerte Beate und verschwand, nachdem sie Jakobi und Franz Decker mit einem Getränk versorgt hatte, wieder aus ihrem Blickfeld.

Ignaz Hermann faltete die Hände auf der Tischplatte und warf einen Blick in die Runde.

„Habe ich das eben richtig mitbekommen?", überlegte er. „Frau Rupp schlief im Erdgeschoss. Gab es hierfür einen einleuchtenden Grund?"

Jakobi schielte in sein Glas und räusperte sich: „Offiziell hieß es, sie habe unter den Dachschrägen keinen Schlaf finden können."

„Direkt über uns befand sich die Schlafkammer der Hausangestellten und das Kinderzimmer", hob Riemenschneider zu einer ergänzenden Beschreibung der Örtlichkeiten an. „Die Räume daneben gehörten dem Doktor und seinem ältesten Sohn Matthias. Auf der Giebelseite gab es einen kleinen Abstellraum, ein Bügelzimmer. Und schließlich gab es noch das Wohnzimmer."

Die Standuhr im benachbarten Wohnzimmer verkündete, nach dem Läutwerk von Westminster und ein paar schnarrenden Geräuschen, die siebte Abendstunde.

Murmelnd zückte Jakobi sein Notizbuch. Die Unzufriedenheit stand ihm ins Gesicht geschrieben.

„Magere Ausbeute", schimpfte er.

„Was erwartest du nach mehr als sechzehn Jahren?", brummte Riemenschneider, der den Weg zum Kühlschrank eingeschlagen hatte. Da aber der Vorrat an gekühltem Bier zur Neige gegangen war, füllte er sein Glas mit Mineralwasser.

„Fass doch mal zusammen", schlug Franz vor und schielte zu dem Käsekuchen, dann zu seinem Schulfreund Peter hinüber.

„Rupp senior gibt an, er sei zum Zeitpunkt von Kramers Verschwinden auf einer Tagung und seine Frau mit dem Jüngsten in Kur gewesen, während das Kindermädchen zu ihrer Mutter nach Luxemburg gefahren war. Der Besuch sei aber nur von kurzer Dauer gewesen, denn noch am selben Tag sei Celine nach Paris abgerauscht. Ein Cousin hätte sich als Chauffeur für die Heimreise angeboten, aber einen Tag zuvor sei sie an einer akuten Blinddarmentzündung erkrankt.

Dr. Matthias Rupp, damals Student, war selten zu Hause. Er schildert Celine Kramer als gute Zuhörerin, etwas verschlossen, sowohl ernst als auch humorvoll. Er hat auch Celines Verlobten erwähnt. Der Kerl soll wahnsinnig eifersüchtig gewesen sein."

„Das haben Pauline und Josef auch bestätigt", setzte Riemenschneider an.

„Ein Hoch auf deine Nachbarschaft", unterbrach Jakobi und verzog die Mundwinkel.

„Entschuldigt", schaltete sich Hermann ein. „Wir drei reden und reden." Er nickte zu Franz hinüber. „Herr Dr. Decker, was hat die Gerichtsmedizin herausgefunden?"

Der Gerichtsmediziner setzte die Brille ab und sortierte seine schüttere Kopfbehaarung.

„Das Skelett ist weiblich. Das Alter der Frau schätzen wir auf neunzehn, höchstens siebenundzwanzig Jahre. Die Knochen weisen keine Spuren eines gewaltsamen Todes auf. Verheilte Frakturen konnten wir keine erkennen."

Jakobi kratzte sich hinter dem rechten Ohr und stöhnte. Er blinzelte Riemenschneider zu, der vernehmlich schluckte und die Brauen zusammenzog, bis sie ein vollendetes V bildeten.

„Ihr habt auch schon mal fröhlicher aus der Wäsche geschaut." Franz faltete die Hände auf der Tischplatte. „Tut mir leid, mehr habe ich nicht beizusteuern!"

Hermann führte sein Glas zum Mund. Die Stimmung befremdete ihn. Doch ehe er sich versah, zerstreute Riemenschneider sein Unbehagen.

„Kein Grund zur Sorge, Ing!", lachte der Hausherr. „Es ist alles in bester Ordnung."

Nach diesen Worten verbannte er eine Haarsträhne hinter sein rechtes Ohr, erhob sich und verweilte einige Sekunden, ehe er die Tür zum Wohnzimmer öffnete und neben Nachschub an alkoholischen Getränken eine Schale Kartoffelchips orderte.

„Wir sind ein eingespieltes Team", lachte Franz. „Glauben Sie mir, Herr Kriminalrat. Wenn Sie uns fünf erst einmal beim gemeinsamen Plausch erlebt haben, werden Sie erkennen, dass ein kleines Minenspiel wie eben, zur normalen Umgangsform gehört."

Ein Traktor tuckerte die Straße herauf, und aus einem der Nachbarhäuser drang der Duft gedünsteter Zwiebeln.

„Wo waren wir stehen geblieben?", raunte Jakobi und stieß mit dem Zeigefinger in die Luft. Dabei schielte er zu Riemenschneider hinüber, der mit gespitzten Lippen auf seinen Einsatz zu warten schien.

„Ich war heute Nachmittag bei Balduin und Pauline. Wir haben die Bank aus dem Keller geholt." Er streifte seine Clogs ab und wandte sich Hermann zu. „Das sind die Bewohner des Nachbarhauses. Die leben seit zwanzig Jahren in dieser Straße."

„Hm."

„Seit Tagen beschäftigt mich eine Frage: Wie gelingt es jemandem, eine Leiche zu vergraben, ohne dabei gesehen zu werden?"

Hermann, damit beschäftigt, ein Stofftaschentuch aus der linken Hosentasche zu kramen, nickte aufmerksam.

„Ganz einfach!", fuhr der Exkripomann fort. „Dem guten Dr. Rupp ging nichts über eine geschützte Privatsphäre. Er hatte außer dem grünen Maschendrahtzaun, den ich kurz nach meinem Einzug entfernt habe, einen naturbelassenen Weidenmattenzaun als Sichtschutz angebracht."

Franz schlug sich lachend auf die Schenkel: „Entschuldige Heiner! Hast du vergessen, dass Balduin seit Jahr und Tag im ersten Stock schläft?"

Doch der Schulfreund schüttelte hastig den Kopf. „Dort, wo sich heute das Wohnzimmer befindet, gab es ursprünglich zwei kleine Räume. Irgendwann haben sie die Schlafzimmermöbel nach oben verfrachtet und die Wand eingerissen."

Jakobi, der ungeduldig mit seinem Kugelschreiber spielte, blickte von seinem Notizblock auf.

Riemenschneider strich mit dem linken Mittelfinger über die Brandnarbe an seinem rechten Unterarm. Dann schilderte er, unterbrochen von der Standuhr im Wohnzimmer, von dem Gespräch mit Josef.

„Kommen wir noch einmal zu unserem Opfer zurück", bat Hermann, der auf eine unmissverständliche Kopfbewegung des Hausherrn hin, sein Glas aufs Neue gefüllt hatte, und lehnte sich zurück.

„Von den Nachbarn wird diese Celine, entweder als eigenbrötlerisch und verstockt, oder als ruhig und schüchtern beschrieben", brummte Jakobi. „Rupp senior hebt ihre Tüchtigkeit und Zuverlässigkeit hervor. Dem Sohn gefiel ihr freundliches Wesen."

„Was dem Alten wohl ein Dorn im Auge gewesen sein muss", fiel Riemenschneider ihm ins Wort. „So ein freundschaftliches Geplänkel mit dem Kindermädchen war nach seiner Auffassung wohl nicht ganz standesgemäß. Und der Verlobte hat es wohl noch drastischer gesehen."

„Das sieht ganz so aus, als hätten wir es mit einem der klassischen Mordmotive zu tun", meinte Franz, während er sich mit dem Käsekuchen auf den Weg machte. „Ihr nennt das doch so."

Kapitel sieben

Doris pustete eine Strähne aus ihrer Stirn und grinste in den Rückspiegel. „Der gute Peter hatte auch schon mal bessere Laune."

Riemenschneider verschränkte die Arme vor seiner Brust und nickte.

„Er hat einfach zu viel um die Ohren. Erst ist Wilfried ausgefallen, nun Stefan. Und ausgerechnet jetzt muss dieses dämliche Skelett auftauchen."

Er klappte die Sonnenblende nach oben. Rechts von ihnen tauchte die Abfahrt nach Thalfang auf.

Auf dem Programm der nächsten drei Tage stand ein Besuch bei Doris' Cousine Adelheid in Kastellaun, die in diesem Jahr ihren vierzigsten Geburtstag feierte. - Da war Erscheinen Pflicht. Eine Pflicht, die er nur Doris zuliebe erfüllte.

„Aber das ist doch nicht ungewöhnlich, dass bei den Ermittlungen nicht alles fluppt!"

Doch anstatt zu antworten, schloss der ehemalige Staatsdiener die Augen und bemühte sich um eine positivere Einstellung. Da sich die Begeisterung der Freunde über sein Mitwirken bei den Ermittlungsarbeiten in Grenzen hielt, kam der Tapetenwechsel gerade zur rechten Zeit. - Wo es keinen Fall gab, gab es auch keine Versuchung.

„Was glaubst du? Wird Wilfried es schaffen?", holte Doris ihn in die Gegenwart zurück.

„Was?"

„Mit dem Rauchen aufzuhören."

Riemenschneider wiegte den Kopf und verzog die Mundwinkel.

Kilometer um Kilometer tuckerte Doris' weißer Golf über die Hunsrückhöhenstraße. Bisher hatte sich das Wetter an diesem Vormittag als recht wechselhaft präsentiert. Nach einem leichten Nieselregen bei Antritt der Fahrt hatte Petrus bald darauf einen blauen Himmel mit strahlendem Sonnenschein für sie bereitgehalten. Doch nun, eine halbe Stunde später, zogen am Firmament erneut graue Wolken auf.

Der Exkripomann zupfte am Kragen seines Hemdes und öffnete das Handschuhfach. Doch da er nichts Süßes darin entdecken konnte, schloss er es mit leisem Stöhnen, während Doris jubilierte, nachdem ein langsam fahrender Hutträger mit seinem Gefährt nach rechts abbog.

„Und dem da zeig ich's jetzt!", lachte die blonde Physiotherapeutin und setzte zum Überholmanöver an. Aber der Mopedfahrer gab plötzlich Gas, just in dem Moment, da sie sich mit ihm auf gleicher Höhe befand.

Riemenschneider schielte auf den kleinen Teddy am Rückspiegel, dann auf das Armaturenbrett.

„Schatz, wann hast du das letzte Mal getankt? Du fährst bereits auf Reserve."

Doris verdrehte ihre Augen und drückte die Oberlippe gegen ihre Nasenspitze.

„Schätze, das reicht noch für ein paar Kilometer."

Die letzten Meter zu einer Zapfsäule bei Morbach mussten sie schieben.

Da er schon einmal dabei war, unterzog Riemenschneider das Fahrzeug einem kleinen Check und überprüfte Luftdruck und Ölstand. Seine rechte Wade juckte, als er kurz darauf rechts von einem Eimer voller Blumensträuße stand und die Hand auf die Klinke legte. Die Tür zum Kiosk schleifte und hatte auf dem Fußboden bereits eine schwarze Spur hinterlassen.

Auf der linken Seite des Verkaufsraums surrten eine Vitrine mit eisgekühlten Getränken, ein Regal mit Molkereiprodukten und eine Truhe mit Speiseeis um die Wette.

Krimskrams, Süßigkeiten und Zeitschriften hatten in der Mitte des Raumes ihren Platz gefunden.

Die Kasse war verwaist. Die Tür dahinter stand offen und gewährte einem Blick ins Treppenhaus. Im Inneren des Wohnbereiches schalt eine Großmutter ihren quengelnden Enkel.

„Sekunde!", brummte eine Stimme, und wenig später setzte eine männliche Gestalt zwei volle Bierkästen neben dem Ladentisch ab. Der Mann grüßte mit einem Kopfnicken und schlurfte hinter die Kasse. Er war fast zwei Meter groß, hatte graue Augen, einen kleinen Mund, eine lange Nase und ausgeprägte Wangenknochen.

Riemenschneider schätzte ihn auf Mitte vierzig. Sein strähniges, schwarzes Haar war fettig. Er trug ein graues T-Shirt und eine viel zu weite blaue Latzhose.

Ohne ein weiteres Wort tappte der Tankwart zu dem Regal mit den Illustrierten hinüber.

„Nichts kaufen, aber alles durcheinanderbringen!", schimpfte er.

Urplötzlich hielt er inne - bevor er einen Schrei ausstieß.

„Was ist passiert?", erkundigte sich eine schrille Frauenstimme.

„Schang!"

Eine schwergewichtige Blondine, die offensichtlich damit beschäftigt war, ihr nasses Haar auf Lockenwickler zu drehen, stürmte in den Verkaufsraum.

„Schang!"

Ihre blauen Augen weiteten sich vor Entsetzen, während sie Riemenschneider mit argwöhnischem Blick bedachte.

„Was fehlt meinem Mann?"

Plötzlich brach der Pächter sein Schweigen. Er wandte sich nicht um. Seine Stimme wurde immer lauter. Das anfängliche leise Jammern artete in unkontrolliertes Gepolter aus.

„Darf ich Ihr Telefon benutzen?", fragte Riemenschneider.

„Ja! Aber bitte helfen Sie meinem Mann. - Schang, ich kann kein Wort verstehen!"

Riemenschneider schob die Frau beiseite.

Dann trat er an ihren Ehemann heran und packte ihn bei den Schultern und schickte schließlich ein paar unmissverständliche Worte hinterher.

Nur zögerlich legte der Mann die Zeitung zurück ins Regal, massierte mit der rechten Hand seinen Nacken und nickte.

„Geht es wieder?", erkundigte sich Riemenschneider, nachdem der Tankwart zur Sprache seines Gastlandes zurückgefunden hatte. „Sie heißen Jean, nicht wahr? - Jean Fasbich."

„Und darf ich fragen, was hier gespielt wird?", meldete sich die Ehefrau zu Wort, als sie begriff, wem der Anruf galt.

Fasbich sog den Atem durch die Nase und hustete.

„Diese Celine, deren Skelett gefunden wurde, Else", raunte er seiner Frau zu. „In einem früheren Leben war ich mit ihr verlobt."

„Wenn ich Sie richtig verstanden habe, waren Sie bis vor wenigen Jahren selbst bei der Mordkommission. Und Sie hatten damals dieses Haus in Kell gekauft", brummte Fasbich, nachdem sie sich vierzig Minuten lang angeschwiegen hatten.

Riemenschneider wischte sich die Lippen mit einer Papierserviette trocken und nickte. Zwei Tassen Kaffee hatten er und Doris getrunken. Die hatten das Warten auf die Freunde erträglicher gemacht. Doch hin und wieder ertappte er sich bei einem Blick auf seine Armbanduhr.

Er zog sein Portemonnaie aus der Hosentasche und legte die abgezählten Münzen in die Schale neben der Kasse, als die Tür von außen geöffnet wurde.

„Warum haben Sie sich nicht von sich aus gemeldet?", schnarrte Wilfried und ließ die rechte Hand über seinen Rücken gleiten und für den Bruchteil einer Sekunde unter seinem Hosenbund verschwinden, bevor er sich breitbeinig neben Jakobi stellte.

„Ich hatte keine Ahnung", entgegnete der Luxemburger und lehnte sich gegen den Ladentisch.

Wilfried verzog die Mundwinkel und wiegte den Kopf.

„Hören Sie denn keine Nachrichten?"

„Selbstverständlich habe ich von dem Leichenfund gehört." Fasbich machte eine segnende Handbewegung und fuhr fort: „Um wen es sich bei der Toten handelt, habe ich erst vorhin begriffen."

„Wie lange waren Sie mit Celine zusammen?", schaltete sich Jakobi ein.

„Knapp zwei Jahre."

„Was war sie für ein Mensch?"

„Ruhig, fleißig und …."

Fasbich presste die Lippen zusammen und gab einen grunzenden Laut von sich.

„Und was?", hakte Jakobi nach.

„Sie hätte sich lieber die Zunge abgebissen, als sich mit dem Alten anzulegen."

Peter Jakobi nickte und warf einen Blick in die Runde.

„Spielen Sie auf das Ritual an? Das war im ganzen Dorf bekannt."

Nun war es Fasbich, dessen Mundwinkel nach unten wanderten.

„Im Großen und Ganzen gefiel ihr die Arbeit. Der Alte hat sie drangsaliert. Na ja, er hielt sich für etwas Besseres mit seinem Doktortitel und dem vielen Geld. Aber die Frau war sehr nett. Und Celine hatte den kleinen Julian geliebt. Sie war ganz vernarrt in das Bürschchen."

„Und zwischen Ihnen und ihr. Wie lief es da so?", versuchte es Nickel auf die direkte Tour.

„Sie war irgendwie verklemmt", murmelte Fasbich, griff nach Riemenschneiders Geld und warf es unsortiert in die Kasse.

„Und damit sie etwas lockerer wird, haben Sie ihr eine gefegt?", brummte Wilfried.

Wollen wir doch mal sehen, ob ich dich nicht dazu bringe, etwas zackiger zu antworten, dachte der Oberkommissar gereizt. Er bemerkte ein leichtes Zucken in den Nasenflügeln. Wenn das so weiter ginge, würde er seine Laune nicht länger verbergen können.

„Mir war nicht entgangen, mit was für Stielaugen der alte Doc hinter ihr her geguckt hat. Der junge war auch nicht besser. Mit ihm hat sie ständig herumgealbert."

„Wenn Sie das dermaßen gewurmt hat, hatten Sie vor sich von ihr zu trennen?", übernahm nun Jakobi die Befragung.

„Natürlich nicht!"

„Aber ein bisschen Abstand wollten Sie trotzdem. Oder weshalb hatten Sie die Stelle in Merzig angenommen?"

„Wie das Leben halt so spielt!", erwiderte Fasbich in gelangweiltem Ton und fuhr sich mit der linken Hand durch die strähnigen Haare. „Vielleicht war sie es, die die Beziehung beenden wollte. Sie wollte ohne mich in Urlaub fahren."

„Mit Marianne."

„Das wusste ich nicht. Dann war sie plötzlich weg, und ich habe nie wieder etwas von ihr gehört."

Die Kommissare dankten Fasbich und verabschiedeten sich mit der Aufforderung, den Ort nicht zu verlassen.

„Ich habe verstanden", raunzte der. „So wird aus einem unbescholtenen Steuerzahler ein Tatverdächtiger."

Er begleitete sie zur Tür.

„Glauben Sie im Ernst, ich könnte mich mit meiner Ehefrau und zwei schulpflichtigen Kindern irgendwohin absetzen? Das funktioniert vielleicht im Krimi. Dazu bräuchte ich erst einmal das nötige Kleingeld. Sie haben den Laden gesehen. Der wirft nicht viel ab. Meine Schwiegermutter plagt die Gicht, und der Schwiegervater ist nicht mehr ganz taufrisch im Kopf."

„Nach dem Kerl hätten wir noch eine Weile suchen können, wärest du nicht gewesen", grinste Wilfried.

„Es war mir ein Vergnügen, Herr Kollege", lachte Riemenschneider, der Wilfried zum Wagen begleitete, wo Jakobi bereits den Motor gestartet hatte. Er streckte seinen Kopf durch das Fenster auf der Fahrerseite. „Ihr seid nicht zu beneiden."

Doch der Schulfreund bedachte ihn mit einem ungeduldigen Nicken.

Riemenschneider streckte die Daumen durch die Gürtelschlaufen über dem Beckenkamm. Von der Option, die Hose in eine vorteilhaftere Position zu bringen, machte er keinen Gebrauch.

„Schade, dass ihr ihn nicht auf Französisch genossen habt. Da hat er die Ermordete eine verschraubte und geldgierige Juffer genannt, der ihre eigne Torheit zum Nachteil gereicht hatte."

Kapitel acht

Beate ließ einen Haargummi im Inneren ihrer Handtasche verschwinden, direkt auf eine Schachtel mit grünen Dragees, die sie eine halbe Stunde zuvor, zusammen mit einer Tube Salbe der gleichen Marke, dort verstaut hatte.

Der Arzt in der Ambulanz hatte gelacht und mit schlafwandlerischem Gesichtsausdruck erklärt, sie sei mit einem kleinen Aua glimpflich davon gekommen.

Blödmann, dachte Beate und berührte den Verband an ihrem linken Ellenbogen. Von einem kleinen Aua schien diese Prellung noch nie etwas gehört zu haben.

„Wie bestellt und nicht abgeholt", murmelte die junge Frau und zückte einen Spiegel. Sie warf einen flüchtigen Blick hinein, blies ihre Wangen auf und betrachtete ihr blasses Gesicht und die fünf winzigen Sommersprossen auf ihrem Nasenrücken.

Schließlich steckte sie den Spiegel in ein Seitenfach und verschloss die Handtasche, wippte mit den Füßen und begutachtete den Zustand der weißen Sportschuhe.

Es war kurz vor zwanzig Uhr. Das rege Treiben um sie herum hatte nachgelassen. Doch hie und da durchquerte ein Arzt oder eine Schwester die Eingangshalle des Krankenhauses.

Ein weißhaariger Herr im Anzug, gefolgt von einem Mediziner, transportierte einen verängstigt dreinblickenden Patienten im Sitzwagen. Der Anzugträger strich dem jungen Mann durch die Haare.

„Keine Angst, Kleiner. Ich bin bei dir. Das schaffst du schon!", murmelte der Mediziner, ehe die Drei im Aufzug verschwanden.

Beate gähnte mit geschlossenem Mund, löste ihren Zopf und warf ihre Haare vornüber.

„Na Atie, wie sieht's aus? Können wir?", grüßte eine ungeduldige Männerstimme.

Wilfried grinste und küsste sie auf die Wange, während sie die Handtasche in ihre Sporttasche legte und sich erhob.

Wilfried hatte seinen alten beigefarbenen Renault Kastenwagen gegen ein Modell neuerer Bauart eingetauscht. Das Kennzeichen TR HW 6571 hatte er beibehalten. H und W standen für Heidrun und Wilfried, die Ziffernfolge für die Geburtsjahre ihrer Kinder.

Eilig legte er den Sicherheitsgurt an, öffnete prophylaktisch das Fenster auf der Fahrerseite einen Spaltbreit und schaltete das Radio ein.

„Seit wann hattest du auf mich gewartet?", erkundigte er sich, ehe er die letzte Zigarette aus seiner Brusttasche fingerte. Er inhalierte tief.

„Kurz vor halb sieben hat mich Trixi mit den besten Wünschen verabschiedet."

„Da hatte ich gerade angefangen, die letzten beiden Berichte in die Maschine zu hämmern."

Beate kämmte sich mit geschlossenen Augen, während Wilfried eine Musikkassette einlegte und musste grinsen, als Peter Alexander sein Loblied auf den Feierabend anstimmte. Das entsprach eher Heidruns Musikgeschmack, war aber leichter zu ertragen als das Alphorntrio, mit dem Heiner ihr vor Jahren, immer dann, wenn er sie widerwillig von A nach B kutschieren durfte, den letzten Nerv geraubt hatte. Eines Tages hatte sie dem Vater diesen Spaß verleidet, indem sie beim Durchfahren der Trierer Innenstadt das Fenster auf der Beifahrerseite heruntergekurbelt und gleichzeitig die Lautstärke ausgereizt hatte. Die Therapie hatte gewirkt.

Wilfried beendete sein Rauchopfer und linste zu ihr herüber: „Bist du auch so hungrig?"

„Im Gegensatz zu dir habe ich niemanden, der mich bekocht. Einkaufen konnte ich auch nichts mehr. Daher werde ich wohl mit einer Packung Knäckebrot und ein paar Scheiben verschwitztem Käse vorlieb nehmen müssen."

„Das kommt nicht in die Tüte!", lachte Wilfried und warf den Tonträger ins Handschuhfach. „Wir machen einen kleinen Umweg, und du packst flott ein paar Sachen zusammen."

Jennifer und Jessica lungerten mit ausgestreckten Beinen auf der Eckbank und betrachteten argwöhnisch die abstrakten Gebilde auf ihren Zeichenblöcken. Vor ihnen auf dem Küchentisch stapelten sich Hefte und Schulbücher in verschiedenen Formaten.

„In fünf Minuten ist das Zeug hier verschwunden", befahl Heidrun, seufzte und warf Wilfried einen vielsagenden Blick zu. „Übrigens: Marion ist vor zwei Stunden mit ihrem neuen Freund abgezogen."

Der Ermittler hob die Schulter, fasste seiner Frau im Vorübergehen ans Gesäß und drückte ihr einen Kuss auf die Wange.

„Na, ihr Zwerge, was haben wir denn hier?", wandte er sich dem Rest der Familie zu.

„Die Bilder sind noch nicht trocken", jammerte Jenny, warf ihrer Zwillingsschwester einen bitterbösen Blick zu und bekam postwendend einen Tritt gegen das Schienbein.

„Ich habe das Glas nur deshalb umgeworfen, weil ich in Deckung gehen musste, weil du mich gehauen hast", verteidigte sich Jessica.

„Du hast mich an den Haaren gezogen."

Nur zögerlich erhoben sich die beiden Mädchen. Die Elfjährigen hatten nicht nur die gertenschlanke Statur, die braunen Knopfaugen und die schwarze Haarfarbe ihres Vaters geerbt, sondern auch dessen oftmals aufbrausendes Temperament. Die Stupsnasen und der Lockenkopf stammten aus den Genen ihrer Mutter.

„Die Bilder könnt ihr vorerst auf dem Esstisch im Wohnzimmer ablegen", versuchte Heidrun etwaigen Überlegungsphasen entgegenzuwirken.

Doch als Wilfried unter Androhung drastischer Maßnahmen nach der Tischplatte griff, beschleunigten die Zwillinge ihr Arbeitstempo.

„Schlaf ruhig bei Heidrun", schlug Wilfried Beate vor, nachdem die Zwillinge von der Bildfläche verschwunden waren. „Da Marion nicht hier ist, können wir sie nicht fragen, ob sie mit einer Zimmergenossin einverstanden wäre. Mit dieser Prellung kannst du unmöglich die Nacht in Kell verbringen."

Beate setzte sich kerzengerade und begutachtete ihren Verband. „Was ist mit der Chaiselongue?"

„Das Teil ist längst beim Sperrmüll gelandet, erst recht nachdem meine Schwester im Vollrausch eine Flasche Bier drüber geschüttet hat."

„Und die Couch im Wohnzimmer?"

„Dort kann Wilfried schlafen ... schon wegen dem Telefon. Und falls er kein Auge zu kriegt, rutsche ich zur Mitte hin", lachte Heidrun. „Das Polsterbett ist breit genug."

Kurz vor sechs rappelte der Wecker, und Beate schoss in die Höhe. Dann grinste sie. Heidrun gähnte herzhaft, langte auf den Nachttisch und brachte den metallenen Störenfried zum Schweigen. Dabei stupste sie ihren Mann mit dem Ellenbogen an, der direkt neben ihr lag.

„Wie kommt der hier rein?", flüsterte Beate.

„Sag mal, dich kann man wohl klauen", brummte Wilfried, wünschte einen guten Morgen und wandte seinen Bettgenossinnen die Kehrseite zu.

Beate streifte ihr T-Shirt über und griff zum Kamm, als jemand gegen die Tür des Badezimmers klopfte.

„Komm schon rein."

„Du bist ja tatsächlich hier", näselte Marion und blickte sich um.

„Dachtest du etwa, du hättest eine Erscheinung?"

„Weiß Papa, dass ich ein bisschen spät dran war?"

Beate verdrehte ihre Augen. „Er hat uns gehört. Du scheinst ja große Angst zu haben. Wie lange hattest du denn Ausgang?"

„Elf", erwiderte Marion und schälte sich aus ihrem Nachthemd.

„Da ist zwei allerdings ... Das wirst du schon mit Wilfried klären müssen. Meine Güte", kicherte Beate und verzog den Mund. „Einen Rollkragenpulli brauchst du zwar nicht, aber tief sollte der Ausschnitt auch nicht sein. Aber Hauptsache, du hattest deinen Spaß."

Marion legte den Kopf in den Nacken. Ihr Blick haftete an dem Spiegelschrank, dessen Neonleuchte seit drei Minuten vor sich hinflackerte. Ohne den Ausdruck einer Regung im Gesicht, hockte sich der Teenager auf den Wannenrand.

Beate flocht ihren Zopf, legte einen neuen Verband an und schminkte sich. Dann warf sie Marion einen Waschlappen zu.

„Besonders glücklich siehst du nicht aus", diagnostizierte sie. „Du hast kein Auge zugetan, wie?"

„Hm", gab Marion zur Antwort, während sie sich zwei Hände voll Wasser ins Gesicht spritzte, und ihre Mundpartie zu zucken begann.

„Nach dem Kino waren wir noch kurz irgendwo in einer Trierer Disco. Auf dem Heimweg meinte Jupp, es würde viel mehr Spaß machen, über die Dörfer zu fahren."

„Dann ist er mit dir in den Wald gefahren?"

Marion nickte hastig.

„Das ist doch nicht verboten. Außerdem hat der Staatsanwalt nicht ..."

„Aber doch nicht schon nach zwei Wochen!" Die Sechzehnjährige zuckte mit den Schultern. „Da muss man sich schon besser kennen. Die Chance hab ich wohl vertan."

Sie schluchzte.

Beate griff nach einer Box Kosmetiktücher.

Die Tür flog auf.

„Werdet ihr beide noch mal fertig?", bellte Wilfried.
Er packte seine Tochter am Oberarm „Und nun zu dir mein Fräulein!"
Doch dann hielt er inne.
„Auf halber Strecke nach Kell haben uns die Grünen gestoppt", fuhr Marion fort und starrte ihren Vater aus weit aufgerissenen, überquellenden Augen an. „Jupps Bruder hatte den Wagen als gestohlen gemeldet."
„Ich höre", murmelte Wilfried, mittlerweile eine Spur milder gestimmt.
„Jupp hat gemeint, ich soll mich verpissen. Das käme dabei heraus, wenn man sich mit einer Bullentochter einlassen würde, die es sowieso nicht bringt."
„Wie bist du nach Hause gekommen?"
„Zu Fuß."
Lachend stapelte Beate eine Stunde später das trockene Frühstücksgeschirr auf der Anrichte. „Gut, dass Lena so rasch einen Termin bekommen hat. Es wäre doof, wenn sie sich noch neu einkleiden müsste. Überhaupt ist sie recht sonderbar, seit sie schwanger ist."
„Warte mal ab, wenn es bei dir soweit ist."
„Nee, nee, sie hat sich bloß eine leichte Prellung zugezogen. Danke für den Anruf!", tönte es aus dem Wohnzimmer.
„Grüße von Trixi", brummte Wilfried, während die Küchentür hinter ihm ins Schloss fiel.
„Das ist nett, danke!"
„Sie hat es erst bei euch versucht. Sie hat mir etwas Interessantes erzählt. Klar, dass du mir nicht gleich alles unter die Nase gerieben hast", schimpfte er und zupfte an dem Verband an ihrem Ellbogen.
„Was ist denn mit dir los?"
„Du weißt genau, wovon ich rede!", schnaubte Wilfried und packte sie bei den Oberarmen.
Beate verdrehte die Augen, schielte über seinen Kopf hinweg auf die Zimmertür und versuchte sich zu befreien. Doch Wilfried griff noch fester zu und begann sie zu schütteln. Dann linste er zu Heidrun hinüber, ehe er in normaler Lautstärke fortfuhr: „Da kannst du predigen wie ein Blöder, aber dieses Auwei schert sich einen feuchten Kehricht drum. Die sollte man verbläuen, bis sie lacht."
„Wenn dir der Kaffee nicht bekommen ist, kann …", giftete Beate ihn an.
„Du weißt genau, was ich von deinen Hausbesuchen halte."

Beate bedachte Wilfried mit einem erneuten Augenrollen und verzog die Mundwinkel. „Ach ja, und was würdest du davon halten, wenn ich mich zur Abwechslung mal in deine Arbeit einmischen würde? Und nun lass mich los. Ich bin doch nicht aus Holz."

Sie atmete tief und fuhr in gemäßigterem Ton fort: „Was meine Hausbesuche anbelangt – Will, du tust so, als wären alle Inhaftierten in Trier ..."

Wilfrieds Geduld drohte allmählich endgültig zu schwinden.

„Aber ich rede mit dir über Gottlieb Stuhldreher", schimpfte er, kurz davor, sie erneut zu schütteln. „Benutzt du das Ding auf deinen Schultern hin und wieder auch zum Denken oder nur, weil du sonst nicht weißt, wo du die vielen Haare lassen sollst?"

Beate rang nach Luft. Bloß nicht brüllen, dachte sie. Aber das verstand sich von selbst. Schließlich war sie Gast in seinem Haus.

„Ich hatte nicht vor, ihn aufzusuchen", lenkte sie ein. „In den letzten Wochen hatte ich vor lauter Arbeit die Kurve nicht gekriegt. Ausgerechnet da musste dieser Wisch zwischen den Aktenbergen verloren gehen."

Wilfried nickte und lockerte seinen Griff. Anschließend langte er in seine Brusttasche. Schließlich deutete er mit der Zigarettenspitze auf einen Aschenbecher, der leer und sauber, auf einer Ecke des Küchentisches auf ihn zu warten schien.

„Hm." Er verzog die Mundwinkel.

„Eigentlich wollte ich den Zettel in seinen Briefkasten werfen", fuhr Beate fort und massierte ihre Oberarme. „Aber leider lebt Stuhldreher nicht gerade in einem Vorzeigeviertel. Und auf einem Großteil der Blechkästen im Hauseingang steht kein Name. Also schaltete ich das Licht im Treppenhaus ein. Ich hab zwei Stufen auf einmal genommen. Im dritten Stock bin ich fündig geworden, hab den Zettel unter der Tür durchgeschoben und bin zurückgesprintet."

„Wie kam es, dass du gestürzt bist?", schaltete sich Heidrun ein, nahm auf der Eckbank Platz und schob ein Glas Mineralwasser quer über den Küchentisch.

Beate leerte es mit einem Zug.

„Die Treppe ist mit einem Läufer ausgelegt. Einige Stangen fehlten oder waren lose. Als ich die untersten Stufen erreicht hatte, ging das Licht aus, und ich bin über eines dieser blöden Dinger gestolpert."

Tiefe Furchen bildeten sich auf Wilfrieds Stirn.

Der Kriminalbeamte zerdrückte den Filter seiner Zigarette bis auf eine Dicke von zwei Millimetern, während der restliche Rauch sich in formvollendeten Kringeln auf Beate zu bewegte.

„Also, so siehst du das?"

„Und was missfällt dir?"

Wilfried sah ihr direkt in die Augen und strich sich mit seinem rechten Zeigefinger über den schwarzen Flaum, mit dem Mutter Natur seine Kopfhaut ausgestattet hatte.

„Hast du bereits vergessen, dass es noch nicht allzu lange her ist, seit der Kerl dich angegriffen hat?"

„Sagen wir lieber, die Absicht war da. Doch beim Versuch, das Ganze in die Tat umzusetzen, hat er keine besonders gute Figur gemacht", grinste Beate und schob den linken Fuß unter ihr Gesäß. „Na ja, nach drei Minuten ist er wieder aufgewacht."

„Stopp", lächelte Wilfried, „komm mal wieder runter!"

Die junge Frau zog ihren Zopf über die linke Schulter und schob die Unterlippe nach innen.

„Das ist nicht dein Ernst, Wilfried!"

Wilfrieds Lippen verwandelten sich in einen dünnen Strich. Fast unmerklich wiegte er den Kopf hin und her.

„Auch wenn ich da das Wort Heimvorteil auf deiner Stirn lese", zwang Beate sich zur Ruhe. „Wir wissen beide nicht, ob Stuhldreher überhaupt zu Hause war."

„Aber, dass er Heiner mit seinem Hass verfolgt. Da du nun mal seine Tochter bist, hat er ihn auch auf dich übertragen."

Stuhldreher, der den Lebensunterhalt als „Fliegender Händler" und Türsteher bestritten hatte, war immer wieder straffällig geworden. In letzter Zeit zeichneten sich zunehmend morbide Züge in seiner Persönlichkeit ab.

Kapitel neun

Gegen achtzehn Uhr fegte Jakobi den letzten Krümel aus seiner Butterbrotdose.
„Im Vergleich zu gestern, ist der Dienst heute die reinste Erholung", meinte Wilfried und reckte sich über den Tisch. „Sollte Heiner sich bei dir melden, weil er Beate nicht erreichen kann, dann sag ihm, dass ich sie bei Heidrun und mir einquartiert habe."
Zu einer weiteren Erläuterung sollte es nicht kommen.

„Dort müssen Sie hin!", rief ihnen eine spindeldürre Riesin im weißen Hosenanzug zu und trat aus dem Schwesternzimmer. Dabei streckte sie ihren rechten Arm aus und ließ den Zeigefinger kreisen.
Eine Stimme, die aus dem Lautsprecher an der Decke dröhnte, empfahl einer Schwester Hildegard, sich auf Intensiv zu melden.
Die Ermittler eilten im Slalom um einen Toilettenstuhl, einen Wagen mit Bettwäsche und einen Wäschesack. Ein Patient im rotblau gestreiften Bademantel hatte sich seiner Infusionsnadel entledigt und schlurfte blutend den Flur entlang. Dabei schob er die dazugehörende Flasche, an einem Ständer vor sich her, deren Inhalt ungehindert auf den Boden rann.
„Für uns gab es nicht allzu viel zu tun", brummelte Toni Hilger, der korpulente Mann von der Spurensicherung, während sein sommersprossiger Kollege nickend seine Zähne entblößte. „Franz ist noch im Zimmer."
Sie hatten den leblosen Körper aus dem Wasser gehievt. Nun ruhte er in einem offenen Zinksarg: ein junger, schlanker Mann mit schwarzen Haaren. Die blauen Augen waren geweitet, die feingliedrigen Hände zu Fäusten geballt.
„Vor einer Stunde hat er noch gelebt", empfing Gerichtsmediziner Franz Decker die Ermittler, lockerte seine Knie und klopfte mit der rechten Hand auf eine ausgebeulte Hosentasche.
„Das ist, also, viel mehr das war Julian Rupp", meinte Wilfried und streckte seinen rechten großen Zeh nach oben. „Besser man malt sich nicht aus, welche Entwicklung er unter normalen Umständen hätte durchlaufen können. Wahrscheinlich würde er mitten im Studium stecken."

„Wer hat ihn gefunden?" Jakobi schaute in Richtung Tür. Dann zückte er Block und Stift.

„Die Schwesternschülerin, die das Bad vorbereitet hatte", entgegnete Franz. „Sie sitzt in der Stationsküche."

Die junge Frau, die sich ihnen als Sabine Krämer vorstellte, hatte ihr dünnes braunes Haar in der Mitte gescheitelt und zu zwei Zöpfen geflochten.

„Jetzt kann ich wohl meine Ausbildung vergessen", sagte sie mit monotoner Stimme.

Ihre schmalen Hände nestelten an der Knopfleiste des weißen Kittels, unter dem sich ein leichtes Bäuchlein abzeichnete.

„Im wievielten Monat sind Sie?", bemühte sich Jakobi um eine behutsame Kontaktaufnahme.

„Anfang vierter."

Sie setzte sich kerzengerade, legte die Hände schützend auf ihren Unterleib.

„Ich verstehe nicht, wie das passieren konnte. Es hieß, Julian Rupp sei von den Medikamenten her optimal eingestellt und hätte seit Jahren nicht mehr gekrampft."

„Und wie war er so als Patient?", schaltete Wilfried sich ein und lehnte den rechten Oberschenkel gegen die Tischkante. „Hat er überhaupt seine Umwelt wahrgenommen?"

Die junge Frau nickte unsicher.

„Mit der Kommunikation war es allerdings so eine Sache. Er hat immer nur Befehle ausgeführt. Man hat ihm Frühstück gebracht, und er hat gegessen. Sobald das Plumeau zurückgeschlagen wurde, hat er das Bett verlassen. Heute Morgen hat er sich in Anwesenheit des Pflegers gewaschen."

„Sicher gab es einen Grund, weshalb Julian Rupp in die Wanne gestiegen war?" Wilfrieds Raucherhusten funkte wieder einmal dazwischen.

„Er sollte morgen an einem Leistenbruch operiert werden." Sie schlug die Füße übereinander und schluckte ein paar Mal. „Nachdem ich den Wasserhahn abgedreht hatte, habe ich den Patienten ins Bad begleitet, und ihm meine Hilfe angeboten. Als ich mich davon überzeugt hatte, dass er allein zurechtkommen würde, habe ich das Zimmer verlassen. Das Abendessen stand auf dem Flur. Also habe ich meiner Kollegin beim Austeilen geholfen und bin dann zurück ins Bad."

Sabine Krämer wechselte die Farbe. Ihr Körper zitterte wie Espenlaub, während sie ihre Taschen durchwühlte. Schließlich nahm sie mit einer Papierserviette vorlieb.

„Es war alles längst vorbei. Den Anblick werde ich nie vergessen", schniefte die junge Frau. „Ihm hätte niemand mehr helfen können."

Sie fasste sich an den Unterleib.

„Alles okay?", rief Wilfried.

Ihre braunen Augen starrten ins Leere. Nach einer endlos erscheinenden Sekunde verzog sie ihre Mundwinkel. Schließlich atmete sie vernehmlich ein und aus. Dann nickte sie.

„Haben sich die Angehörigen überhaupt um ihn gekümmert?"

„Dr. Rupp, ich meine unseren Stationsarzt, hat alle naslang zu ihm reingeschaut. Er hat wohl sehr an seinem Bruder gehangen." Sabine Krämer stellte die Füße nebeneinander und beugte sich vor. „Der Senior war kurz nach Mittag hier, ist dann aber gleich wieder gegangen, weil er einen Termin hatte."

„Ich nehme an, Matthias Rupp ...", überlegte Wilfried laut.

„Den finden Sie in seinem Büro. Kennen Sie den Weg?"

Die Ermittler nickten simultan.

Peter Jakobi und Wilfried Nickel bedankten sich bei der Schwesternschülerin, unterbrochen von der Frau an der Zentrale, die einen Herrn Almuth in die Röntgenabteilung zitierte.

Das Chaos auf dem Flur hatte sich ausgeweitet. Eine Schwester schob einen Verbandswagen aus einem der Zimmer, gefolgt von einer Frau, die mit ausgestrecktem Arm eine volle Urinflasche vor sich hertrug, dann aber auf dem Absatz kehrtmachte.

Ein fettleibiger Greis mit Gehhilfe kollidierte in Höhe des unreinen Arbeitsraumes mit einem Nachtschränkchen.

Nach dem ersten Klopfen öffnete Dr. Matthias Rupp die Tür des Arztzimmers.

Wortlos schob er einen Karton mit Arzneimustern auf die äußerste Ecke seines Schreibtischs und räumte einen zweiten Besucherstuhl frei, indem er einen Stapel medizinischer Zeitschriften auf die Untersuchungsliege verbannte.

Der Mediziner stützte sich mit beiden Händen auf die Armlehnen, ehe er sich in seinen Ledersessel gleiten ließ. Das Gesicht war aschfahl. Das volle, schwarze Haar wirkte matt.

„Mein kleiner Bruder", krächzte er und klemmte sich eine nikotinarme Filterzigarette zwischen die Mundwinkel, während er Wilfried die Packung entgegenstreckte. Doch der lehnte dankend ab.

„Ich bemühe mich, meinen Konsum zu drosseln. Aber soweit, dass ich Papier rauche, bin ich noch nicht."

„Der arme Julian", verfiel Rupp in Stakkato. „Er war so ein feiner Kerl. Und nun soll er tot sein. Einfach so? Entschuldigt, aber es wird wohl noch ein Weilchen dauern, bis ich das Ganze realisiert habe."

Jakobis Gedanken wanderten zu der werdenden Mutter.

„Ich nehme an, Ihnen tut das Mädchen leid, Herr Jakobi. Verstehe!"

Wilfrieds Augen wurden kugelrund. Darauf, dass dieser Lackaffe den Allesversteher mimt und eine Nummer abzieht, kann ich verzichten, dachte er.

Er schielte zu Jakobi hinüber.

Sein Freund und Vorgesetzter reagierte, wie nicht anders zu erwarten. Er hob sein Kinn und klappte in aller Seelenruhe sein Notizbuch auf.

„Herr Dr. Rupp", eröffnete Jakobi mit emphatischem Unterton das Gespräch. „Wir möchten uns ein klares Bild von Ihrem verstorbenen Bruder machen. Den Schilderungen der Schwesternschülerin nach zu urteilen, konnte er einige Dinge, zum Beispiel die Körperpflege, ohne fremde Hilfe verrichten."

„Natürlich! Er war verlangsamt und verängstigt, aber nicht doof."

„Und die Verständigung?", mischte sich Wilfried ein, strich mit dem rechten Zeigefinger über die Schläfe und runzelte die Stirn. „Außer Waschen und Anziehen – wie viel hat er mitgekriegt?"

„Eine Menge", antwortete Rupp wie aus der Pistole geschossen. „Davon bin ich überzeugt. Manchmal hatte ich den Verdacht, dass er sogar in der Lage war, das eine oder andere Wort zu entziffern."

Irgendwo krachte eine Tür ins Schloss.

Die ihnen mittlerweile vertraute Stimme trällerte ins Mikrofon, gefolgt von dem blubbernden Geräusch einer Kaffeemaschine.

„Schreiben oder so?"

Rupp schnippte die Asche von seinem Kittel. „Das wäre zu schön gewesen."

„Und wie konnte er sich verständigen?" Wilfried spreizte seine Rechte auf der Schreibtischplatte.

Rupp kramte in der obersten Schublade und zog schließlich einen Block der Größe DIN A 5 hervor.

„Mit Händen und Füßen", erwiderte der Mediziner und zerdrückte den Stummel im Aschenbecher. „Wenn das nichts half, hat er gezeichnet."

Die Ermittler blätterten, hoben die Augenbrauen und nickten abwechselnd.

Die Zeichnungen waren akkurat. Ein Operationssaal, eine Waage und diverse Einrichtungsgegenstände. Wie es aussah, war die Welt nun um ein begnadetes Naturtalent ärmer.

Peter Jakobi überflog seine Aufzeichnungen und schlug eine neue Seite auf. Er warf einen Blick aus dem Fenster. Die Dämmerung war mittlerweile fortgeschritten, und das Licht der Scheinwerfer reflektierte auf der regennassen Straße.

„Wann ist Ihr Bruder eingeliefert worden?", setzte der Hauptkommissar seine Befragung fort.

„Mein Vater hat ihn gestern Nachmittag in Andernach abgeholt." Der Chirurg legte seine Arme auf die Lehnen seines Ledersessels. „Ein Riesenaufwand, ich weiß. Aber Julian brauchte den Umgang mit vertrauten Personen und ein vertrautes Umfeld. Vor Jahren war er für zwei Tage im Andernacher Krankenhaus. Das war das totale Fiasko, sowohl für ihn als auch für die Pfleger."

„Und diese Krämpfe?"

„Der letzte Anfall liegt eine Ewigkeit zurück. Von den Medikamenten her, war Julian optimal eingestellt. Wir hatten uns in einer Sicherheit gewiegt. In einer trügerischen, wie sich gezeigt hat! Und dieses dumme Ding lässt ihn unbeaufsichtigt in der Wanne planschen."

„Sie ist noch in der Ausbildung. Und sie ist schwanger!", platzte es aus Wilfried heraus.

„Halt's Maul! Das fällt nicht in deinem Kompetenzbereich!", schnaubte Rupp mit puterrotem Gesicht.

Er schloss die Augen. Seine Schulterblätter hoben sich.

„Schwanger sagst du?", murmelte er und atmete ein paar Mal schroff aus und ein.

„Ja."

„Eine Magere mit Zöpfen?"

Wilfried widerstrebte es diese Beschreibung kommentarlos hinzunehmen. Er tat es dennoch.

„Lass uns die Sache auf den Punkt bringen, Matthias", unternahm der Ermittler einen weiteren Versuch und rieb die Hände gegeneinander, um seinen Gedankengängen Ausdruck zu verleihen. „Die Kleine trägt doch nicht die alleinige Schuld an dem Unglück. Schließlich war sie nicht alleine auf der Station."

„Selbstverständlich hängen die Dienst habenden Examinierten und die Stationsleitung genauso mit drin."

„Sie hatte also strikte Anweisung, Julian sich nicht selbst zu überlassen?"

Rupp schob das Kinn nach vorn.

„Hör zu, du Intelligenzknubbel", keuchte er, während seine Augen einen seltsamen Glanz annahmen. Seine langen Finger gruben sich in Wilfrieds Schultergürtel. „Merkst du überhaupt nicht, wie dämlich deine Fragen sind?

Allein der Beschaffenheit des Möbelstücks verdankte der Mediziner es, dass er beim Aufprall gegen die Rückenlehne, nicht mitsamt seinem Sessel zu Boden krachte.

Wilfrieds Lippen verwandelten sich in einen dünnen Strich. Nun konnte er das leichte Beben seiner Nasenflügel nicht länger unterdrücken. Doch dann spürte er den Blick seines Kollegen.

„Mit Rücksicht auf deine Trauer, bin ich bereit, diesen Vorfall auf sich beruhen zu lassen", brummte er und ballte seine Hände auf der Arbeitsplatte. „Wollen wir fortfahren, ja? – Du wolltest gerade antworten."

Der Mediziner legte den Kopf in den Nacken und ließ seinen Blick an der Zimmerdecke entlang wandern.

„Herr Dr. Rupp!"

Der scharfe Unterton in Jakobis Stimme holte sein Gegenüber in die Wirklichkeit zurück.

„Ja ... nein!"

„Wie bitte?", schnarrte Wilfried.

Unbehagen stand Rupp ins Gesicht geschrieben.

„Ach, was soll's? Scheiß doch der Hund aufs Kanapee!"

Bevor die Kommissare darauf reagieren konnten, fuchtelte er mit den Händen umher und sank in sich zusammen.

„Es hat keinen Zweck, päpstlicher zu sein als der Papst", räumte er ein. „Mit Sicherheit hat Julian hin und wieder ohne Aufsicht ein Bad genommen."

Wilfried schielte zu Jakobi hinüber. Der nickte und spielte mit dem Kugelschreiber.

„Normalerweise wäre es ausreichend gewesen, wenn dieses Mädchen zwischen den Arbeitsgängen, von Zeit zu Zeit zu ihm reingeschaut hätte. Das war mit Sicherheit auch ihr Ansinnen. Schülerin Sabine eilt ein guter Ruf voraus."

Der Mediziner fingerte erneut eine Zigarette aus der Packung.

Jakobi veränderte seine Sitzposition. Ein stechender Schmerz fuhr ihm ins Knie. In den letzten Monaten hatte seine Arthrose ihn in Ruhe gelassen. Nun aber meldete sie sich in einem Augenblick zurück, in dem er sie am allerwenigsten gebrauchen konnte. Glücklicherweise war sein Finger abgeheilt.

„In seiner vertrauten Umgebung wäre das wohl kaum passiert", nuschelte Rupp hinter seiner Rauchwolke, ohne den Glimmstängel aus dem Mund zu nehmen. „Die Angst vor der Operation hat ein Übriges getan."

Die Tür zur Station stand offen. Drei Ordensschwestern mittleren Alters, offensichtlich auf dem Weg zur Fahrschule, verließen den Personenaufzug und diskutierten lautstark über Vorfahrtsregeln.

Auf dem Flur war etwas Ruhe eingekehrt.

Im Schwesternzimmer trafen sie gleich zwei Pflegekräfte an. Ein junger Mann um die zwanzig mit braunem Bürstenhaarschnitt hantierte mit drei Infusionen. Seine Kollegin, korpulent, geschätztes Alter dreißig, blond, mit Pferdeschwanz, war damit beschäftigt, Medikamente für die Nacht bereitzustellen.

Die Beamten zeigten ihre Ausweise und traten ein.

„Wir stehen vor einem Rätsel", meinte der Mann, der sich ihnen als Pfleger Max vorstellte. Zeitgleich hängte er die letzte der Flaschen, in die er zuvor ein Medikament gespritzt hatte, beschriftet zu den anderen an einen Ständer.

Dann nahm er Julian Rupps Unterlagen aus dem Wagen und hielt sie den Ermittlern unter die Nase.

„Hier", fuhr er fort, „ist das Medikament aufgeführt, das er täglich nehmen musste."

Er tippte mit seinem rechten Zeigefinger auf die entsprechenden Felder und erklärte die Fieberkurve von oben nach unten.

„Alles in schönster Ordnung. Allerdings steht noch ein Wert aus." Er räusperte sich.

„Und der betrifft das Mittel gegen diese Anfälle. Hab ich recht?", folgerte Wilfried.

„Vielleicht war das Mittel ausgereizt und hat dadurch in seiner Wirkung nachgelassen. Dass bei der Einnahme geschludert wurde, ist ebenfalls möglich. Das ginge dann zulasten des Personals im Langzeitbereich", meinte die Blonde, deren Frisur sich aufzulösen drohte, und blies sich eine Strähne aus der Stirn.

Jemand schellte. Der Pfleger erklärte, das Zimmer befände sich auf seiner Strecke und marschierte mit dem Infusionsständer davon.

Kapitel zehn

Im Schneckentempo kroch die Fahrzeugkolonne der Bundeswehr die Steigung hinauf. Sollte das etwa die Belohnung für das kurz zuvor beendete Überholmanöver sein? Gerade eben war das Führerhaus des LKW aus dem Rückspiegel verschwunden.

Es versprach, ein warmer Tag zu werden.

„Möchtest du fahren?", schmunzelte Doris.

Riemenschneider rieb sich die Augen und gähnte geräuschvoll hinter vorgehaltener Hand. Seine schmalen, geschwungenen Augenbrauen schoben sich zusammen. Dann schüttelte er den Kopf.

Die Nacht war kurz gewesen. Gegen sechs hatte Sirenengeheul ihn aus einem traumlosen Schlaf gerissen.

„Bitte, da vorne abbiegen", brummte er vor der Abfahrt nach Morbach und tippte Doris auf die Schulter.

Die runzelte die Stirn und warf einen verständnislosen Blick auf die Tankanzeige.

„Was ich brauche, ist ein starker Kaffee."

Sie waren die einzigen Kunden.

Die Dicke verzog das Gesicht, ließ einen ausgewrungenen Lappen in einen nicht ganz geleerten Putzeimer fallen und grüßte widerwillig.

„Die Kühltruhe mit dem Speiseeis hat heute Morgen den Geist aufgegeben", erklärte sie und schielte auf ihre Hose, die sie bis zu den Knien hochgekrempelt hatte. Die teigige Masse ihrer Senk-Spreizfüße quoll zwischen den Riemchen der Sandalen hervor. Allein der Anblick bereitete dem Betrachter Schmerzen.

„Ich dachte, der Mann vom Kundendienst würde sich allmählich blickenlassen", brummelte Fasbich, der mit gebeugtem Oberkörper über der Truhe hing.

„Wie heißt es noch mal?", fuhr er fort, inspizierte das defekte Gerät und richtete sich schließlich auf. „Einmal Bulle, immer Bulle!"

Die Mundwinkel des Exkripomannes schoben sich auseinander, während er zu Doris hinüberschielte, die ihre rechte Hand auf seinen Unterarm gelegt hatte.

„Kaffee wäre jetzt genau das Richtige", meinte Riemenschneider. „Ich nehme an, die Maschine hat nicht ebenfalls den Geist aufgegeben."

Fasbich nickte an Riemenschneider vorbei und kratzte sich am Kopf. Dabei machte er seine Frisur, die nach der Haarwäsche ohnehin die Fasson eines Handfegers angenommen hatte, endgültig zunichte.

Während er mit der Kaffeemaschine zugange war, hielt ein weißer Lieferwagen vor der Zapfsäule. Kurz darauf schlurfte ein Mann, der seiner Kleidung nach zu urteilen zur Zunft der Maler und Anstreicher gehörte, durch den Verkaufsraum, orderte lautstark eine Schachtel Zigaretten, zahlte und verschwand.

„Bei Ihnen ist ja ganz schön was los", murmelte Fasbich, nachdem er den Kaffee auf dem Tischchen neben der Ladentheke abgestellt hatte. Er nahm eine Boulevardzeitung vom Stapel und reichte sie an Riemenschneider weiter.

„Ich nehme an, Sie haben es bereits erfahren."

„Hm", log der ehemalige Staatsdiener und überflog die Zeilen.

Zwar hatte er in den vergangenen Tagen mehrmals die Nummer seines Freund Peter Jakobi gewählt, aber stets den Anrufbeantworter an der Strippe gehabt. Und Franz Decker, der nach dem zwölften Klingelton den Hörer abgenommen hatte, hatte ihn wissen lassen, dass er seinetwegen die Badewanne verlassen habe und ihn gebeten, sich kurz zu fassen.

Lediglich Beate hatte sich kurz vor seinem Aufbruch bei ihm gemeldet, und ihn wissen lassen, dass sie sich derzeit in Schillingen aufhalte, wo sie auf Stefan warten und im Laufe des Tages mit ihm zusammen nach Kell zurückkehren werde.

„Der arme Junge", fügte Fasbich hinzu. „Mit so einem Trauma in der Klapse vor sich hinvegetieren und dann noch diese Epilepsie! Vielleicht ist es besser so."

„Das wissen wir nicht!", brummte Riemenschneider ohne einen weiteren Kommentar.

„Aber deswegen sind Sie nicht hier?"

Riemenschneider schüttelte seine Mähne in den Nacken und nippte an dem Gebräu, dessen Zichoriengehalt höher zu sein schien als bei dem, das man ihm vor Tagen serviert hatte.

„Da gibt es allerdings etwas, das mir in der letzten Zeit durch den Kopf gegangen ist", griff er nach dem kleinen Finger, den Fasbich ihm entgegenstreckte. „Celine Kramers Tod hat Sie erschüttert."

Der Luxemburger nickte reflexartig. Seine Wangenknochen spannten sich an.

„Anderseits waren Sie neulich nicht allzu zimperlich in Ihrer Wortwahl."

Fasbich verdrehte die Augen. Er erinnerte sich. War das die Möglichkeit? Falls der Hüne der Gattung Spät-Hippie, der neben ihm seinen Kaffee schlürfte, blufte, dann war er sehr gut. Er schimpfte leise vor sich hin, frankofon. Aber Riemenschneider fuhr ihm über den Mund.

Für einen Moment herrschte Schweigen. Der Tankwart ließ seine Blicke durch den Verkaufsraum und hin zur Zapfsäule gleiten.

Riemenschneider schwenkte seine Tasse und trank den letzten Schluck.

„Ich bin nicht mehr im Dienst, und Sie brauchen meine Frage nicht zu beantworten", erklärte er, nachdem er sich Fasbichs Aufmerksamkeit bewusst war.

„Ja, okay", seufzte der Tankwart und legte die Zeitung zurück auf den Stapel.

„Glauben Sie, Ihre Eifersucht war gerechtfertigt?"

„Ja ... Zumindest sah ich damals keinen Grund, nicht eifersüchtig zu sein."

Er scheuerte sich mit dem rechten Fuß an der linken Wade.

„Ungefähr zwei Monate vor ihrem Verschwinden war die Familie für eine Woche verreist. Celine sollte während dieser Zeit Frühjahrsputz halten."

„Es war das einzige Mal, dass Sie von diesem Ritual mit dem Hupkonzert absehen konnten?

Fasbich nickte: „Nicht nur das. Sie hatte mich ins Haus gelassen, mich durch alle Räume geführt. Von solchen Möbeln kann unsereiner nur träumen. Auch an dem Schlafzimmer von Frau Rupp gab es nichts auszusetzen. Allerdings war die Umzäunung aus Weidenmatten, die den Rasen neben dem Haus umgab, so hoch, dass man nicht drüber schauen konnte. Und mitten auf dem Rasen stand eine Art Schuppen. Es könnte sich auch um eine Laube gehandelt haben. Jedenfalls: Das erste, was Celine sah, wenn sie morgens aufstand und aus dem Fenster blickte, war dieses Ding."

Der Exkripomann nickte und setzte die Tasse ab. „Ich bin ganz Ohr."

„Wir gingen hinauf in ihr Zimmer. Anfangs war es wunderschön. Doch dann wehrte sie meine Zärtlichkeiten ab, sagte, in diesem Bett könnte sie unmöglich mit mir zusammen sein." Fasbich atmete tief ein und aus. „Die rechte Tür des Kleiderschrankes stand offen. Darin hingen ein Kleid und ein Mantel, den sie sich niemals selbst gekauft haben konnte. Zumindest nicht von den hundertfünfzig Mark, die der alte Geizkragen gezahlt hatte. Ich stand auf und machte die Tür zu; von außen. Noch am selben Tag hatte ich den Entschluss gefasst, die Stelle in Merzig anzutreten."

„Entschuldigung, wenn ich mich einmische", widersprach Doris. „Der geizigste Arbeitgeber war dieser Dr. Rupp wohl nicht. In den Sechziger Jahren war das doch ein beachtliches Sümmchen, das sie Monat für Monat ausgezahlt bekam."

Der Mann aus Luxemburg nickte hastig.

„Da haben Sie vollkommen recht. Celine war ein musikalischer Mensch mit Träumen." Ein flüchtiges Lächeln stahl sich auf seine Lippen. „Ihr halber Verdienst ist aufs Sparbuch gewandert. Sie wollte unbedingt ein eigenes Klavier besitzen."

Riemenschneider langte in seine Gesäßtasche und legte die Börse aufgeklappt auf den Tisch.

„Haben Sie Celine danach noch einmal gesehen?"

Fasbichs Hände umklammerten die Tischkante.

„In der darauffolgenden Woche hatten wir uns im Dorf getroffen und einen Kaffee getrunken. Bei der Gelegenheit hatte sie mir von dem geplanten Urlaub erzählt."

„Aber dieses Kettchen mit ihrem Namen", wollte Riemenschneider wissen. „Das war doch ein Geschenk von Ihnen?"

„Ich habe nicht die geringste Ahnung, woher sie das hatte."

Eine graue Wolke zog über sie hinweg, kurz, nachdem sie ihre Fahrt fortgesetzt hatten. Riemenschneider, der mit vor der Brust verschränkten Armen auf dem Beifahrersitz hockte, genoss Doris' Anmerkungen zum Erscheinungsbild von Herrn und Frau Fasbich.

Während der letzten zwei Tage hatte man in Höhe Thalfang eine Baustelle eingerichtet. Zu ihrer Freude schaltete die Ampel auf Grün. Ein Knall! Riemenschneider verzog das Gesicht. Nach einer endlos erscheinenden Sekunde setzte sich die Ente ihres Vordermannes mit nicht mehr ganz vollständigem Auspuff in Bewegung.

„Selbst hier stehen die schon rum", meinte Doris, strich sich eine Strähne aus der Stirn, und zeigte mit dem Kinn nach rechts.

„Wen meinst du?"

Dann entdeckte Riemenschneider ihn. Der Mann, der dem Pappschild in seinen Händen zufolge, Trier als Reiseziel erkoren hatte, trug ausgewaschene Jeans und ein graues Polohemd. Die letzten vier Jahre hatten ihn um ein

Vielfaches altern lassen. Sein graues Haar endete einen Zentimeter oberhalb des Kragens. Es schien, als habe er es selbst geschnitten. Nur der Mittelscheitel war der gleiche wie damals.

Doris klappte die Sonnenblende nach oben und stieg vom Gas. Doch ihr Lebensgefährte schüttelte den Kopf, während sich zwischen seinen Brauen eine tiefe Querfalte bildete.

„Weiterfahren!", brummte er.

„Heidrun, wirf mal einen Blick in den Kalender", lachte Wilfried. „Ist heute der Tag der Heimkehrer?"

Riemenschneiders Blick wanderte über die Anrichte, auf der drei überdimensionale Bleche mit belegten Pizzateigen aufgereiht waren, hinüber zur Hausherrin. Die Frau des Hauses, deren Lockenschopf von einem breiten, weißen Stirnband im Zaum gehalten wurde, wischte sich den Schweiß von der Stirn.

„Ich schlage vor, Wilfried sorgt für die Getränke, Heiner zieht den Tisch aus und holt noch ein paar Stühle aus dem Wohnzimmer. Doris und ich kümmern uns um den Rest. Übrigens: Eine Pizza ist schon im Ofen, die mittlere ist für die Kinder reserviert, und Nummer vier werde ich wohl einfrieren. Das ist alles Beates Werk, als kleines Dankeschön. Du lieber Himmel, Heiner", lachte sie, „ich glaube, deine Tochter hat uns mit einer Kompanie Soldaten verwechselt."

„Wo steckt sie, unsere Gönnerin?", fragte Doris und nahm einen Stapel Teller entgegen.

„Sie wollte unbedingt ein Kissen und eine Bettdecke beziehen. Stefan hilft ihr."

„Vorher wird die Matratze einem kleinen Test unterzogen? Mein Gott können die ... ", brummte Riemenschneider und hob die Augenbrauen.

„Das lass mal ihre Sorge sein!", empfahl Wilfried und lief auf Strümpfen hinaus auf die feuchte Terrasse, ehe er die gesuchten Sportschuhe unter der Eckbank erspähte.

„Sie hat Stefan begrüßt, als wäre er nach einem monatelangen lebensgefährlichen Einsatz heimgekehrt", gluckste Heidrun. „Dabei lebt sie an den Tagen, an denen beide arbeiten müssen, ihr eigenes Leben; geht zum Judo und trifft sich mit Freunden. Allein, wenn ich überlege, wie lange sie um ihre Beziehung ein Geheimnis gemacht hat."

„Nach den Erfahrungen, die sie bisher gemacht hat", murmelte Wilfried, „ist das ein reiner Schutzmechanismus. Der gute Stefan liebt sie, seit sie sich zum ersten Mal begegnet sind."

„Was Heiner eigentlich sagen wollte, ist, dass …", meinte Doris, worauf die übrigen Anwesenden mit dem Kopf nickten.

Ein Stockwerk über ihnen fiel eine Tür ins Schloss, und vier Füße eilten die Stufen hinunter in den Keller und Sekunden später herauf ins Erdgeschoss.

Riemenschneider drückte Beate einen Kuss auf die Schläfe, löste sich aber sofort wieder aus der Umarmung:

„Na was hast du denn da wieder angestellt?", zischelte er und schielte auf den Verband."

„Aber dir ist schon bekannt, dass man Formulare mit der Post verschicken kann?", reagierte der Exkripomann auf die Ausführungen seiner Tochter.

Die lehnte sich seitlich gegen die Tischkante und kräuselte ihre Lippen. Dann räusperte sie sich.

„Hör zu!", sagte sie schließlich. „Es war nicht so, dass ich übermütig geworden wäre."

„Und was war es dann?"

Beate schielte hinauf zur Zimmerdecke. Sie fühlte sich unwohl. Und das passte ihr überhaupt nicht. Wenn ein harmloser Plausch in ein Verhör ausuferte, gab es kein Entkommen.

Einen Meter von ihnen entfernt schloss Heidrun lautstark einen Hängeschrank. Riemenschneider schluckte. Seine Züge entspannten sich nur unwesentlich.

„Himmel, wie kann ein einzelner Mensch nur so leichtsinnig sein?"

„Du, es ist wirklich nicht nötig, dass du mich ausschimpfst", befand Beate mit halbem Munde und faltete ihre Hände auf ihrem Oberbauch, ehe sie den direkten Blickkontakt zu ihrem Vater wieder aufnahm. „Das hat Wilfried bereits getan."

„Recht so! - Hattest du dir eingebildet, du wärest ein weiblicher Tarzan oder sonst ein unverletzbares Fabelwesen?"

„Ich war daran interessiert, diesen Wisch loszuwerden. Da ich weder diesen blöden Briefkasten finden konnte, noch jemand auf mein Klingeln reagiert hatte, hielt ich einen Sprint durchs Treppenhaus für die sinnvollste

Lösung. Mittlerweile hab ich ja kapiert, dass ich die Gefahr nicht bedacht habe."

Riemenschneider kniff die Lippen zusammen und zog seine Barthaare in die Länge.

„Oder nicht sehen wolltest. Stuhldreher kennt das Haus wie seine Westentasche. Und wenn er dich vom Fenster aus gesehen und dir aufgelauerte hätte? Mehr will ich mir lieber nicht ausmalen. Ein niedliches Kartoffelmesser ..."

Beate senkte die Schultern. Nach zwei Nächten in einem fremden Bett fühlte sie sich wie gerädert. Und Stefan würde nach dem Essen zum Dienst aufbrechen.

„Heiner, ich verspreche ..."

„Wer weiß, was der morgige Tag für dich bereithält. Es wird ähnliche Situationen geben. Und du wirst dich aus irgendeiner Laune heraus, zu ähnlichem Handeln verleiten lassen. Also vergiss den Unsinn."

„Bevor wir das Thema endgültig abhaken", meinte Riemenschneider wenig später, während er nach einem zweiten Stück Pizza Ausschau hielt. „Besagter Kerl stand kurz vor Thalfang mit einem Pappschild an der Straße und wollte nach Trier."

Wilfried leerte sein Glas, überprüfte den Inhalt seiner Brusttasche und orderte eine Runde Kaffee.

„Meinst du, Heiner verträgt noch einen?", grinste Stefan.

„Werd nicht vorlaut!", lachte Wilfried. „Das mag er nicht."

„Ich dachte, nur weil er bereits bei unserem Freund Fasbich einen getrunken hat."

Der Exkripomann schielte zu seinem schwarzhaarigen Pendant hinüber. Doch der Gastgeber lächelte ihn an und verschränkte seine Arme hinter dem Kopf, während er seine Nase leicht schief zog.

„Was geschieht mit mir, wenn ich es abstreite?", brummte Riemenschneider.

„Dann bist du dran." Wilfried holte, da mittlerweile auch der letzte Essensrest von der Tischplatte verschwunden war, einen Aschenbecher herbei.

„Du bist ein Gauner", krächzte Wilfried und versuchte, einen Hustenanfall zu unterdrücken. „Aber vielleicht hattest du auch mehr Glück als Verstand."

Heiner Riemenschneider linste auf die beiden Brandnarben an seinem rechten Unterarm und zuckte mit den Schulterblättern.

„Der Kerl war anfangs, gelinde ausgedrückt, etwas verschlossen. An seine Flucherei von neulich konnte er sich selbstverständlich nicht mehr erinnern, tat so, als hätte ich halluziniert. Aber dann hat ihm sein Temperament einen erneuten Streich gespielt. Dem habe ich postwendend Kontra gegeben, dass er ohne weiteres Zutun eine Spur geschmeidiger wurde. Trotzdem bleibt mir nichts anderes übrig, als Will recht zu geben."

Der pensionierte Beamte öffnete den obersten Kragenknopf, streckte seine Unterarme auf dem Tisch aus und ahmte mit den Händen ein schwingendes Scheunentor nach. „Schließlich konnte ich nicht damit rechnen, überhaupt irgendeine Neuigkeit zu erfahren."

Stefan legte den Arm um Beate und küsste ihren Nacken.

„Das heißt im Klartext, Monsieur zählt weiterhin zu den Verdächtigen. Erst recht nachdem wir wissen, dass er zumindest dieses eine Mal, das Haus betreten hat."

Draußen heulte eine Sirene, und kurz darauf lärmte ein Löschzug quer durch den Ort.

Wilfried beugte sich vor und verzog die Mundwinkel. „Dir ist bekannt, dass Julian Rupp tot ist?"

Riemenschneider nickte: „Ich habe es aus der Zeitung erfahren."

„Na klar doch!", rief Beate ohne Vorwarnung dazwischen und machte ein Hohlkreuz. „Den hatte ich vorgestern Abend gesehen, als ich in der Eingangshalle saß und auf Wilfried wartete. Ich sollte besser sagen, alle drei."

„Bist du dir sicher?", reagierte Stefan verwundert.

„So ungefähr."

„Wie bitte?", blaffte Wilfried.

Die junge Frau drehte ihren Kopf zur Seite und warf dem Freund einen strafenden Blick zu.

„Die hatten zwar kein Transparent mit ihrem Namenszug vor sich hergetragen. Vermutlich habe ich zumindest einen von ihnen wieder erkannt, weil ich ihn schon mal gesehen hatte."

Nickel verzog den rechten Mundwinkel und gab ein grunzendes Geräusch von sich.

„Zudem kommt es wohl nicht allzu häufig vor, dass sich gleich zwei Ärzte um einen Behinderten ..."

Riemenschneider räusperte sich.

„Heiner, das war offensichtlich", unterband die junge Frau die versuchte Maßregelung. „Der junge Mann im Sitzwagen wurde von einem Weißkittel mit schwarzem Lockenschopf und einem älteren Herrn im grauen Anzug, der eine Krankenakte vor sich hertrug, begleitet."

„Ist dir etwas aufgefallen?"

Beate drückte die Oberlippe gegen ihre Nase und verdrehte die Augen. „Nee", meinte sie schließlich, „nichts außer, dass Matthias Rupp äußerst liebevoll mit seinem Bruder umgegangen ist. Der Vater schien mir eher distanziert."

Doch dann schüttelte sie den Kopf. „Den letzten Satz bitte mit einem Fragezeichen versehen! Von meinem Platz aus konnte ich das Ganze nur subjektiv deuten."

Kapitel elf

Das weiße Gartentor stand einen Spalt weit offen. Trotz der frühen Nachmittagsstunde waren die Rollläden heruntergelassen. Der Rasen wirkte vernachlässigt. Seine Halme waren nicht nur in die Höhe geschossen. Sie hatten auch zwei Löwenzahnpflanzen Raum zur Entfaltung gewährt.

„Auauau", machte Stefan und drückte sich an Wilfrieds Oberarm vorbei, während beide auf das Haus zuschritten.

„Du sagst es", raunte Wilfried. „Fehlt nur, dass der Herr Doktor das Weite …"

Er konnte den Satz nicht zu Ende bringen.

Stefans Pupillen huschten nach links, dann nach oben.

Aus der Diele drang das Trippeln kräftiger Hundepfoten.

Nach einem kurzen Wau presste die alternde Colliedame ihre Schnauze gegen die geriffelte Glastür. Ihr folgte eine Person im schwarzen Trainingsanzug.

„Schleich dich, Luise!", beendete Rupp die Liebesbekundungen seiner vierbeinigen Hausgenossin, die, nachdem sie Wilfried beschnuppert hatte, fiepend ihre Pfoten gegen Stefans beigefarbene Cordhose stemmte.

Der Mediziner strich sich die Haare aus der Stirn und blinzelte mit zusammengekniffenen Lidern in die Sonne.

„Oberkommissar Mogosky", sagte Stefan und streckte Rupp seinen Ausweis entgegen. „Ich nehme an, meinen Kollegen brauche ich Ihnen nicht vorzustellen."

„Da haben Sie recht." Rupp schloss die Eingangstür und wies mit ausgestrecktem Arm ins Innere des Hauses.

Der Geruch von kalter Gemüsesuppe schlug ihnen entgegen. Nur schwerfällig bewegte sich der Internist in seinen ausgetretenen Mokassins vorwärts. Auf dem Weg stoppte er und zog seine Socken in die Höhe.

Er führte sie ins Wohnzimmer.

„Bitte, nehmen Sie doch Platz", forderte Rupp die Ermittler auf. Er entfernte eine graue Stoffhose und eine dunkelblaue Strickjacke von der Ledercouch und legte sie quer über den Schreibtisch.

Mit ungelenken Schritten hastete er zum Fenster und zerrte an dem Gurt, bis der Rollladen die untere Hälfte der Scheibe passiert hatte.

Martin Rupp schnaufte und ließ sich auf die Couch sinken.

„Verzeihen Sie diesen Überfall, aber wir hätten noch ein paar Fragen."

„Nicht doch!", meinte der Mediziner und warf Stefan einen strafenden Blick zu.

Der Hund trottete herein, streckte sich zu Wilfrieds Füßen aus und gähnte.

„Die seichte Tour hat was für sich und mag hin und wieder angebracht sein", schnarrte Rupp und lehnte sich zum Teewagen hinüber.

„Das Leben ist nicht zimperlich mit mir umgegangen", fügte er hinzu und füllte eines der Gläser zu einem Drittel mit Whiskey. „Ich kann einiges vertragen."

Er nippte und stellte das Glas auf den Couchtisch.

Wilfried, der den Hund zwischen den Ohren kraulte, nickte und verzog die Mundwinkel.

„Okay, lassen Sie uns über den gestrigen Abend reden."

„Herr Nickel, Julians Tod ist nichts weiter als ein tragischer Unfall", säuselte Rupp.

Die Gesichtszüge des Mediziners entgleisten. Für einen Moment sah es aus, als schrumpfe der hagere Mann unter den Augen der Ermittler in sich zusammen.

„Entschuldigung, was hatte ich gesagt?", stammelte er und fuhr sich mit zitternden Händen durch das Gesicht.

Sein Kinn bewegte sich hin und her. Zwei winzige Tränen verirrten sich in seine Augenwinkel.

Er schluckte ein paar Mal.

„Geht schon wieder", meinte er schließlich, da ihm die Aufmerksamkeit der Kommissare bewusst wurde.

„Wer hat Sie über Julians Tod in Kenntnis gesetzt?", ergriff Stefan das Wort und zückte Notizblock und Stift, die er in einer Tasche am Gürtel mit sich führte.

„Matthias! Der Anruf erreichte mich zwischen Suppe und Hauptgang", erklärte Rupp nach einem kräftigen Schluck. „Ein Kollege aus Saarbrücken feierte seinen Eintritt in den Ruhestand. Es dauerte eine Weile, bis ich begriff, was mir mein Sohn mitteilen wollte. Er sagte, Julian ist tot. Wir stehen vor einem Rätsel. Er hat in der Badewanne gekrampft und ist ertrunken."

„Wann …?"

Wilfried Nickel sog geräuschvoll die Luft ein und zog den linken Mundwinkel nach unten.

Sein genervtes Gesicht galt nicht seinem Gegenüber, sondern einem Schrotthändler, der in Höhe des Vorgartens einen Zwischenstopp einlegte.

„Wann hatten Sie Julian das letzte Mal gesehen?"

„Vor meiner Abreise."

„Ein bisschen präziser hätten wir es schon gerne."

„Gegen halb eins", antwortete Rupp, ohne zu überlegen. „Um halb eins hatte ich die Station betreten. Ich war in Eile. Aber dann sagte mir der Blick auf die Uhr, dass ich mich nicht abzuhetzen brauchte."

Stefan, der eine neue Seite aufgeschlagen hatte, klemmte den Kugelschreiber in das Notizbuch.

„Ich darf doch?", meinte er, während er dem Halbdunkel, das den Raum erfüllte, ein Ende bereitete.

Staubpartikel flirrten im einfallenden Sonnenlicht.

Der Ermittler warf einen flüchtigen Blick aus dem Fenster und schüttelte den Kopf. Offensichtlich hatte der Fahrer eines roten Porsche, der die Situation falsch interpretiert hatte, hinter einem Lieferwagen gehalten und nun erhebliche Schwierigkeiten, in den Verkehrsfluss zurückzufinden.

„Auf dem Weg in das Krankenzimmer hätte ich um ein Haar eine Schwester über den Haufen gerannt", fuhr Rupp in seinen Ausführungen fort und zupfte an den nicht vorhandenen Bügelfalten.

„Und welchen Eindruck hatten Sie von Ihrem Sohn?", krächzte Wilfried, darum bemüht, eine Hustenattacke zu unterdrücken.

„Was wollen Sie hören?", erwiderte Rupp mit gereiztem Unterton. „Da war nichts, was mir aufgefallen wäre. Ich kann nicht einmal behaupten, dass er aufgeregt gewesen wäre."

Die Colliedame rollte sich auf den Rücken und trottete, nachdem sie keine weiteren Streicheleinheiten erhaschen konnte, hinaus auf den Flur.

Wilfried schielte zu Stefan hinüber. Der zuckte mit der rechten Augenbraue.

Der Mediziner kippte den restlichen Whiskey hinunter.

„Herr Nickel, Herr Mogosky, was Julian anbelangt, waren mein Sohn Matthias und ich nicht immer einer Meinung."

„Will heißen?", brummte Stefan und ergriff erneut den Stift.

„Matthias hat seinen Bruder abgöttisch geliebt. In seinen Augen war Julian, trotz seines Handicaps, ein aufmerksamer Beobachter, sensibel und in gewisser Hinsicht auch talentiert."

„Matthias akzeptierte seinen Bruder, so wie er war", meinte Wilfried und schlug die Beine übereinander. Sein rechter Schnürsenkel hatte sich gelöst. Er knotete ihn.

Martin Rupp atmete schroff, reckte sein spitzes Kinn und stierte an den Ermittlern vorbei aus dem Fenster.

„Das habe ich, weiß Gott, auch getan", grunzte er und drückte Zeige- und Mittelfinger seiner rechten Hand in die Augenwinkel.

Danach füllte er sein Glas aufs Neue und schob die Flasche in die Mitte des Tisches, ehe er dem herbeitapsenden Vierbeiner den Rücken tätschelte.

„Als er klein war, war er ein hübscher, quirliger Junge. Nun ja, er war neugierig wie alle Kinder! Und was war von ihm übrig geblieben? Ein Kretin mit engelsgleichem Gesicht, der wie ein Roboter funktionierte. Ob er darüber hinaus irgendetwas kapiert hat, wissen einzig und allein die Götter. Ich glaube eher nicht."

Stefan ließ das Notizbuch verschwinden und gähnte hinter vorgehaltener Hand. Das Schnarchen des Kollegen, mit dem er die letzten Nächte Wand an Wand zugebracht hatte, hätte von der Intensität und Dezibelstärke her, die Konkurrenz mit den ihm bekannten Sägewerken nicht zu scheuen brauchen.

„Wenn ich das richtig mitbekommen habe", hakte er nach, „dann hat Julian seit diesem Ereignis kein Wort mehr gesprochen?"

Rupp nickte: „Er ist mitten im Schrei verstummt. Und dann stand er da und starrte zu seiner Mutter hinüber. Seitdem hat er hin und wieder einzelne Vokale ausgestoßen."

Stefan presste die Knie gegeneinander. Er stemmte seine Hände auf die Tischplatte und ließ die Schultern kreisen.

„Herr Dr. Rupp, könnten Sie uns den genauen Ablauf der Tragödie schildern?"

Der Internist kniff die Augenlider zusammen und gönnte sich einen weiteren Schluck. Die Blicke der Kommissare begegneten sich. Trotz seiner offensichtlichen Trinkfestigkeit, zeigte der Alkohol erste Wirkung.

„Mein Sohn Julian war ein Nachzügler. Na ja, meine Frau war über vierzig, dachte zunächst an das Einsetzen des Klimakteriums, nicht an eine Schwangerschaft. Kurz nach ihrer Niederkunft verfiel sie in schwere

Depressionen. Die Krankheit ließ sie nicht los. Oft verbrachte sie ganze Tage im Bett. Solange Celine bei uns lebte, kümmerte sie sich um das Kind, wenn Marga ausfiel."

Rupp rutschte mit dem Gesäß gegen die Rückenlehne und beugte sich vor.

„Nach Celines Verschwinden musste der Kleine sich über weite Strecken alleine beschäftigen. Wenn Matthias und ich ihn nicht beaufsichtigen konnten, spielte Julian im Schlafzimmer seiner Mutter. Das war öfter der Fall, als uns lieb war. Sie wissen ja, Matthias studierte in Mainz. An jenem Tag ging es Marga sehr schlecht. Zudem machte ihr eine Nesselsucht zu schaffen. Wie gewöhnlich hatte das Antihistamin nicht nur den Juckreiz gestillt sondern sie auch schläfrig gemacht. Als ich auf die Schreie hin in das Zimmer stürzte, war es bereits zu spät. Ich konnte nur noch einen Übergriff der Flammen auf die Möbel verhindern."

Irgendwo im Haus setzte das Läutewerk einer Uhr ein und schlug, nach einem vorhergeschickten Ave Maria, zur vollen Stunde.

Wilfried legte seine Rechte auf die Tischplatte und hob die Finger abwechselnd.

„Eine Zwischenfrage!", meinte er. Zum wiederholten Mal an diesem Morgen ähnelten seine Augen einem Paar dunkelbrauner Jackenknöpfe. „Wo hielt sich Matthias auf?"

Rupp blickte an ihm vorbei.

„Mein Sohn war dreiundzwanzig. In diesem Alter fliegt man normalerweise ein und aus, ohne seinen Eltern Rechenschaft abzugeben."

Für eine Sekunde hielt Wilfried den Atem an. Fast ließ sie sich ertasten, die Mauer der Feindseligkeit, die Rupp zwischen ihnen errichtet hatte.

Doch schon im nächsten Moment setzte er die Kommunikation in einer freundlicheren Tonart fort.

„Ich weiß es einfach nicht. Plötzlich stand er im Raum. Sein Gesicht war kreidebleich. Dann hat er Julian gepackt und ihn weggebracht."

Kapitel zwölf

Beate pfefferte ihre Sporttasche in die Mitte der Diele.
„Platz, viel Platz!", juchzte die junge Frau. Sie legte den Kopf in den Nacken. Dann streckte sie beide Arme weit von sich und drehte sich im Kreis.
Riemenschneider schüttelte den Kopf.
„Was sind das denn für Töne?", lachte er. „Ich wusste nicht, dass ich eine Diva großgezogen habe."
Beate warf ihrem Vater einen strafenden Blick zu, der allzeit frohes Schaffen wünschte und mit dem Vorwand, draußen nach dem Rechten sehen zu wollen, auf dem Absatz kehrt machte.
Die Wiese musste in den nächsten Tagen gemäht werden. Der Exkripomann schüttelte einen Kiesel aus seinem linken Schuh. Gleich neben dem Erdaushub ging er in die Hocke. Ein seltsames Gefühl machte sich in seiner Brust breit. Der hünenhafte Mann schloss die Lider für einen Augenblick. Schließlich starrte er in das Loch, in dem man einen Menschen, gleich einem Tier verscharrt hatte.
Nun reiß dich zusammen, schalt er sich. Überall auf der Welt sterben Menschen. Sogar Pfarrkirchen hatte man, wenn die Überlieferungen der Wahrheit entsprachen, auf ehemaligen Friedhöfen errichtet.
Kein Haus war böse. Es waren die Menschen, die in ihm lebten.
„Wieder im Lande?", holte ihn eine Stimme in die Gegenwart zurück.
Balduin Kiefer stemmte seine Streichholzärmchen in die Hüften und grinste erwartungsvoll zu ihm herüber.
Riemenschneider richtete sich auf und schüttelte seine Haare in den Nacken.
„Lass mich raten", feixte er, „Pauline hat selbst angefangen, ein Loch zu graben. Oder ist dieser Kelch an dir vorübergegangen?"
Nach diesen Worten zog er seine Hose in die Höhe, obwohl er genau wusste, dass es vergebene Liebesmüh war.
„Viel schlimmer", jammerte Hebemich. „Sie hat ihren Bruder um seine Unterstützung gebeten."
Deine Sorgen möchte ich haben, dachte der ehemalige Staatsdiener und folgte seinem Nachbarn. Auch wenn ihm spontan mindestens ein halbes Dutzend Menschen einfielen, mit denen er in diesem Moment lieber

zusammen gewesen wäre, so sorgte Balduin Kiefers Herzeleid doch für etwas Zerstreuung.

Hebemich nickte anerkennend, während Riemenschneider ein halbes Dutzend Zipfelmützen tragende Gestalten zwischen dem winzigen Tümpelchen und der übrigen Bepflanzung des Vorgartens positionierte.

Pauline, die mit zwei vollen Einkaufstaschen herankeuchte, schüttelte den Kopf.

„Alles in Ordnung?", griente Riemenschneider.

Die Nachbarin zuckte mit den Achseln.

„Du Heiner", meinte sie schließlich, „wir können es noch gar nicht begreifen, was mit dem Julian passiert ist."

Riemenschneider bewegte sich einen Schritt auf sie zu. Er steckte seine Zeigefinger in die Gürtelschlaufen, beließ die Hose jedoch in Hüfthöhe.

„Ist er wirklich bei einem Krampfanfall ertrunken?"

Pauline hatte offensichtlich Blut geleckt und warf Riemenschneider einen erwartungsvollen Blick zu.

„So war es doch, oder?", bohrte sie und stellte ihre Taschen neben sich auf dem Rasen ab.

Hierbei streifte sie nicht nur ihr linkes Knie sondern beschädigte auch die Feinstrumpfhose.

„So sieht es aus", brummte Riemenschneider.

„Vielleicht hat ihm der Gedanke an die bevorstehende Operation Angst gemacht", spekulierte Balduin. „Ein Magendurchbruch ist eine üble Sache."

Der altersschwache Kadett, der wieder einmal die Straße herauf knatterte, machte jede Unterhaltung zunichte. So konnte der Exkripomann getrost, ohne in Misskredit zu geraten, von einer Richtigstellung der Diagnose absehen.

„Dann ist er also gestorben wie Rudi Dutschke", fügte Hebemich hinzu.

Riemenschneider nickte und wandte sich zum Gehen, während sich der Nachbar der Einkaufstaschen seiner Frau erbarmte.

Doch dann überlegte er es sich noch einmal anders.

„Könnt ihr euch an den Tag erinnern, an dem Marga Rupp ums Leben kam?"

„Du machst wohl Scherze!", reagierte Pauline pikiert, die kopfschüttelnd an ihrer Strumpfhose zupfte. Schließlich hob sie ihren Blick und befeuchtete die Unterlippe mit ihrer Zungenspitze. „Ob es an einem Mittwoch oder an einem Freitag passiert ist, kann ich dir nach all den Jahren nicht mehr sagen.

Ich erinnere mich nur daran, dass die Praxis an jenem Nachmittag geschlossen hatte. Kurz nach vier hatte ich die Schreie gehört."

„Woher weißt du, wie spät es war?", entgegnete Riemenschneider mit einer abwehrenden Handbewegung.

„Im Radio liefen die Nachrichten. Na ja, erst hörte ich Schreie. Dann kam der Krankenwagen, die Polizei und schließlich der Leichenwagen."

Heiner Riemenschneider und Hebemich, der auf halbem Wege kehrtgemacht hatte und mit gegrätschten Beinen auf der mittleren der drei Treppenstufen verharrte, warfen sich einen unmissverständlichen Blick zu.

„Und wer befand sich zu diesem Zeitpunkt im Haus?"

Paulines graublaue Augen weiteten sich hinter ihren dicken Brillengläsern.

„Da fragst du was", murrte sie und fingerte im Ärmel ihrer Bluse. „Der alte Doktor war da. Das Fenster zu seinem Zimmer stand auf Kipp. Und was den jungen angeht..." Sie kramte ein Taschentuch aus ihrem Ärmel und schnäuzte sich zweimal. „Der hat sich ständig irgendwo rumgetrieben. Und wenn er daheim war, hatte er seinen Wagen meist auf dem freien Platz zwischen den Häusern, wo sich jetzt Lisbeths Zufahrt befindet, abgestellt, sodass wir ihn von uns aus nicht sehen konnten."

Beate schob die Augenbrauen zusammen und nagte an ihrer Unterlippe. Nebenbei schnitt sie ein weiteres Stangenbrot in Scheiben und verteilte es auf vier Körbchen.

„Schmerzen?", fragte Doris, ließ einen Moment lang von den Zwiebeln auf ihrem Schneidebrett ab und zeigte mit der Spitze des Messers in Beates Richtung. „Bewegung ist wichtig für den Arm."

„Die Schwellung ist zurückgegangen", erklärte die und lehnte sich gegen die Anrichte. „Ich denke, dass ich übermorgen wieder zur Arbeit gehe. Die Rumhängerei ist dermaßen nervig. Außerdem ist es längst wieder fällig, mit den Jungs und Mädels um die Häuser zu ziehen, ehe sie alle unter der Haube und die wilden Zeiten vorbei sind."

Doris nickte verständnisvoll. Dieser selbstverschuldete Stubenarrest musste für Beate der blanke Horror sein. Unternehmungslust und Leutseligkeit waren nur einige der Eigenschaften, die die quirlige Mitbewohnerin von ihrem Vater geerbt hatte.

„Du, Doris, ich fürchte, auch wenn wir uns noch so viel Mühe geben: Wir sind nicht ganz Beates Jahrgang; bestenfalls ein paar nette Onkel und

Tanten", lachte Gerlinde, die die Küche durch das Wohnzimmer betreten hatte, während sie sich ein Tablett mit Grillfleisch schnappte.

Die Herren der Schöpfung erweckten den Eindruck als hätten sie allesamt schon mal bessere Tage erlebt. Sage und schreibe eine halbe Stunde war vom Aufstellen der Stühle, bis zum Entzünden des Feuers ins Land gegangen.

Peter Jakobi breitete den Inhalt seiner Brieftasche auf dem Tisch aus und verstaute alles wieder in der Hosentasche.

An den dunklen Rändern unter seinen Augen war nichts Außergewöhnliches. Doch die zusammengekniffenen Mundwinkel passten ganz und gar nicht ins Bild.

„Wer hat dir denn die Laune versaut, etwa Wilfried?", erkundigte sich Franz und beugte sich vor. „Der wurde heute Morgen am Telefon richtig grantig."

Jakobi schüttelte den Kopf.

„Mit dem wird Peter wohl noch fertig werden", griente Riemenschneider. „Unser Kollege versucht zwar gerade, seinen Zigarettenkonsum drastisch einzuschränken, aber ob es von Dauer sein wird, wage ich zu bezweifeln."

Er langte in den Kasten mit den Fruchtsaftgetränken.

„Der Abend ist noch lange."

Jakobi nickte.

„Jedenfalls gibt er sich redlich Mühe", murmelte er. „Aber was die Ungehaltenheit betrifft, so reißt er sich gegenüber früher gewaltig am Riemen."

„Außerdem kennst du ihn lange genug", fügte Riemenschneider hinzu und rutschte auf seinem Stuhl hin und her. „Will war schon immer ein Hitzkopf."

Beate tänzelte heran. Im letzten Augenblick gelang es ihr, einen Zusammenstoß mit Gerlinde zu vermeiden, während sie mit geübten Fingern vier Brotkörbchen auf dem Tisch verteilte.

„Ich hab euer Gespräch aufgeschnappt", erklärte sie und ließ sich im Schneidersitz neben Jakobi nieder. „Wilfrieds Problem heißt mal wieder Marion."

„Mädchen in ihrem Alter sind nicht gerade pflegeleicht", meinte Franz und hob die Schultern.

Beate verzog die Mundwinkel.

„Marion hat weder Bock auf Schule noch auf ihre Ausbildung. Allerdings hat sie sich die Qualmerei zu Hause weitgehend abgewöhnt. Dafür treibt sie sich nachts rum."

Mit wenigen Sätzen schilderte sie Marions Version der Ereignisse in der Nacht zum Donnerstag.

Jakobi spreizte die Finger seiner linken Hand auf der Lehne des Gartenstuhls und verzog das Gesicht.

„Das mit der Fahrzeugkontrolle stimmt! Dabei ist, soviel mir bekannt ist, auch der Fahrer eines als gestohlen gemeldeten Wagens ins Netz gegangen."

„Sie soll froh sein, dass sie den Kerl los ist." Beate nahm nacheinander ihre Ohrringe ab, untersuchte sie nach etwaigen Verunreinigungen und legte sie wieder an. „Aber sie hat dermaßen geheult, dass es Wilfried erst gar nicht in den Sinn kam, irgendwelche Sanktionen zu verhängen."

Von der Straße her vernahmen sie das Geräusch eines einparkenden Wagens. Kurz darauf erklärte der Besitzer einer männlichen Stimme, dass er nur mitkommen wolle, wenn es keine Umstände bereite.

„Wie kommt es?", begrüßte Riemenschneider seinen Spezi Ignaz Hermann und orderte, nachdem Stefan den Stuhl neben Beate besetzt hatte, zwei weitere Stücke Fleisch.

Der Kriminalrat verschränkte seine Hände im Rücken. „Meine Frau ist mit den Nachbarn und den Kindern zu einer Musikveranstaltung in der Schule gefahren."

„Die Frauen sitzen am unteren Ende", erklärte Riemenschneider und wies mit der Gabel auf die Terrassentür. Er schüttelte seine Haare in den Nacken, ehe er die Fleischstücke einzeln anhob, dann aber, ohne sie zu wenden, auf dem Grill beließ.

Hermann hob die Schulterblätter und zog die Luft in vollen Zügen ein.

„Herrlich ist es hier. Erst recht, wenn man von dem Wettergott derart verwöhnt wird! Ich habe mein bisheriges Leben in der Großstadt zugebracht. Betonburgen, Lärm und Abgase", brummte er in gepflegtem Bass. „Dieser Ortswechsel war längst überfällig. Darf ich?"

„Sieh dich ruhig um", lachte Riemenschneider und folgte Hermann mit den Blicken, der zum äußeren Ende der Terrasse schritt.

Der Kriminalrat lockerte seine Arme, legte den Kopf schief und schielte hinauf zu den Fenstern in der ersten Etage, dann hinüber zum Nachbarhaus. Schließlich beugte er sich über das Geländer.

„Ehe du dich zu Tode stürzt, lieber Ignaz, falls du annimmst, du könntest nach all den Jahren noch etwas auf der Wiese entdecken", bemerkte Jakobi „sei dir gesagt, dass Heiner ein paar bauliche Veränderungen vorgenommen hat."

Hermann schlenderte zum Tisch zurück und ließ sich neben Franz nieder.

„Diese Doppelgarage gehört wohl dazu?"

Riemenschneider nickte: „Das ist das Werk meines Schwiegervaters und des Schwagers meiner Halbschwester; zwei begnadete Maurer. Falls ihnen dabei etwas aufgefallen sein sollte, so wird es für immer ihr Geheimnis bleiben. Der eine verstarb während einer Untersuchung aufgrund einer Kontrastmittelunverträglichkeit. Nummer zwei ist zwar erst Ende siebzig, leidet aber seit drei Jahren an Alzheimer."

In der Küche zerschellte ein Teller. Beate, die an Stefans Schulter lehnte, verdrehte die Augen. Doch dann grinste sie, als sie Doris' Freudenschrei vernahm.

„Ich dachte, du wolltest mit Wilfried fahren", meinte sie und strich Stefan durch das Haar, nachdem Hermann sich auf den Weg zur Gästetoilette begeben hatte.

„Der musste umdisponieren. Aber stell dir vor: Während Ignaz in seinem Wagen auf mich wartete, ist mir ein Kollege von der Streife über die Füße gestolpert." Der Ermittler schaute in die Richtung, in die Hermann verschwunden war. Er lächelte beruhigt, ihn außer Hörweite zu wissen. „Die vom Zoll haben einen jungen Spund angehalten, der mit einem Minilaster voll Zigaretten unterwegs war."

„Weshalb soll Ing nichts davon erfahren?", raunte Riemenschneider.

„Soviel ich mitbekommen habe, handelt es sich bei dem Typen, den sie an der Grenze geschnappt haben, um diesen Juppi, mit dem Marion rumgemacht hat."

„Ach, du liebes Eichhörnchen", seufzte Beate. „Würde mich nicht wundern, wenn der Kerl erst am Anfang einer fragwürdigen Karriere stünde."

In den darauf folgenden sechzig Minuten hing jeder, bei Schwenkbraten und Salaten, seinen Gedanken nach.

„Was gibt es Neues aus der Gerichtsmedizin?", griff Riemenschneider sein derzeitiges Lieblingsthema wieder auf.

Franz Decker, der soeben eine Gabel mit Nudelsalat zum Mund führte, kaute genüsslich zu Ende.

Dabei schnippte er hin und wieder eine Brotkrume vom Tisch.

„Tut mir leid", meinte er.

„Nix?"

„Genau!" Franz wischte sich den Mund ab. „Vom Krankenhaus liegt auch noch nichts vor." Sein Blick wanderte zu Peter Jakobi hinüber. „Euch vielleicht?"

„Es ist zum Mäusemelken", raunzte der, kurz davor, loszuschimpfen. „Den Mörder einer jungen Frau, die seit mehr als sechzehn Jahren nicht mehr unter den Lebenden weilt, zu finden, wäre vollkommen ausreichend gewesen. Und nun noch dieser Junge!"

Er kratzte sich am Kopf. Ach würde sich doch endlich der Boden unter ihm auftun! Ein rasselnder Wecker und die Gewissheit, dass alles nur ein schlechter Traum war, wären ihm ebenfalls willkommen gewesen.

„Ich schätze, Montag wissen wir mehr", versuchte Franz es mit einer zaghaften Aufmunterung.

„Noch macht uns niemand die Hölle heiß, Peter", fügte Hermann hinzu.

Der stämmige Kriminalbeamte warf einen Blick auf seine Armbanduhr und leerte sein Glas in einem Zug.

„Und drei Verdächtige sind auch nicht zu verachten. Fasbich, das wissen wir, ist ein eifersüchtiger Prolet. Von den anderen Herren müssen wir uns noch ein Bild machen", honorierte er die Arbeit der Kollegen und klopfte zum Abschied auf den Tisch. „Ich denke, dieser Fall wird uns noch viel Freude bereiten."

Da mochte ihm niemand widersprechen.

„Peter, du gefällst mir nicht", meinte Gerlinde, die zwischen den Häusern hindurch auf die gegenüberliegende Straßenseite blickte, wo Hermann den Wagen startete und davon fuhr. Sie stellte eine Flasche Ouzo, eine Flasche Jägermeister und acht Gläser in die Mitte. Schließlich versetzte sie dem Schulfreund ihres Mannes einen Klaps zwischen die Schulterblätter.

„Weshalb hast du deine Frau Doktor nicht mitgebracht?"

„Die hat Dienst."

„Ihr tut euch noch ein bisschen schwer, wie?", meinte Franz.

„Unser lieber Freund Stuhldreher hatte gestern Nacht Besuch von der Polizei", wechselte Jakobi das Thema und schielte zu einem Vogel hinüber, der einen Zwischenstopp auf dem Geländer einlegt hatte. „Seine Nachbarn mögen wohl keine dröhnenden Choräle um drei Uhr in der Früh."

Gebranntes Kind scheut das Feuer, dachte Riemenschneider. Es grenzte nahezu an ein Wunder, dass sein treuer Weggefährte, der nach der Auflösung seiner Verlobung sieben Jahre in seinem Beruf aufgegangen war, überhaupt wieder erste Versuche unternahm, eine Partnerschaft einzugehen.

„Ich muss unbedingt Trixi wegen Montag Bescheid sagen", erklärte Beate, rutschte vom Stuhl und warf einen verträumten Blick auf die Uhr, als das Telefon klingelte.

„Beate Riemenschneider ... Guten Abend, Frau Dr. Conrady! Ja, der ist hier."

Ohne eine Miene zu verziehen, nahm der Gerichtsmediziner die Nachricht seiner Kollegin entgegen.

„Neuigkeiten?", klang es wie aus einem Munde an sein Ohr, während er in seinen Stuhl sank.

„Nun ist klar, weshalb der Junge gekrampft hat."

Kapitel dreizehn

„Wo brennt es?", grüßte Jakobi seinen Freund Heiner, nachdem der dreimal geklingelt hatte. Kaum hatte er unter Gähnen die Türkette gelöst, hatte dieser bereits einen Fuß über die Schwelle gesetzt.
„Und wenn ich nun nicht allein gewesen wäre?", brummelte Jakobi.
„Du bist es aber", widersprach Riemenschneider. Im selben Moment erschien Doris direkt hinter ihm.
„Na, kommt schon rein!", meinte Jakobi, um einiges verträglicher gestimmt. „Leider bin ich nicht zum Einkaufen gekommen, sodass ich euch kein Frühstück anbieten kann. Aber ich habe eine Riesenkanne Kaffee gekocht."
Er überprüfte den Zustand seines Feinripp-Unterhemdes und nahm im Anschluss das rotweiß karierte Oberhemd vom Vortag, das über einem Bügel an der Garderobe hing.
Sie folgten Jakobi in die Wohnstube. Wie so oft wunderte sich Riemenschneider über dessen Bescheidenheit. Eine schmale Holztreppe führte in die erste Etage, wo sich von jeher die Schlafzimmer befanden. Hinter einer weiß lackierten Tür, in deren oberen Hälfte sich eine schmale geriffelte Glasscheibe befand, verbarg sich das Bad.
„Man merkt, dass dein Vater Innenarchitekt war. Hier ist es wirklich gemütlich", bekannte Doris und nippte an ihrer Tasse.
„Aber erst, seit ich im Rahmen einer Renovierungsaktion die Wand zum Wohnzimmer rausgerissen habe", lachte Jakobi. „Ich habe nie begriffen, was meinen Vater dazu bewogen hat, eines der kleinsten Häuser zu kaufen, die mir je untergekommen sind."
Und dabei hast du es, nachdem deine Schwestern unter der Haube waren, bereitwillig übernommen, dachte Riemenschneider.
Jakobi nickte und fragte sich im Stillen, wozu sie immer noch des Kommunikationsmittels Sprache bedurften, wenn sie sich auch ohne Worte verstanden.
Mit geübten Griffen stapelte er wenig später das Frühstücksgeschirr auf einem Tablett, das er hochkant auf einem der drei freien Stühle abgestellt hatte, und verschwand damit in der Küche.

Auf der gegenüberliegenden Straßenseite palaverten ein paar Jugendliche und begutachteten zu guter Letzt den Inhalt einer Mülltonne.

„Tut mir leid, dass ich euch so unwirsch begrüßt habe. Aber vor einer halben Stunde hat Sieglinde auch meine letzte Erwartung an diesen Tag zunichtegemacht", seufzte Jakobi.

Doris strich mit ihrem rechten Zeigefinger drei winzige Falten aus der Tischdecke. „Sicher wächst ihr die Arbeit über den Kopf?"

Doch der Hausherr machte eine wegwerfende Handbewegung und runzelte die Stirn.

„Ihr Sohn hat sich wieder mal samt Anhang zum Kaffee eingeladen."

Riemenschneider stellte sich neben seinen Stuhl und forderte Jakobi per Handzeichen auf, seinem Beispiel zu folgen.

„Was soll das werden?", nuschelte der.

„Wir machen einen Ausflug."

„Na dann, vielen Dank für euren Besuch."

Riemenschneider schüttelte den Kopf und stützte sein rechtes Knie auf die Stuhlkante.

„Du kommst natürlich mit."

Jakobi betrachtete die Deckenleuchte von allen Seiten.

„Ja, aber das geht doch nicht."

„Dann sag mir bitte, was dagegen spricht!", entgegnete der Schulfreund und zielte mit gestrecktem Daumen und Zeigefinger auf Jakobis Brust. „Du bist doch nicht der Typ, der sich die Bettdecke über den Kopf zieht."

Zehn Minuten später startete der Exkripobeamte den Motor seines Wagens, fischte ein Eukalyptusbonbon aus einer Tüte in der Mittelkonsole und reichte es an Jakobi weiter, der sich im Fond niedergelassen hatte.

Der Wettergott war mit ihnen, und nur vereinzelt kreuzten Fahrzeuge den Weg. Doris hatte ihre Augen geschlossen und genoss die Anekdoten der männlichen Mitinsassen, die ausgelassen in Jugenderinnerungen schwelgten.

„Du hattest recht, Heiner", gluckste Jakobi zufrieden. „Dieser Ausflug ist goldrichtig."

„Ein bisschen Abstand verschafft oft Klarheit in der Birne", fügte Riemenschneider hinzu, während er nach einer zweistündigen Fahrt durch den Hunsrück, bei Rheinböllen auf die Autobahn auffuhr. „Denk an Columbo. Der redet dann mit seiner Frau."

Jakobi öffnete den obersten Kragenknopf und schloss die Augen. Riemenschneider bediente sich abermals aus der Tüte in der Mittelkonsole. Dann schielte er zu Doris hinüber. Die lächelte.

Es dauerte nicht lange, bis ein leises Schnarchen ihm verriet, dass sein Freund Peter in Morpheus Arme gesunken war. Wahrscheinlich hatte er wieder einmal stundenlang wach gelegen, dabei gegrübelt und sich hin und wieder Notizen gemacht.

Riemenschneider selbst war in den frühen Morgenstunden aus dem Bett und ins Wohnzimmer geschlichen.

Dabei hatte der Traum, der ihn aus dem Schlaf gerissen hatte, friedlich angefangen.

Es war Frühling. Vor dem Haus zwitscherten die Vögel, und Balduin wienerte seine Gartenzwerge. Doris stand vor der Anrichte in der Küche und zauberte einen gemischten Salat. Doch dann drehte sie sich um und verwandelte sich in Marga Rupp. Deren schwarze Locken waren ungekämmt. Sie trug ein weißes Nachthemd, das bis zu ihren Knöcheln reichte. Anstatt Essig und Öl goss sie eine Flasche Wundbenzin und eine übel riechende Flüssigkeit über die Salatblätter, ehe sie sich eine Zigarette zwischen die Lippen klemmte.

„Lungenschmacht", hauchte sie, warf ihm einen verführerischen Blick zu und spielte mit dem Feuerzeug. „Also, nun mal ehrlich: Kannst du mir sagen, warum Männer so blöd sein müssen?"

„Hanebüchener Unsinn", murmelte Riemenschneider gedankenverloren. Als er sich Doris' Aufmerksamkeit bewusst wurde, schüttelte er den Kopf. Träume dieser Art begleiteten ihn von jeher.

Sein Magen knurrte. Mit Wehmut dachte er an die Ration Sonntagsbrötchen und Croissants, die Doris eigens für Stefan und Beate aufgebacken hatte.

Verstohlen lugte er in den Rückspiegel. Jakobi döste noch immer. Das kam ihm zu passe. So konnte er seinem Gedankenfluss freien Lauf lassen.

„Das glaub ich nicht!", holte Jakobi ihn gnadenlos in dem Augenblick in die Wirklichkeit zurück, nachdem er mit seinem Wagen die A 48 verlassen hatte und sich auf der Zufahrt zur B 9 befand.

„Was?"

„Du bist nicht der einzige Mensch, der des Lesens kundig ist!"

Den Rest der Fahrt hüllten sich die Männer in Schweigen.

Zwanzig Minuten später stellte der Exkripomann seinen Wagen auf dem Parkplatz ab.

„Immer noch böse, Peter?"

Doch Jakobi verließ kommentarlos den Wagen und wandte ihm die Kehrseite zu.

Riemenschneider packte ihn bei den Schultern.

„Nun hab dich doch nicht so!"

„Ach ja?", polterte Jakobi und fuhr herum. „Nun hör mir mal gut zu." Seine Stimme überschlug sich.

Eine Familie betrat den Parkplatz und hielt inne. „Keine Bange", versicherte Riemenschneider und nickte leicht, „hier passiert niemandem etwas. Sie können ohne schlechtes Gewissen in Ihr Auto steigen."

Erneutes Schweigen erschwerte das Zusammensein. Eine Frau mittleren Alters verließ mit zwei Taschen Schmutzwäsche bepackt das Klinikgelände und schlurfte in Richtung Innenstadt.

„Was fällt dir ein, dich derart in meine Arbeit hinein zu drängen?", schnaubte Jakobi, noch immer auf Hundertachtzig, in gemäßigter Lautstärke. „Du bugsierst mich quer durch dieses Bundesland, aus lauter Angst, dir könnte etwas entgehen."

Der Hauptkommissar a. D. verbannte eine Haarsträhne hinter dem rechten Ohr, während seine Mundwinkel auseinanderdrifteten.

„Okay ... Ich gebe dir Recht. Es war nicht die feine Art", räumte er ein. „Aber ich mag keine Männer, die junge Frauen verscharren wie einen Hund, und hinterher zur Tagesordnung übergehen."

Er musterte Jakobis Hemd, das durch das wiederholte Tragen nicht mehr ganz knitterfrei war.

„Dann bin ich ja beruhigt", erwiderte Jakobi, in dessen Augen wieder etwas Versöhnliches schimmerte.

„Ich möchte nicht den Eindruck erwecken, ich wollte die erste Geige spielen." Der Exkripomann platzierte seine rechte Hand in der Mitte des Brustkorbs.

„Aber das Skelett wurde nun mal auf deinem Grund und Boden gefunden. Also berührt dich dieser Fall. Das ist nur zu verständlich." Er bewegte sein schmerzendes Knie. „Heiner, du unterstützt uns nicht nur, sondern kniest dich hinein, als stände es einzig und allein in deiner Verantwortung, Licht ins Dunkel zu bringen."

„Es ist …", setzte Riemenschneider an, entschied sich aber, nicht weiter zu reden.

„Ich, oder besser, wir", berichtigte Jakobi sich, „wissen deine Hilfe zu schätzen. Allein, wenn ich an diesen Fasbich denke. Der Kerl wäre doch niemals aus freien Stücken auf der Bildfläche erschienen."

Sie verließen den Parkplatz.

Ein Krankenwagen nahte. Die Schranke hob sich und gewährte die Zufahrt zum Gelände.

Doris verspürte eine merkwürdige Instabilität in ihren Beinen. Ein leichter Schwindel überkam sie, da sie sich des Vorhandenseins jener Mauer, die, nach dem Allgemeinverständnis, normale Menschen vor den sogenannten Verrückten schützen sollte, bewusst wurde.

Sie räusperte sich. Doch ehe sie sich zu einer Ausrede durchringen konnte, drückte ihr Riemenschneider den Wagenschlüssel in die Hand.

„Du bist ein bisschen grün um die Nase, mein Schatz! Ich schlage vor, du fährst zum Rheinufer und siehst dir die Stadt an."

Die Person hinter der Glasscheibe mit der Aufschrift Information wickelte ein halb aufgegessenes Salamibrot in ein Stück Butterbrotpapier, das zuvor als Unterlage für eine Colaflasche gedient hatte.

„Rupp, sagten Sie?", vergewisserte sich der Mann, dessen Gesichtszüge an eine freundliche Bulldogge erinnerten und begann mit seinen klobigen Fingern in den Unterlagen zu blättern. Nach einer Minute hob er den Kopf. „Wann soll der eingeliefert worden sein?"

Riemenschneider schüttelte seine Mähne in den Nacken. Menschen, wie dieser Mann im Glaskasten, machten ihn kribbelig. Die Fahrt war seiner Bandscheibe nicht bekommen. Zudem stimmte ihn Jakobis Standpauke, die immer noch in seinem Kopf spukte, nachdenklich.

„Nein, nein", stoppte Jakobi die Bemühungen des Angestellten, verwundert über die Unklarheit, für die seine Frage gesorgt hatte. „Julian Rupp, der im Langzeitbereich gelebt hat."

Der Mann hinter der Scheibe schluckte, während seine Züge entgleisten.

„Sind Sie mit ihm verwandt?"

Unwillig, und mit etwas Unbehagen in der Magengegend, hielt ihm Peter Jakobi seine Brieftasche samt Dienstausweis unter die Nase.

Augenblicklich schnellte Bulldoggengesicht aus seinem Stuhl und lieferte eine exakte Wegbeschreibung.

Ein junger Mann in grauer Jogginghose und blauweiß gestreiftem Polohemd lehnte breitbeinig neben dem Eingang des Hauses, an das man sie verwiesen hatte.

Als er Riemenschneider erblickte, strahlte er über das ganze Gesicht.

„Warst du schon mal beim Ohrenarzt?", plapperte er drauf los und schielte zu Jakobi hinüber, der den Klingelknopf betätigte. „Ich war neulich bei dem in der Stadt. Otitis media! Der Doktor hat mir grüne Tabletten verschrieben. Jetzt bin ich wieder gesund."

„Das ist aber schön", nickte Riemenschneider. Doch der junge Mann schlurfte, ohne ein weiteres Wort zu verlieren, davon.

Eine stämmige Mittdreißigerin mit rot kolorierter Kurzhaarfrisur, die sich ihnen als Schwester Susanne vorstellte, eilte vor den Ermittlern her in die erste Etage.

Willkommen in Mattos Reich - der erste Gedanke, der Riemenschneider überfiel, als die Etagentür hinter ihm ins Schloss fiel! Anscheinend war man bei der Gestaltung der Einrichtung einzig und allein auf die Erfüllung der Zweckmäßigkeit bedacht gewesen.

Es roch nach Schmierseife und Zigarettenrauch. Im Aufenthaltsraum konzentrierten sich zwei Bewohner, trotz eingeschalteter Flimmerkiste, auf ein Schachspiel. Zwei Zimmer weiter rezitierte jemand Schillers Glocke. Ein Dritter hockte schweigend im Schneidersitz auf dem Fußboden: selbst für das ungeübte Auge erkennbar, exakt in der Mitte des Flures.

„Ich hoffe, Willi hat Sie nicht allzu sehr belästigt", eröffnete Schwester Susanne das Gespräch, während sie die Stationsküche betraten. „Bernd, die Herren sind von der Kripo in Trier."

„Urmersbach", begrüßte der Pfleger die Ermittler mit einem festen Händedruck. „Willi hat Pharmazie studiert und begonnen, seine Doktorarbeit zu schreiben. Dann starb die Mutter - und peng!"

Er versenkte die Überreste seines Mittagessens im Mülleimer und stellte den Teller ins Spülbecken.

„Die Nachricht von Julians Tod hat uns sehr erschüttert. Umso mehr, da niemand damit gerechnet hatte. Der letzte Anfall liegt Jahre zurück. Wegen ihm mussten wir damals eine Brandschutzübung abbrechen."

„Verstehe!", meinte Riemenschneider und zuckte mit den Brauen. „Seit wann lebte Julian Rupp hier?"

Dabei betrachtete er Urmersbach, der ihm gegenüber Platz nahm. Der Mann maß gut und gerne zwei Meter. Seine Kopfform war oval. Er hatte dünnes blondes Haar, und als Ausgleich zu einer lichten Stelle am Hinterkopf trug er einen Spitzbart. Die Augen lagen etwas in ihren Höhlen. Außerdem war die Nase für sein Empfinden etwas zu breit ausgefallen.

„Fünf Jahre", erwiderte Urmersbach. „Bis zu diesem Zeitpunkt wurde er zwischen Behindertenheimen und Einrichtungen für Kinder- und Jugendpsychiatrie hin- und hergeschoben. Einen Moment, ich hol mal eben seine Akte."

„Eines verstehe ich nicht", schaltete sich Schwester Susanne ein. „Dass, wenn jemand in der Badewanne ertrinkt, noch dazu im Krankenhaus, Untersuchungen veranlasst werden, um die Todesursache zu klären, bedarf keiner Erläuterung."

Sie drehte den Kopf und schielte auf einen Kasten mit Getränken.

„Darf ich Ihnen etwas anbieten – Mineralwasser vielleicht?"

„Danke, nein!", entschied Jakobi für beide.

Schwester Susanne rutschte auf die vordere Hälfte ihres Stuhles und streckte den rechten Unterarm auf der Tischplatte aus.

„Entschuldigung, stimmt etwas nicht? Ich meine, allein die Tatsache, dass Sie den Weg von Trier auf sich genommen haben."

„Wir können noch gar nichts dazu sagen", lächelte Jakobi väterlich. „Die Untersuchungen laufen."

Urmersbach, der mit dem Krankenblatt unter dem Arm aus dem Nebenraum zurückkehrte, hatte den Rest der Unterhaltung im Türrahmen stehend mitverfolgt.

Er zuckte mit den Achseln und ging mit Riesenschritten zu seinem Platz.

„Das ist alles, was über Julian angelegt wurde", erklärte er und ließ sich wie ein nasser Sack in den Stuhl sinken.

„Welche Medikamente musste Julian Rupp täglich einnehmen?"

„Dachte ich es mir doch!", murmelte Urmersbach.

„Wie bitte?"

„Nur das gegen die Krampfanfälle. Ansonsten war der Junge pflegeleicht."

Souverän klappte der Hüne die Mappe im vorderen Teil auf. „Hier überzeugen Sie sich selbst", forderte er die Beamten auf und drehte das Dokument einmal um die eigene Achse. „Natürlich werden in regelmäßigen Abständen Laboruntersuchungen veranlasst."

Riemenschneider schüttelte seine Haare in den Nacken und räusperte sich: „Auf diese Weise können Sie kontrollieren, ob die Medikation ausreichend ist."

„Da war immer alles im grünen Bereich. Hier, hier und hier!" Der Stationsleiter knickte einen Laborbefund nach dem anderen um. Seine Finger waren knochig. „In den letzten Monaten war der Wert allerdings ein zweimal im unteren Toleranzbereich, dann aber wieder okay. Das wäre, neben Stress, der einzige Faktor, der mir spontan einfällt, der den Anfall ausgelöst haben könnte."

Aus der Etage über ihnen drangen markerschütternde Schreie, gefolgt von einem Rumpeln. Dann kehrte Ruhe ein.

„Die Akte können Sie mitnehmen", schlug Urmersbach vor. „Im Anschluss an dieses Gespräch begleite ich Sie ein Stück. Die an der Information können für uns eine Kopie von dem Ding hier anfertigen."

Jakobi nickte.

In seinem Kopf herrschte ein eigenartiges Vakuum.

„Ich versuche mir ein Bild darüber zu machen, wie die Medikamenteneinnahme vonstattengeht", brummte der Hauptkommissar. „Sie flößen den Bewohnern die Pillen ein."

Schwester Susanne setzte sich kerzengerade. „So oder so ähnlich läuft es ab. Keiner schluckt hier was aus freien Stücken."

„Herr Urmersbach, Sie sagten, Julian Rupp war pflegeleicht", ergriff Riemenschneider das Wort.

„Still, in sich gekehrt, hat getan, was von ihm verlangt wurde. Tagsüber hat er ein wenig in der Gärtnerei mitgeholfen. Die freie Zeit hat er in seinem Zimmer verbracht und gemalt."

Peter Jakobi dachte an die Zeichnungen, die Matthias Rupp Wilfried und ihm gezeigt hatte. Der junge Mann hatte über Talent und ein nahezu fotografisches Gedächtnis verfügt.

„Da fällt mir etwas ein", meinte Schwester Susanne und ging zu einem stählernen Aktenschrank in der Ecke des Raumes.

„Rupp senior hat gestern Abend die Habseligkeiten seines Sohnes abgeholt. Er war wohl nicht ganz bei der Sache. Na ja, die Trauer hat seinen Alkoholkonsum nicht gerade verringert." Sie überreichte Jakobi einen grauen Pappkarton. „Den hatte er auf dem Weg zu seinem Wagen entweder verloren, oder Julians Zimmernachbar hat den Alten solange genervt, bis der ihm das Ding geschenkt hat. Die Enttäuschung über dessen Inhalt stand dem guten Karl förmlich ins Gesicht geschrieben."

„Was ist da drin?"

Auf seine Frage verzog die Schwester die Mundwinkel.

„Ich schätze Bilder und Fotos. Der Junge hatte drei oder vier von den Pappdingern."

Riemenschneider hob den Deckel. Obenauf lag eine Zeichnung des Hauses, in dem sie sich befanden, daneben ein Foto aus den Tagen, als die Familie noch vollzählig war.

„Wie sah es mit Besuchen aus?", erkundigte sich Jakobi und fingerte an der Knopfleiste seines Hemdes.

„Was das anbelangt, war er geradezu verwöhnt", erklärte Urmersbach und schnippte einen Krümel von der Tischplatte. „Der Vater kam jedes zweite Wochenende, der Bruder, wann immer es seine knapp bemessene Freizeit ihm erlaubte."

Der Polizeibeamte räusperte sich. Doch der Pfleger kam seiner Frage zuvor.

„Der Vater verhielt sich fürsorglich. Trotzdem war das Verhältnis eher unterkühlt. Er kam mit der Erkrankung seines Sohnes nicht so richtig klar. In seinen Augen war Julian nichts weiter als ein Idiot, dessen er sich schämte und den er längst aufgegeben hatte. Wenn sein Bruder zu Besuch kam, war Julians kleine Welt in Ordnung."

„Abgesehen von einer Ausnahme", fiel ihm die Kollegin ins Wort.

Ein Ruck ging durch Bernd Urmersbachs Körper. Seine Augen weiteten sich.

„Markus und ich waren auf Station. Du hattest Urlaub."

„Was war passiert?", schaltete Riemenschneider sich ein.

„Julian Rupp hatte seinem Bruder ein Feuerzeug aus der Brusttasche stibitzt und damit rumgespielt. Der hat es ihm natürlich gleich wieder abgenommen und ihn etwas harsch zurechtgewiesen. Aber die beiden hingen sehr aneinander. Dr. Rupp hat seinen kleinen Bruder als vollwertigen Kumpel akzeptiert und ihn gefördert. Julian nannte ihn Matti: das einzige Wort, das er zu sprechen in der Lage war. Matthias Rupp hatte die Hoffnung nie aufgegeben, doch noch einen geeigneten Therapieplatz für ihn zu finden."

„Sagt mal, macht ihr eine Diät?", jammerte Jakobi eine gute Stunde, nachdem Riemenschneider am Koblenzer Kreuz auf die Autobahn aufgefahren war. „Aber bei Heiners momentanem Fahrstil habe ich noch Hoffnung, dass unser leibliches Wohl noch auf seine Kosten kommt."

Doch ehe Doris seine Frage beantworten konnte, hatte Riemenschneider die Abfahrt Wittlich erreicht und steuerte den roten Benz in Richtung Innenstadt.

Das Schild auf dem kleinen mit zwei Kastanienbäumen bestandenen Parkplatz versprach durchgehend warme Küche.

Neben ihnen hatte der Fahrer eines grauen Kadetts seinen Wagen abgestellt und stieg aus.

„Lothar!", lachte Doris.

Eine schmale Nase mit gebogener Scheidewand, dünne Brauen, stahlblaue Augen und weiche Gesichtszüge waren die einzigen äußerlichen Gemeinsamkeiten der beiden Brüder.

Lothar Riemenschneider war ein vollschlanker Mann mit braunem Kurzhaarschnitt und Nickelbrille. Bei einer Körpergröße von einem Meter achtundsiebzig wirkte er neben seinem drei Jahre älteren Bruder eher schmächtig.

„Ich hoffe euch geht's gut", meinte er und umarmte die Drei der Reihe nach, ehe sie das Lokal betraten.

Abgesehen von einer sechzehnköpfigen Gesellschaft, die einen Tisch in der Mitte des Raumes in Beschlag genommen hatte und einem exotisch anmutenden Pärchen an der Theke, waren sie die einzigen Gäste.

Sie wählten einen Sechsertisch am Fenster. Doris bestellte einen Salatteller, die Herren der Schöpfung ein Nackensteak mit Bratkartoffeln und Prinzessbohnen.

„Von euch hört man ja interessante Neuigkeiten", tönte Lothar und halbierte eine Kartoffel, nachdem sie die Hälfte der Mahlzeit schweigend verkostet hatten. „Da lebt man in der Illusion, in einer ländlichen Idylle mit gesunder Luft sei die Welt noch in Ordnung. Aber selbst dort hat bereits vor vielen Jahren das Verbrechen seinen Einzug gehalten."

Das Gespräch am Nachbartisch erstarb. Jakobi hob die Brauen. Riemenschneider zischelte leise und fragte sich zum tausendsten Mal, ob es wirklich so falsch gewesen wäre, wenn er als Fünfjähriger, diesen unmöglichen Zeitgenossen gegen einen von Nachbars Welpen eingetauscht hätte. Aber Lothar, der von seinem Platz aus den Raum überblicken konnte, wartete einen Augenblick, bis er sich der Aufmerksamkeit des letzten Gastes bewusst war.

„Ich dachte, ich hätte mich verhört, als ich von der Geschichte erfahren habe", fuhr er in gedämpften Ton fort, während die übrigen Gäste zahlten. „Hat euer Ausflug was gebracht?"

Jakobi spießte vier Bohnen auf seine Gabel und zeigte damit auf den Wissbegierigen. „Das wird sich noch herausstellen. Erst mal gilt es, die restlichen Laborergebnisse abzuwarten. Das Pflegepersonal hat übereinstimmend hier wie dort ausgesagt, dass der Junge regelmäßig sein Medikament eingenommen hat. Nur, Ellen Conrady zufolge, konnte kein Wirkstoff im Blut nachgewiesen werden."

„Seid ihr im Fall der kleinen Luxemburgerin eigentlich weitergekommen?"

Riemenschneider legte sein Besteck auf dem Teller ab. Dabei schaute er den Bruder, der neben ihm saß, von der Seite an.

„In letzter Zeit hab ich mich vermehrt gefragt, ob nicht du uns weiterhelfen könntest", überlegte er und wischte sich den Mund ab.

„Tut mir leid, Bruderherz! Die habe ich nun wirklich nicht gekannt. Das Ganze liegt gut und gerne sechzehn Jahre zurück, wenn nicht siebzehn. Wenn mich mein Gedächtnis nicht im Stich lässt, muss das noch vor meiner Trierer Zeit gewesen sein." Lothar Riemenschneider hatte in den frühen Nachkriegs-jahren in Trier eine Schreinerlehre absolviert und im Anschluss eine Zeitlang im elterlichen Betrieb gearbeitet. Nach Feierabend hatte er sein Abitur nachgeholt und sich dann für ein Priesterseminar entschieden.

„Ach ja", fuhr er fort, „das war ungefähr zu der Zeit, als ich meine Pfarrstelle in Koblenz verlassen hatte, um zur JVA Trier überzuwechseln."

Jakobi stöhnte leise und leerte schweigend seinen Teller. Die Enttäuschung stand dem Hauptkommissar ins Gesicht geschrieben. Weshalb hatte ihn die gute Fee, die für das Verteilen von Geistesblitzen verantwortlich war, an diesem Tag so sträflich vernachlässigt?

Dann erkannte er, dass selbst sein Freund Heiner mit seinem Latein am Ende war und seinen Gedanken nachhing.

„Lasst uns wenigstens über die alten Zeiten tratschen, wenn wir schon nicht zu Potte kommen!", schlug er schließlich vor und orderte eine Runde.

„Übrigens: Ich habe gestern Abend mit Papa telefoniert", plauderte Lothar drauf los. „Er meint, Marga Rupp, sei eine hübsche Frau gewesen."

Jakobi lächelte und nickte.

„Wenn ich mich recht erinnere, ist Rupp ein hagerer, versnobter Anzugträger."

Riemenschneider lachte: „In die Jahre gekommen und dem Alkohol nicht abgeneigt! Trotzdem hättest du ihn nicht präziser beschreiben können."

Er betrachtete seinen Bruder aus den Augenwinkeln, der seine Brille nach oben schob, und den Schluck Wein eine Weile im Mund beließ, ehe er ihn hinunterschluckte.

„Aber mit der Treue hat er es wohl nie so genau genommen", wisperte Lothar. Zu seiner Verwunderung blickte er in lauter verdutzte Gesichter.

„Wollt ihr einen verschrobenen Gefängnisseelsorger verscheißern?"

„Keineswegs", brummte Jakobi. „Über das Privatleben des Doktors war wenig bekannt."

„Ich kenne den Mann zwar nur vom Sehen. Doch jedes Mal, wenn er ins Trierer Nachtleben abtauchte, war eine andere Hübsche an seinem Arm."

„Und wo ist er mit ihnen hingegangen?", fühlte sich Riemenschneider durch seine Neugier angespornt.

„Theater, aber auch Klubs und Lokale, in denen die Reichen und Schönen unter sich sind. Und sein Sohnemann wird wohl auch seine Gründe gehabt haben, weshalb er in Mainz studierte."

Peter Jakobi strich mit seiner Rechten über den Tisch. Dann spreizte er die Finger.

Riemenschneider wiegte den Kopf. Wie sollte er die Chose am Laufen halten?

„Matthias Rupp ist doch nur ein paar Jahre jünger als Wilfried. Und der kennt für gewöhnlich Land und Leute", fügte der Geistliche hinzu.

„Der hatte damals andere Sorgen, weil dem Bündel, dass der Klapperstorch im vorangegangenen Sommer bei ihm abgegeben hatte, noch jedwedes Verständnis dafür fehlte, dass auch Väter irgendwann schlafen müssen", lachte Riemenschneider.

Kapitel vierzehn

„Schööön", schnurrte Beate und schleckte einen Rest Himbeermarmelade von Stefans Zeigefinger. „Ich hatte schon immer den Verdacht, dass ein Frühstück im Bett etwas für sich hat. So was Sinnliches."

„Solange es nicht in Völlerei ausartet", meinte Stefan und schluckte den letzten Bissen seines Croissants hinunter.

Verträumt beobachtete er, wie sich die rothaarige Frau aus der Horizontalen in den Fersensitz begab.

„Wir duschen", schlug sie vor und schlürfte aus der gemeinsamen Tasse. „Denn wenn wir erst mal in die Wanne steigen, sind Heiner und Doris wieder an Bord, ehe wir den Stöpsel rausgezogen haben."

Stefan packte den riesigen weißen Wecker auf dem Nachttisch und legte ihn auf das Ziffernblatt.

„Hinterher", murmelte Stefan und zog sich an.

„Ich verstehe nur Bahnhof", beklagte sich Beate und rümpfte die Nase. Die Kleidungstücke, die ihr Stefan kommentarlos überstreifte, hatte sie bereits am Vortag in die Waschmaschine werfen wollen.

Schließlich zog er zwei Paar Überschuhe aus seinen Hosentaschen.

Beate presste die Lippen aufeinander. Dabei ließ sie ihre schmalen, geschwungenen Brauen nach oben wandern.

„Wozu brauchen wir die denn?"

„Wir werden uns im oberen Stockwerk umschauen", erklärte Stefan und schloss die Knopfleiste seines Hemdes.

„Suchst du was Bestimmtes?", erkundigte sich Beate, die schließlich die Führung im Treppenhaus übernommen hatte. Mit einem leichten Quietschen öffnete sich die Tür.

Ihr Begleiter schnitt eine Grimasse und ließ seine Blicke umherschweifen. Der Boden war mit hellem Linoleum ausgelegt. Das Tageslicht drang durch zwei kleine Dachfenster. Doch Stefan legte den Finger auf den Schalter.

„Es ist doch noch hell!" Die Frau an seiner Seite warf ihm einen verständnislosen Blick zu.

„Besser wär's!"

Beate packte seinen Oberarm. „Du hast meine Frage noch nicht beantwortet."

„Ich wollte das hier einmal in Augenschein nehmen, damit ich mir vorstellen kann, wovon dein Vater spricht, wenn er diese Etage beschreibt. Leider war ich noch nie hier oben."

Die junge Frau zog ihren Zopf über die rechte Schulter und vergrub ihre Hände in den Hosentaschen.

„Falls du überlegst, wo wir später einmal all die kleinen Mogoskys unterbringen sollen, weise ich dich darauf hin, dass es hier oben nicht ganz so geräumig ist."

Nach diesen Worten öffnete die Tochter des Hauses die Tür zur Besenkammer.

Der Boden war braun und beige gefliest. Von der Grundfläche entsprach er der des Gästezimmers, büßte aber durch die Dachschräge ein Drittel seiner Größe ein. Hier lagerte Spielzeug aus Beates Kindertagen.

Die gegenüberliegende Nasszelle hingegen entpuppte sich als Badeparadies in Hellblau mit Wanne, Dusche und Bidet. Im sich anschließenden Zimmer empfing sie gähnende Leere. Lediglich die Führungsschiene zwischen den Zimmern erinnerte an den Vorhang von einst.

„Die Dinger waren überflüssig", lachte Stefan und lugte auf seine Überschuhe.

„Ungefähr alle vier Wochen wischt eine von uns hier durch, sonst hätten Dreck und Ungeziefer längst vom ganzen Haus Besitz ergriffen", griente Beate, während sie voranschritt.

Ein hellbrauner Fußboden, eine nackte Glühbirne als Deckenbeleuchtung und auf der Fensterseite zwei dunkelbraune Regale, passend zur Holzverkleidung des Heizkörpers. An den Wänden haftete eine mit roten und gelben Bällen bedruckte Vinyltapete.

Kopfschüttelnd vergrub Stefan die Hände in den Gesäßtaschen und wippte auf seinen Fußballen auf und ab.

„Da hat wohl jemand beim Tapezieren geschludert." Er küsste Beate ohne Vorwarnung auf den Mund. „Unseren Kindern möchte ich diese albernen Bälle nicht zumuten."

Die Begleiterin verdrehte die Augen und fuhr sich über ihren Waschbrettbauch.

„Die musst du wohl kriegen. Da drin ist kein Platz", kicherte sie. „Lass uns lieber die Gemächer der Herrschaften aufsuchen."

Nicht nur Teppichboden und eine cremefarbene Textiltapete stachen Stefan ins Auge, sondern auch die nussbaumfurnierte Schrankwand neben dem Kinderzimmer.

„Die hat Heiner mit Freuden übernommen. Eigentlich wollte er hier sein Arbeitszimmer einrichten. Außerdem sollte vier Monate später sein zweites Kind zur Welt kommen. Und insgeheim hoffte er immer noch, er könnte meinen Großeltern einen Alterssitz in diesem Haus doch noch schmackhaft machen."

„Ein zweites Kind?" Stefan befühlte die Regale.

„Einen Tag vor Vertragsabschluss bekam Mama Blutungen. Heiner hatte Dienst, musste wen observieren, sodass Opa Toni den Notarzt gerufen hatte. Im Krankenhaus hatte man alles versucht, das Baby zu retten. Als Heiner in die Klinik kam, war es bereits passiert", stöhnte Beate und ließ ihren Blick die Decke entlang wandern. „Es sollte wieder ein Mädchen werden. Danach konnte Mama keine Kinder mehr kriegen."

„Ihr zwei seid wirklich ein starkes Team!", lächelte der junge Beamte. „Gottlob haben euch die Schicksalsschläge nicht verbittert."

„Aber auf uns allein gestellt, wären wir wohl daran zerbrochen." Beate verbannte eine vorwitzige Strähne aus ihrem Gesicht. „Damals, als meine Mutter verschwand, hatte Heiner noch Haare wie ein Feuermelder. Kurze Zeit später war er schlohweiß."

Stefan nahm sie in seine Arme und drückte sie. Er dachte an die Vielzahl kleiner Zettel mit Bibelsprüchen und anderen Lebensweisheiten, die sie mit Stecknadeln an die Pinnwand über dem Schreibtisch in ihrem Zimmer geheftet hatte.

Im selben Moment klopfte die Gefährtin mit dem Knöchel ihres linken Zeigefingers gegen eine der Schranktüren. Dann deutete sie auf den Regalteil daneben.

„Dieses Ding hier lässt sich sicherlich auseinandernehmen", überlegte sie.

„Aber klar doch!", erwiderte Stefan und entfernte die beiden Blenden. „Und genau das tun wir jetzt."

„Hm."

„Geht leichter als ich dachte", lachte er und lehnte die oberen Regalböden gegen die benachbarte Schranktür. „Im Übrigen hat sich derjenige, der das Zimmer eingerichtet hat, nicht die größte Mühe gegeben."

Beate warf ihm einen überraschten Blick zu.

„Ich gehe davon aus, dass du mich nicht dumm sterben lassen willst", meinte sie und stemmte ihre Hände mit abgespreiztem Daumen auf ihre Hüften.

„Er hat die Unebenheiten im Boden nicht ausgeglichen. Wetten, dass das Teil gefährlich ins Wanken gerät, sobald es für sich allein steht."

„Bist du lebensmüde? Heiner bringt uns um!"

Aber Stefan schüttelte den Kopf und ließ seine rechte Augenbraue emporschnellen.

„Vielleicht wird er mir auch die Füße küssen, nachdem ich dieses Ding wieder erstklassig zusammengebaut habe. Auf geht's!"

Er ging in die Hocke. Auch Beate bückte sich. Mit vereinten Kräften zogen sie das instabile Teil des Möbelstückes, erst zu sich heran und schoben es zur Seite.

„Du hattest recht", nickte sie, als sie sich aufrichteten, und streckte ihm zwei Hefte entgegen. „Die hat Rupp als Unterlage verwendet."

Durch das geschlossene Fenster drang das Geläut der Kirchenglocken, lud zur Teilnahme an einer Tauffeier oder einer Andacht oder Vesper ein. Für einen Augenblick erinnerte Beate sich an die Christenlehre in ihrer Schulzeit.

Stefan lächelte sie an. Dabei zog er ein Gesicht, als gelte seine ganze Konzentration, ein Niesen zu unterdrücken.

„Huch herrje, was ist das denn?", rief Beate plötzlich und schlug sich vor den Mund.

„Was?"

Stefan trat von hinten an sie heran und legte seine Hände auf ihre Schultern.

„Diese Nische da?"

„Sieht ein bisschen aus wie eine Tür!"

Der blonde Kriminalbeamte zuckte mit der rechten Schulter, atmete geräuschvoll ein und aus und knabberte an Beates Ohrläppchen.

„Ich schätze, das sieht nicht nur so aus."

Es klingelte, und Sekunden später verriet ihnen ein Knacken, dass die Haustür geöffnet wurde.

„Jemand zu Hause?"

Beate und Stefan warfen sich einen verwunderten Blick zu. Erst jetzt wurde beiden klar, dass sie jegliches Zeitgefühl verloren hatten.

„Wir sind hier oben, Heiner!" Beate eilte ins Treppenhaus. „Stefan wollte sich mal umsehen."

„Schon okay", meinte Riemenschneider und setzte den Fuß auf die zweite Treppenstufe.

Doch entgegen ihrer Gewohnheit machte seine Tochter ohne eine weitere Erklärung auf dem Absatz kehrt.

Stefan brummelte irgendetwas, von dem er aufgrund der Distanz nur Bruchstücke mitbekam.

Er schüttelte den Kopf und dachte, was soll's? Falls ihn die jungen Leute wegen seiner Neugier zurechtbügelten, hätte er sich das selbst zuzuschreiben. Dann nahm er zwei Stufen auf einmal.

Wenig später betrat er, von den Anderen unbemerkt, das Zimmer von Rupp senior.

„Den Rest sehen wir uns lieber ein andermal an", schlug Beate vor, nachdem sie jede Schranktür geöffnet und ihre Nase in jedes Fach gesteckt hatte. „Das da wäre wohl eher deine Aufgabe gewesen."

„Deine Aufgabe gewesen", echote Stefan. „Nun übertreib mal nicht!"

„Womit soll sie nicht übertreiben?", vernahm er eine Stimme in seinem Rücken.

Beate wirbelte herum. Ihre Brauen zogen sich bedrohlich zusammen. Doch dann musste sie grinsen. Im Anschleichen war ihr Vater unschlagbar.

Der Exkripomann legte seine Hand an das herausgenommene Regal „Lieber Herr Kollege, darf ich fragen, was das hier werden soll?"

„Wacklige Schrankwände entsorgen. Aber nun mal im Ernst: Wusstest du von dieser Tür?"

Mit einem Seufzer streckte Riemenschneider die Beine unter dem Küchentisch aus und starrte auf den Hängeschrank über der Spüle.

„Möchte jemand etwas trinken?", flötete Beate, während sie und Stefan, nach einer Stippvisite im Bad, das Überbleibsel ihres Frühstücksgelages beseitigten.

„Ja, hatte ich denn Tomaten auf den Augen?", murmelte ihr Vater. Zum wiederholten Mal zeichnete er mit den Zeigefingern die Karos auf der Tischdecke nach. Dann schüttelte er den Kopf und verbannte eine Strähne hinter seinem linken Ohr.

Stefan Mogosky setzte sich auf den Stuhl gegenüber.

„Dir ist wirklich nie der Gedanke gekommen?"

„Nee", bekannte Riemenschneider, „und wenn, liegt es Jahre zurück! Kurz bevor Doris hier einzog, wollte ich dieses Kinderzimmer tapezieren, weil ich diese Tapete hässlich fand. Um die Schrankwand habe ich mich bisher wenig geschert. Beim Hauskauf war sie eine willkommene Draufgabe. Ursprünglich wollte ich dort oben mein Arbeitszimmer einrichten. Karin war schwanger, und wir träumten sogar von einem dritten Kind. Wie heißt es: Der Mensch denkt und Gott lenkt!"

Ein synchrones Kopfnicken der jungen Leute offenbarte ihm, dass Stefan von der Fehlgeburt wusste.

„Du hast also dieses Möbelstück so belassen, wie du es vorgefunden hattest?" Stefan befeuchtete seinen linken Mundwinkel mit der Zungenspitze und kniff im Anschluss die Lippen aufeinander.

Riemenschneider nickte hastig.

„Dann hattest du auch keine alten Schulhefte untergelegt, um die Unebenheiten auszugleichen?", fuhr Stefan in seiner Befragung fort.

„Ich dachte, es wären meine Hefte aus der dritten oder vierten Klasse", murmelte Beate und nahm ein Frotteehandtuch, in das sie ihre Haare eingedreht hatte vom Kopf, und hängte es über die Stuhllehne.

„Daran würde ich mich wohl noch erinnern. Außerdem habe ich das Obergeschoss nur betreten, wenn der Schornsteinfeger kam, Ziegel einzuziehen waren oder um Reparaturen durchzuführen."

„Und als einem der Decker-Mädchen einfiel, eine komplette Rolle Klopapier durch den Abfluss zu jagen."

Riemenschneider lockerte seinen Gürtel. Er hätte den letzten Löffel Bratkartoffeln verschmähen sollen.

„Erinnere mich bloß nicht daran", quäkte er und massierte seinen Magen. „Unter dem Papier kamen noch ein Putzlappen und ein Babymützchen zum Vorschein. Die gingen wohl auch auf Klein-Pias Konto."

Beate rutschte vom Stuhl und warf einen prüfenden Blick in den Kühlschrank, dann in die Runde. Doch die übrigen Mitglieder der Tischgemeinschaft baten um Aufschub.

Vor dem Küchenfenster hatte ein Damenkränzchen einen Zwischenstopp eingelegt. Und nachdem eine der Damen ihr Statement zum Thema Zölibat abgelegt hatte, erregte eine Quizsendung ihre Gemüter. Erst als Beate laut grüßend das Fenster schloss, setzte sich der Trupp in Bewegung.

„Was meinst du zu der verborgenen Tür?", fragte Stefan.

„Vielleicht wurde sie nach Celines Dienstantritt nicht mehr gebraucht", überlegte Riemenschneider und zog seine Barthaare in die Länge.

„Wohl eher nach Julians Einweisung", korrigierte ihn seine Tochter.

„Das steht wohl außer Zweifel", feixte Stefan und zupfte an ihrem Ohrläppchen. „Danach hat man wohl übertapeziert."

„Oh, entschuldigänse", machte Beate.

„Keine Ursache, so was passiert schon mal!"

„Diese Tür wird wohl schon da gewesen sein", ergriff Riemenschneider erneut das Wort. „Durch sie konnte Rupp im Notfall sofort zur Hilfe eilen oder den Kleinen am Abend zudecken. Dass Marga Rupp nach Julians Geburt unter Depressionen leiden würde, konnte keiner vorhersehen.

„Wir wissen nicht, ob das Kind weiterhin in seinem Zimmer geschlafen hatte oder im Zimmer seiner Mutter", murmelte Beate.

Stefan wiegte den Kopf.

Auch Riemenschneider nickte.

Kapitel fünfzehn

Der Exkripomann verschränkte die Arme vor der Brust und gähnte. Doris hatte ihm den Rücken zugedreht und sich in ihre Bettdecke eingerollt. Ihr gleichmäßiger Atem verriet ihm, dass sie schlief. Bis weit nach Mitternacht lauschte er dem Ticken ihres Aufziehweckers. Dann schenkte Morpheus ihm einen traumlosen Schlaf.

Als er erwachte, war das Bett neben ihm leer. Nach einem Blick auf das Zifferblatt schleppte er sich ins Badezimmer. Er hasste es, allein zu frühstücken. Dagegen half auch keine eiskalte Dusche.

Zu seiner Freude hatten ihm seine Frauen ein hart gekochtes Ei und eine halb volle Kanne Kaffee hinterlassen. Zwischen drei Marmeladenbroten warf er hin und wieder einen Blick in die Zeitung, las und las, ohne den Text in sich aufzunehmen.

Ich könnte mich ohrfeigen, dachte er. Mein lieber Schwiegersohn in spe hat bei einem ersten Rundgang durch die Zimmer bemerkt, was keinem von uns in all den Jahren aufgefallen ist. Und ich hatte mir die wenigsten Gedanken über eine möglicherweise verborgene Tür gemacht.

Aber um halbwegs das Gesicht zu wahren, hatte er Stefan angeflunkert.

Eine langbeinige Spinne lauerte links neben dem Heizkörper auf Beute. Außer ihnen schien sich kein weiteres Lebewesen im Raum zu befinden, als er wenige Minuten später das Kinderzimmer betrat.

Hier war tatsächlich jemand großzügig mit der Tapete umgegangen, und der Zahn der Zeit hatte ein Übriges dazu beigetragen.

Er eilte ins Bad. Dort hatte Doris ein paar alte Lappen und einen Eimer deponiert. Den füllte er bis zur Hälfte mit Wasser, feuchtete die Tapete an und entfernte die drei, vielmehr fünf Bahnen, die den Durchgang zum Arbeitszimmer verdeckten.

Die Tür, die zum Vorschein kam, besaß keine Klinke. Stattdessen hatte man ein Stückchen Sperrholz herausgesägt. Rechts vom Rahmen entdeckte Riemenschneider zwei mit Papier ausgestopfte Löcher im Mauerwerk. Mit flinken Fingern zupfte er daran.

Der Staub kribbelte in seiner Nase, während er die Überreste einer Illustrierten glättete. Auf dem ersten Blatt lächelte ihm eine junge Frau in einem hellblauen Sommerkleid entgegen. Die Rückseite enthielt ein Kuchenrezept und einen Tipp zur artgerechten Haltung von Fasanen.

Er schüttelte den Kopf und ließ es zu Boden gleiten. Dann wandte er sich Blatt Numero zwei und drei zu. Nummer zwei stammte offensichtlich aus derselben Zeitschrift. Eine junge Frau klagte über ihre Schwiegermutter, und eine vollautomatische Waschmaschine wurde angepriesen.

Alter Mist, dachte Riemenschneider, zog die Tür zu sich heran und betrat das Arbeitszimmer. Er stieg aus den Clogs und tastete auf Strümpfen die Stelle ab, auf der die Regalwand gestanden hatte, ehe er sich aufs Neue seinem Fund zuwandte.

Als Nächstes entdeckte er eine Werbung für Miederwaren. Er schnaufte.

Das hast du nun von deiner Neugier, schalt er sich. Vielleicht sollte ich umdenken lernen. Nicht jeder ist ein schlechter Mensch. Sein Beruf hatte wohl auch den Nachteil, viele Dinge nicht mehr so objektiv zu sehen.

Doch dann sprang ihm das Foto auf der Rückseite ins Auge.

Es zeigte eine junge blonde Frau auf einer Bahnhofstoilette; mausetot. Die Gliedmaßen von sich gestreckt, lag sie auf dem Boden. Der Kopf war nach rechts verdreht, Mund und Augen aufgerissen.

„Wieder ein Opfer unserer Gleichgültigkeit" lautete die Überschrift. Der Artikel umfasste drei Spalten. Bei der Toten handelte es sich um eine Jurastudentin. Ihr Vater, ein Mainzer Strafverteidiger, hatte in seiner Tochter bereits seine künftige Partnerin gesehen. Doch sie hatte ihren depressiven Verstimmungen mit einer Überdosis Schlaftabletten ein Ende bereitet.

Riemenschneider faltete den Artikel auf ein Achtel seiner Größe und ließ ihn im Inneren seiner Brusttasche verschwinden. Danach leerte er den Putzeimer und entsorgte die Tapetenreste.

Beate hatte die beiden Schulhefte vom Vortag vor Verlassen der Etage auf der Theke eines begehbaren Kaufladens abgelegt. Das gute Stück war eines von vielen Spielzeugen, die ihr Großvater für sie angefertigt hatte.

Riemenschneider lächelte. In Windeseile hatte sich das spindeldürre Ding mit kaputten Strumpfhosen, das nur aus Armen und Beinen zu bestehen schien, zu einer hübschen Frau gemausert.

Mit einem trockenen Lappen entfernte er den Staub von den Deckeln und kehrte mit den Heften zurück in die Küche. Erwartungsvoll blätterte er drauf los. Doch dann musste er kapitulieren.

Heidrun empfing ihn in einer blauen Stoffhose und einer rosa Bluse mit missglücktem Batikmuster.

„Du glaubst nicht, wie praktisch diese Montur ist", lachte sie und führte ihn in die Küche.

Hier sah es gewaltig nach Arbeit aus.

„Fünf Minuten noch", meinte sie und wies auf ein Dutzend Geschirrtücher, dann auf zwei Körbe Bügelwäsche auf der Eckbank. Eine Katze lugte durch die offene Terrassentür, vermied dann aber jede weitere Kontaktaufnahme.

„Hier fehlt eine Beate", gähnte Heidrun, während sie das Eisen abschaltete. „Es ist ja nicht so, dass die Mädchen keinen Finger rühren. Sie sehen die Arbeit halt noch nicht."

Riemenschneider vollzog eine wedelnde Handbewegung. „Und Mama kann es eh besser. Meine Tochter wollte von jeher überall mit anpacken. Und mit vierzehn musste sie dann neben der Schule das ganze Haus in Schuss halten."

Heidrun nickte, holte eine Flasche Orangensaft aus dem Kühlschrank und stellte zwei Gläser auf den Tisch.

„Na, dann wollen wir mal."

Die Frau des Kollegen leerte das halbe Glas in einem Zug.

Riemenschneider hielt die Luft an, als er mitbekam, wie flott Heidruns Zeigefinger von Zeile zu Zeile glitt.

Schließlich blähte sie die Wangen auf. Es folgten ein paar Augenroller. Nach der zweiten Seite klappte sie das Heft zu.

„Du hattest recht. Das ist Steno, wenn auch nicht perfekt."

„Was willst du damit sagen?"

Heidrun verzog den Mund.

„Die Schrift ist soweit okay. Leider hat der Schreiber oder die Schreiberin eine Linie zu hoch angesetzt. Den Fehlern nach zu urteilen, war die Person in Kurzschrift alles andere als firm. Vielleicht hatte sie auch Teile des Erlernten wieder vergessen. Aber mit etwas Fantasie kriegt man das Ganze gelesen."

„Hm", machte Riemenschneider und legte seine Stirn in Falten. „Wäre es nicht gescheiter, Will den Kram anzuvertrauen. Wer weiß, was da alles drin steht. Vielleicht sollte sich die Polizei damit herumschlagen …"

„Bloß nicht!"

Die Frau seines Exkollegen setzte sich zur linken Seite hin und ließ den Blick über die Anrichte wandern.

Dann drehte sie das Heft um einen Winkel von neunzig Grad.

„Schau her", sagte sie und schlug die zweite Seite auf. „Diese Zahlen sind Mengenangaben für einen Zwetschgenkuchen. Auch, wenn hier von Teigknoten die Rede ist."

Der Hauptkommissar a. D. schlug seine Beine übereinander und zupfte an den Barthaaren.

„Und auf der ersten Seite?"

„Das sind Geläufigkeitssätze. Einer heißt: Leider entspricht die Zahlungsmoral nicht unseren Erwartungen."

Riemenschneider machte ein verlegenes Gesicht.

„Entschuldige, ich hatte ja keine Ahnung, was ich dir da vorbei gebracht habe."

Sein Gegenüber kniff die Lider zusammen.

„Ich werde das Ganze, so wie es hier steht, abtippen und die Fehler unterstreichen", grinste Heidrun und spielte wie ein Teenager mit ihren Locken.

„Aber ...!", setzte Riemenschneider zum Veto an.

„Wir werden sehen, was wir davon haben. Wenn es uns nicht weiterbringt, müssen wir damit leben", meinte sie sanft und strich ihm über die rechte Schulter. „Dann landet der Mist halt auf dem Müll."

Gewissensbisse plagten ihn, als er den Motor startete. In den letzten zwei Wochen hatte er seine Eltern sträflich vernachlässigt. Die Mutter schwächelte, und den Vater plagte die Arthritis. Doch zu seinem Erstaunen war das Haus seiner Halbschwester verwaist.

Ein Nachbar, den er ansprach, berichtete von einem Seniorentreff.

„Du bleibst also dabei?", brummte Wilfried.

Der gertenschlanke Ermittler verzog missbilligend seine Mundwinkel und verschränkte seine Hände im Nacken, während er die Knie anwinkelte und gegen die Kante der Schreibtischplatte presste.

Er schielte zu Franz hinüber, der es sich nicht hatte nehmen lassen, den Abschlussbericht der Gerichtsmedizin persönlich abzuliefern.

„Wenn ich es dir sage, mein Junge", befand der in väterlichem Ton.

Jakobi zu seiner Rechten, drehte seine Tasse nach allen Seiten, nachdem er sie zweimal zum Mund geführt und unverrichteter Dinge wieder abgesetzt hatte.

„Hier haben wir das Krankenblatt aus der LNK und die Akte aus dem Krankenhaus", meinte er und kratzte sich hinter dem rechten Ohr. „Und von dort ..."

„Mag sein", murmelte Franz.

Ein paar Zimmer weiter klingelte ein Telefon. Ungeachtet dessen hämmerte jemand seinen Text in die Schreibmaschine.

„Paul!", rief eine Frauenstimme. „Bist du taub?"

„Nun gehen Sie doch ran! Ist es denn die Möglichkeit?", brüllte nun auch Hermann über den Flur, ehe seine Tür lärmend ins Schloss fiel.

Zwei Huren bezirzten die Beamten von der Sitte in übelstem Jargon. Nachdem sie schnatternd und keifend um die nächste Ecke gebogen waren, kehrte Ruhe ein.

Franz nahm die Brille ab und blätterte in den Unterlagen.

„Sieht aus, als hätte Julian Rupp regelmäßig seine Pille geschluckt. Aber aus irgendwelchen Gründen hat ihm das nicht viel genützt."

Schließlich platzierte er die Akten auf dem Stapel, der sich auf dem Tisch des Ermittlers angehäuft hatte.

Wilfried Nickel griff in seine Brusttasche.

Zu seinem Erstaunen war der Inhalt der Schachtel auf einen kläglichen Rest zusammengeschrumpft. Die Kollegen hatten wohl recht. Wahrscheinlich würde er nie seine Sucht besiegen. - Doch dann versagte er sich die Zigarette.

„Und das will heißen?", erkundigte sich Stefan, dessen Augen einmal mehr an dunkelbraune Mantelknöpfe erinnerten.

„Es lässt sich kein Fremdverschulden nachweisen." Der Gerichtsmediziner spreizte die Finger auf der Schreibtischplatte. „Dass das Medikament, weshalb, sei dahin gestellt, nicht mehr gewirkt hat, war Pech."

„Was zu beweisen wäre!", wetterte Wilfried und sprang vom Stuhl.

„Papier ist geduldig."

Decker verzog genervt die Mundwinkel. Auf dem Weg zur Tür drehte er sich einmal um und warf den Freunden einen mitfühlenden Blick zu. „Leider gibt es keinen Grund, die Leiche nicht zur Bestattung freizugeben."

Kapitel sechzehn

Riemenschneider trat mit dem Absatz seines Schuhes gegen eine hölzerne Truhe. Mit Engelszungen hatte er auf Josef eingeredet und so das Ding vor dem Sperrmüll gerettet.

Leider war sein Enthusiasmus kurz nach dem Erwerb versiegt. Lediglich eine gelbe Blüte lieferte einen zaghaften Hinweis auf das beabsichtigte Kunstwerk.

Egal, womit ich mir die Zeit vertreibe, dachte er und hob die Truhe auf die Werkbank. Hauptsache, der Fall Celine Kramer ist für heute abgeschlossen. Und die übrigen Arbeiten am Haus konnten ebenfalls warten.

Doch bereits nach dem ersten Pinselstrich kehrten sie zurück: die Gespenster, die er aus seinem Hirn verbannen wollte.

Er dachte an die tote Celine, sah die Verdächtigen und Befragten vor sich. Marga Rupp, einst eine schwarz gelockte Schönheit, trat aus dem Schleier des Vergangenen und Vergessenen hervor. In ihrer Depression hatte sie sich ins Bett geflüchtet. Dort war sie einen grauenvollen Tod gestorben. Was wusste er über sie, außer dass sie von ihrem Mann betrogen worden war? Und dann noch Julian. Der Tod seiner Mutter hatte ihn traumatisiert. Der Vater hatte ihn verachtet, der Bruder geliebt. Waren sie allesamt Opfer?

Nun fang nicht an zu spinnen, rief er sich zur Räson und tauchte den Pinsel in einen Topf mit weißer Farbe.

Die Tatsache, dass alle drei in demselben Haus gelebt hatten, musste nichts bedeuten. Sie waren auf verschiedene Art und Weise ums Leben gekommen. Wahrscheinlich war alles nur ein Zufall.

Selbst bei Celine kannte man nicht die genaue Todesursache. Man konnte sie erstickt haben. Wer konnte ihnen mit Bestimmtheit sagen, ob sie nicht doch vergiftet oder gar erstochen worden war.

Heiner Riemenschneider reckte sich, kreiste mit den Schultern. Seine Nasenspitze juckte. Er schnitt eine Grimasse und versuchte, ein Niesen zu unterdrücken. Doch das Kribbeln war stärker.

„Na prima!", zischte der ehemalige Staatsdiener und betrachtete die Bescherung.

Gerade, als seine Hand nach einem Lappen griff, pochte jemand, nicht besonders laut, aber mit Nachdruck, gegen die Tür.

„Heiner, bist du da?", fiepte Balduin und betrat unaufgefordert den Raum.

„Wie du siehst!"

„Ich habe dreimal an der Haustür geklingelt." Der schmächtige Zeitgenosse schielte an Riemenschneider vorbei auf die Vorlage. „Das wird aber toll!"

„So es denn irgendwann fertig wird. Balduin, was kann ich für dich tun?"

„Ich eher für dich", erwiderte Hebemich und kratzte sich am Oberschenkel. „Nach deinem letzten Besuch haben Pauline und ich hin und her überlegt und uns schließlich an die Fotos erinnert, die ihr Bruder Max damals gemacht hatte."

„Max?"

Riemenschneider betrachtete verwundert den Lappen in seiner rechten Hand. Er betupfte sein Kunstwerk und schob ihn aus dem Blickfeld.

„Der, der gleich nach dem Krieg nach Amerika ausgewandert ist. 1965 besuchte er meinen Schwiegervater, anlässlich seines Siebzigsten und hat bei dieser Gelegenheit bei uns vorbei geschaut."

Riemenschneiders Brauen hoben sich merklich. Ehe er Gelegenheit hatte, den Mund zu öffnen, kam Hebemich seiner Frage zuvor.

„Da sind mindestens zwanzig Bilder drin. Max hat alle Häuser und die gesamte Straße aus verschiedenen Perspektiven fotografiert."

„Die Firma dankt!", brummelte Riemenschneider und befühlte den Umschlag, den ihm der Nachbar in die Hand gedrückt hatte.

Das hatte er nun davon.

Wieder einmal war Stefan das Opfer seiner Gutmütigkeit geworden. Im Zeitlupentempo ließ er den letzten Brocken eines Laugenbrötchens zwischen den Zähnen verschwinden und schielte hin und wieder zu einer kleinen Boutique hinüber.

Nachdem er eine Viertelstunde auf der Stelle getreten war, öffnete sich die Eingangstür. Bepackt mit zwei Einkaufstaschen, stolzierte Beate auf ihn zu.

„War ein hartes Stück Arbeit. Aber ich habe den Preis gedrückt", stöhnte sie und reckte den Kopf nach allen Seiten. „Wo steckt Wilfried?"

„Na ja", meinte Stefan mit Blick auf seine Armbanduhr. „Der konnte schließlich nicht ewig warten."

Doch als das geliebte Wesen ihre Hände in ihre Hüften stemmte und ihm mit einem Männer mordenden Augenrollen den Weg versperrte, gab er sich geschlagen.

„Okay", kapitulierte er lachend. „Er musste dringend bei der Post vorbei und wollte uns auf halbem Wege aufsammeln."

„Und das lässt du mit dir machen? Der Kerl ist mit deinem Auto unterwegs."

„Deshalb sollten wir auch darauf bedacht sein, dass dieser Zustand nicht allzu lange währt", erwiderte Stefan und hakte die junge Frau unter.

Sie hatten knapp ein Drittel des Weges zurückgelegt, als sie den gelben Escort entdeckten. Wilfried hatte an einer Bushaltestelle geparkt und hing halb auf der Motorhaube. Zu ihrer Verwunderung frönte er nicht seinem Laster, sondern wechselte ein paar Worte mit einer wenig Vertrauen erweckenden Gestalt auf einer Bank.

Stefan nahm ein Leuchten in Beates Augen wahr. Ihm schwante Entsetzliches.

„Das gibt es nicht", lachte sie und beschleunigte ohne weitere Erklärung ihre Schritte.

„Charlie, alter Gauner, lebst du noch?"

Der hagere Mann hob zögernd den Kopf. Doch dann grinste er breit. Er hatte krauses graues Haar, einen Vollbart und trug eine verschlissene Jeans und ein ehemals dunkelbraunes Sweatshirt.

„Meine Schöne!", säuselte er und breitete seine Arme aus. Doch dann ließ er von seinem Vorhaben ab. Stattdessen fummelte er hinter seinen Beinen herum.

„Die Mühe kannst du dir sparen", bereitete die rothaarige Sozialarbeiterin diesem Treiben ein Ende.

Der Mann namens Charlie legte den Kopf in den Nacken und verharrte mit halb geschlossenen Lidern in dieser Stellung, bis sein Gegenüber genervt in die Hände klatschte.

„Ich dachte, du wolltest eine Entziehungskur machen!"

„Demnächst", nuschelte Charlie und rieb sich die Nase.

„Und wohnst du nach wie vor bei deiner Mutter?" Ehe er auf diese überflüssige Frage antworten konnte, setzte Beate noch eins drauf. „Denk dran, die Firma wird dich auch nicht ewig mit durchschleppen."

„Das erzählst du mir schon seit Jahren."

Er blinzelte zu Wilfried hinüber. „Stimmt doch? Na ja, nicht jeder hat so viel Glück wie du mit deiner Frau und den Kindern. Und unsere Aktie hier hat wirklich Power. Vor allem hat sie dich und einen gut aussehenden, netten Mann. Wer weiß, wo ich heute wäre, hätte ich meine Rike nicht verloren!"

Nach diesen Worten schob er seine Oberlippe ein Stückchen vor. Schließlich schnalzte er mit der Zunge, erhob sich und schlurfte murmelnd davon.

Stefan schüttelte den Knopf, nachdem Charlie aus ihrem Blickfeld verschwunden war.

„Gibt es eigentlich einen einzigen Menschen im Großraum Trier, den ihr zwei nicht kennt?"

Wilfried verzog den Mund und räusperte sich, während Beate nickte.

„Wer war der Vogel?"

„Ein alter Schachpartner. Charlie ist drei Jahre älter als ich. Er hat nach dem Abitur Volkswirtschaft studiert", erklärte Wilfried und stibitzte aus Stefans Einkaufstasche eine Banane.

„Und dann hat er abgebrochen, weil ihn die Freundin verlassen hat?"

„Unter anderem", erwiderte Wilfried, ohne den Essvorgang zu unterbrechen. „Vermutlich waren auch Alkohol und Drogen mit im Spiel. Eine Zeitlang litt er unter Halluzinationen."

„Und was weißt du über diese Rike?"

„Sie hat ein Jahr direkt neben Charlies Elternhaus zur Untermiete gewohnt und als Küchenhilfe gearbeitet. Soweit ich mich erinnere, stammte sie aus Idar-Oberstein. Im Herbst 1965 wollte sie dort ihre Mutter besuchen, aber davor noch bei einer Freundin vorbeischauen."

„Krach, bum, aus?", fragte Beate.

Wilfried schüttelte den Kopf und seufzte: „Ob sie, um Fahrgeld zu sparen zu irgendwem in den Wagen gestiegen ist, wird man wohl nie erfahren. – Jedenfalls ist sie nie am Zielort angekommen."

Pfeifend bugsierte Riemenschneider die Mülltonne aus der Garage. Petrus hatte einen regenfreien Tag beschert. Die milde Luft und die länger werdenden Abende streichelten sein Gemüt. Zudem war, obwohl er noch keines der Fotos in Augenschein genommen hatte, sein Stimmungsbarometer seit Balduins Überfall gestiegen.

Auf der gegenüberliegenden Straßenseite waren Erna Stinnes und Marianne Klinger dabei, ein Sortiment Rosshaarmatratzen von einem

Sonnenflecken hinter ihrem Haus, quer durch den Vorgarten zurück ins Haus und in die Schlafzimmer zu transportieren. Dies verlief für gewöhnlich nicht ohne Klagen und Stöhnen, da jede der beiden Damen die andere beschuldigte, ihr das größere Gewicht aufgebürdet zu haben.

„Hallo Heiner", grüßte Marianne, „kannst du nicht meiner Mutter diesen Quatsch hier ausreden? Diese Dinger hier sind nicht nur schwer, sondern auch unhandlich. Ich bin überzeugt, wir sind mittlerweile die einzige Familie im gesamten Universum, die Jahr für Jahr ihre Matratzen zum Lüften nach draußen trägt."

„Wenn ich euch behilflich sein soll, müsst ihr euch melden", meinte Riemenschneider, der die Straße überquert hatte, und steuerte auf den Vorgarten zu.

Doch Erna Stinnes schüttelte den Kopf: „Lass gut sein, Heiner." Dabei warf sie einen unverhohlenen Blick auf Paulines Gartenteich. „Wir heißen ja nicht Balduin."

Der Exkripomann spitzte die Lippen, während seine schmalen Brauen in die Höhe schnellten. Meist tat es dies, wenn ihm das Verhalten seiner Mitmenschen missfiel. Aber im Augenblick war er kurz davor, Ernas Kommentar mit einem Grinsen zu honorieren.

„Da du schon mal hier bist", eröffnete Erna das Gespräch zögerlich. „Wir haben von der Sache mit dem Kleinen aus der Zeitung erfahren. Das ist ja grausig."

„Mama, willst du hier zur Salzsäule erstarren?", schimpfte Marianne.

Statt ihrer Tochter zu antworten, stieg die Mittsechzigerin im Rückwärtsgang drei Stufen empor und ergriff erneut das Wort: „Nun sind zwei aus der Familie tot. Wer weiß, was da noch alles passiert. Und wer hat die arme Celine umgebracht?"

Sie seufzte, fasste mit der linken Hand unter die Matratze und fingerte ein Taschentuch aus ihrer Kittelschürze hervor. Dicke Schweißperlen standen auf ihrer Stirn und vereinigten sich zu einer Pfütze.

Riemenschneider schluckte leise. Seine Finger suchten nach der Gürtelschnalle.

„Immer mit der Ruhe, Erna", versuchte er den Gemütszustand der Nachbarin positiv zu beeinflussen.

„Ach, was soll es?", sagte die und verwandelte sich augenblicklich in die gestandene Frau zurück, die jedermann kannte. „Eine Vorzeigefamilie waren die Rupps wirklich nicht."

„Das ist untertrieben", erklärte Marianne und entfernte ein Körnchen aus ihrem rechten Augenwinkel. „Am schlimmsten war es, wenn Matthias zu Hause war. Wenn der Vater mit dem Sohn zugange war und umgekehrt, drehte sich alles um sein Studium, um Weiber und Geld."

„Hast du das von Celine?", unterbrach Riemenschneider sie. „Ich dachte bislang, Personal sollte nichts nach draußen tragen."

Marianne warf ihm einen erbosten Blick zu und hob die Schultern.

„Celine war kein Waschweib. Aber hin und wieder musste sie das eine oder andere anklingen lassen, sonst wäre sie daran erstickt. Außerdem hatten die Männer des Hauses ein durchdringendes Organ. Aber das ist ja nichts Außergewöhnliches, wenn die Welten zweier Generationen zusammenprallen."

„Aber man muss nicht die halbe Straße daran teilhaben lassen", befand Erna.

Riemenschneider schüttelte seine Mähne in den Nacken und wippte mit dem linken Fuß.

„Könnt ihr euch zufällig an Marga Rupps Todestag erinnern? Ich weiß, da verlange ich eine Menge."

„Damals ging es besonders hoch her", entgegnete Erna wie aus der Pistole geschossen. „Zudem spielte sich eine Szene bei offenem Küchenfenster ab. Der Alte brüllte seine Frau an. Er hatte sie am Hals gepackt. Daraufhin hat sie um sich geschlagen und ihm eine geknallt."

„Und worüber war sie derart in Rage geraten?", wollte Riemenschneider wissen.

„Du stellst vielleicht Fragen! Vermutlich hätte ich überhaupt nichts mitbekommen, hätte ich an diesem Tag nicht alle Schränke ausgewaschen."

Der Ermittler im Ruhestand vollzog ein ostentatives Achselzucken.

„Ich dachte eher an Wortfetzen."

Ein plötzlicher Juckreiz vermieste Riemenschneider die Laune. Er steckte seine Rechte für einen Moment in die Gesäßtasche und bedauerte es, sich in diesem Augenblick nicht kratzen zu können.

„Wie gewöhnlich beschwerte er sich über ihren Geiz. Sie beschuldigte ihn, dass er sie nur des Geldes wegen geheiratet hätte", erklärte Erna.

„Wo hat Matthias gesteckt?"

Erna fingerte an der Matratze. Dabei warf sie einen genervten Blick in die Runde und trippelte auf der Stelle. „Anfangs hat er mitgehalten. Dann war es ihm anscheinend zu blöd geworden. Zwischendurch war er ein paarmal mit seinem Wagen davongefahren."

Marianne räusperte sich.

„Ich kam wohl in dem Moment von der Arbeit, als es passierte. Diese Schreie werde ich wohl nie vergessen. Aber von Marga Rupp war nichts zu hören."

Riemenschneider bedankte sich und trat den Heimweg an.

Er hatte noch nicht die Haustür geöffnet, als er das Motorengeräusch eines ihm bekannten Wagens vernahm.

Peter Jakobi steuerte sein Fahrzeug rückwärts in die Garageneinfahrt, um es im Anschluss auf der gegenüberliegenden Straßenseite zu parken.

Nachdem er der Frau hinter einem sich öffnenden Fenster ein „Tach Maria!" zugerufen hatte, hechtete er hinter Riemenschneider her. Sein Gesicht wirkte entspannter als in den vergangenen Tagen.

„Gut siehst du aus!", lachte Riemenschneider.

Jakobi verzog die Mundwinkel.

„Heute war nicht allzu viel los. Die letzten Laborbefunde sind eingegangen. Will heißen: Franz hat uns die Ergebnisse höchstpersönlich präsentiert."

„Wenn du in diesem Ton sprichst, darf der Junge beigesetzt werden."

„Du sagst es."

Die Küche durchflutete der Duft aromatisierten Tees. Den Eintretenden bot sich das Bild einer harmonischen Kleinfamilie. Beate und Stefan wälzten gemeinsam ein Fachbuch, während Doris von einem Liebesroman gefesselt zu sein schien.

Mit einem leisen Seufzer und der Bemerkung, auf sein Langzeitgedächtnis sei auch kein Verlass mehr, klappte Stefan die Lektüre zu.

Beate reckte den Kopf und massierte sich die Schultern.

„Ich gehe davon aus, dass wir alle etwas hungrig sind", meinte sie und rutschte vom Stuhl. Doch Myriaden von Ameisen mit winzigen Stecknadeln liefen in ihrem Fuß umher.

„Fuß eingeschlafen?", grinste Riemenschneider mitfühlend.

Die junge Frau verdrehte die Augen und humpelte zur Anrichte, auf der Geschirr und Brot griffbereit standen; dazu kamen Butter und eine Aufschnittplatte mit Wurst und Käse aus dem Kühlschrank.

„Schön, dass Peter uns Gesellschaft leistet", lächelte Doris, die die Tischgemeinschaft mit Getränken versorgte. Dabei ließ sie einen ungnädigen

Blick über ihre Hüften schweifen, ehe sie eine winzige Brotscheibe mit magerem Schinken belegte.

„Na Peter, brennst du nicht darauf zu erfahren, was ein Privatier wie Heiner den ganzen Tag über so treibt?", spitzte Beate den Patenonkel an.

Jakobi stibitzte die letzte Scheibe Käse vom Teller und kaute hastig.

„Das wird er uns freiwillig erzählen", mutmaßte er mit einem Augenzwinkern und lehnte sich zurück.

„Gemach, gemach!", wehrte Riemenschneider mit erhobenen Händen ab. „Zuvor möchte ich noch eine Kleinigkeit wissen."

„Und das wäre?" brummelten die Kollegen synchron.

„Ist bei den Kollegen in Luxemburg denn niemals eine Vermisstenanzeige eingegangen?"

Stefan schüttelte den Kopf und teilte sein Brot in zwei Hälften, von denen er die kleinere an Beate weiterreichte.

„Die einzigen, die wir gefunden haben, waren im Oktober 64 bzw. 65 eingegangen. Bei den Vermissten handelte es sich um die zwanzigjährige Anita Mees aus Kasel und um eine Frederike Wilinski aus Trier."

„Eigenartig ist das schon."

„Weniger, wenn man bedenkt, dass die Familie ein halbes Jahr nach Celines Verschwinden in die Schweiz übergesiedelt ist", gab Stefan dem Drängen seines Gastgebers nach. „Vielleicht waren die familiären Bande nicht so stark, und keiner bemerkte das Verschwinden der jungen Frau. Meine Eltern beispielsweise interessiert es herzlich wenig, ob ich mein Geld hier oder in Canberra verdiene."

„Möglich ist alles", meinte Beate und rollte die Ärmel ihrer Bluse nach unten. „Vielleicht wähnten die französischen Familienmitglieder sie in Luxemburg, und die ihrerseits dachten, sie hätte irgendwo in Deutschland eine andere Arbeitsstelle angetreten."

„Vorsicht, du erliegst einem Denkfehler", mahnte Jakobi.

„Sie war doch volljährig."

„Klar war sie das", meinte Doris. „Aber in der damaligen Zeit bedeutete das keineswegs, dass du nach deiner Fasson schalten und walten konntest, wie es dir passte. Damals herrschten strengere Regeln."

„Vielleicht liebte es der alte Doc nicht sonderlich, wenn sie in ständigem Kontakt mit zuhause stand."

„Soweit, so gut!", meinte Riemenschneider und zupfte an seinen Barthaaren.

„Zurzeit entdecke ich, dass Privatmann sein auch seine positiven Seiten hat", fügte er, nachdem er und Stefan das schmutzige Geschirr in die Spüle gestellt hatten, hinzu. „Zunächst habe ich ein bisschen Tapete entfernt und bin dabei auf ein paar Löcher in der Wand gestoßen, die jemand mit Papier ausgefüllt hatte. Das Zeug stammte wohl aus einer Frauenzeitschrift und enthielt Rezepte. Allerdings war auch ein Artikel über einen Suizid in einer Bahnhofstoilette dabei."

Beate verdrehte die Augen.

„Und was hat das mit dem Fall zu tun?"

„Vermutlich nichts", brummte Riemenschneider. Er erzählte von seinem Besuch bei Heidrun und von Balduin.

„Apropos Stenohefte", warf Stefan ein. „Was wissen wir eigentlich über Marga Rupp, außer dass sie depressiv war?"

Der Hausherr schlug die Füße übereinander und bedachte seinen Freund Peter Jakobi mit einem flehentlichen Blick.

Doch der hob seine Hände und zuckte rhythmisch mit den Schultern, ehe er antwortete: „Soviel mir bekannt ist, stammte sie aus Idar-Oberstein. Ihr Vater war ein großes Tier in der Edelsteinbranche."

„Also hatte sie anständig was an den Füßen", hetzte Stefan. „Warum sollte da ein Medizinstudent nicht zugreifen."

„So kenne ich dich ja gar nicht", kicherte Beate und griff nach dem Umschlag mit den Fotos. Doch ihr Vater nahm ihr das Kuvert aus der Hand und bat um Geduld.

„Irrtum, Stefan!", belehrte Jakobi den Kollegen. „Er hatte seinen Onkel beerbt. Der war Oberlehrer an einer Wirtschaftsschule und kinderlos verstorben."

„Ob Marga Rupp vor ihrer Heirat berufstätig war?", überlegte Beate. „Aber vielleicht hatte sie irgendwann einen Stenokurs absolviert, und die Kurzschrift zu privaten Zwecken genutzt. Lena, nein Eva hat mir vor Jahren erzählt, dass es Leute geben soll, die so etwas tun."

Jakobi öffnete den oberen Kragenknopf und warf seinem Freund Heiner einen verträumten Blick zu.

„Darf es auch Sekt sein?", fragte Beate in die Runde und fügte wenig später hinzu. „Den hat Lena rüber wachsen lassen."

„Wir sind ja nicht schwanger", meinte Stefan. „Aber wofür braucht eine Arztgattin Steno? Was gibt es da groß zu notieren?"

Nun komm schon, lieber Stefan, dachte der Exkripomann. Er nippte an seinem Glas und stellte seine Füße lautstark in die Ausgangsposition zurück. Doch diesmal musste er wohl den jungen Kollegen mit der Nase auf die Antwort stoßen.

„Mir fällt Folgendes dazu ein", sagte er schließlich. „Marga Rupp wird an der Seite eines Mannes, der sie betrogen und einen Teil seines Vermögens verzockt hat, nicht sonderlich glücklich gewesen sein. Wem vertraut man sich an, wenn man keinen zum Reden hat?"

„Seinem Tagebuch", nickte Stefan und beschrieb mit seinem Glas eine sich nach innen drehende Spirale.

„Halt, immer langsam mit den jungen Pferden!", funkte Jakobi dazwischen. Seine Tischgenossen dankten es ihm teils mit verständnislosen, teils mit zornigen Blicken. „Ich möchte vermeiden, dass wir allzu schnell in eine einzige Richtung galoppieren."

Beate schüttelte ihre Schuhe von den Füßen und begab sich in den Fersensitz, änderte aber bald darauf diese Stellung.

„Schätze ich weiß, worauf Peter hinaus will", flötete die junge Frau und füllte erst Doris' und dann ihr eigenes Glas je zur Hälfte mit Sekt und Orangensaft.

„Dann lass mal hören", brummte Stefan und kraulte ihren Hinterkopf.

„Diese Hefte könnten doch wer weiß wem gehört haben; beispielsweise einer der Sprechstundenhilfen."

„Heiner wollte uns noch die eine oder andere Ausführung zum Stand seiner privaten Ermittlungen liefern", erinnerte Jakobi.

„Wie man's nimmt." Der ehemalige Staatsdiener pflanzte die Hände auf die Tischplatte. „Da ich keiner Ermittlungsstrategie verpflichtet bin, kann ich nach Belieben alle Fragen stellen, die mir in den Sinn kommen."

„Nun drucks nicht rum!"

„Nachdem ich gestern an Paulines Langzeitgedächtnis appelliert hatte, habe ich eben bei Erna mein Glück versucht. Beide waren an dem Tag, an dem die Sache mit Marga Rupp passiert ist, zu Hause. Laut Pauline hatte Martin Rupp die Nachmittagsstunden in seinem Zimmer zugebracht. Matthias war ein zweimal mit seinem Wagen weggefahren."

„Das deckt sich Pi mal Daumen mit dem, was Martin Rupp erzählt hat."

„Genau! - Aber nun kommt es. Erna hat mir von einer lautstarken Auseinandersetzung berichtet, die sich wenige Stunden vor Marga Rupps Dahinscheiden in der Küche zugetragen hatte. Rupp hatte sich über ihren

Geiz beklagt, worauf sie ihm unterstellte, er habe sie allein des Geldes wegen geheiratet."

Diesmal war es Stefan, der nach den Fotos griff. Gemeinsam mit Beate beugte er sich über die Schwarz-Weiß-Ablichtungen und kommentierte sie einzeln, ehe er sie in die Runde gab.

Nach fünf Bildern, die der Straße in ihrer Gänze gewidmet waren, rückte zunächst Balduins Haus in den Fokus des Betrachters.

„Haus Pauline, Frontseite mit Vorgarten, Giebelseite", amüsierte sich Beate. „Auf eine solche Idee kann auch nur ein Ami kommen."

„Was bitte soll daran kitschig sein?", verpasste Riemenschneider seiner Tochter einen Dämpfer.

„Es wird noch besser", fuhr die junge Frau fort, während sie ihren Zopf über die rechte Schulter nach vorne zog. „Der nächste Schnappschuss trägt den Titel ‚Blick aus dem Küchenfenster.' Dann hätten wir den Ausblick aus dem Schlafzimmer."

„Wie Pauline es beschrieben hat!", ergänzte Stefan. „Über dem Sichtschutz erscheinen die Fenster im ersten Stock. Und es wird noch interessanter. Es folgt ein Blick über den Zaun."

„Der Schwager muss auf Balduins Dachboden gestiegen sein", mutmaßte Jakobi und drehte die Aufnahme in Riemenschneiders Richtung. „Man erkennt die Überdachung, die wir damals nicht einordnen konnten."

Riemenschneider nickte: „Darunter hatten sie also einen Gartentisch und vier Stühle abgestellt. Und dieser Kasten im hinteren Drittel des Rasens, mit den beiden klapprigen Liegestühlen im Vordergrund, wird wohl die sogenannte Sauna gewesen sein."

Ein Gong erschallte dreimal kurz, und Beate huschte zur Haustür.

Franz verweilte einen Moment im Türrahmen und trocknete mit einem Stofftaschentuch seine Brillengläser.

„Dämlicher Schauer", schimpfte er, als er den Ausdruck auf ihren Gesichtern bemerkte. „Wie ich sehe, habt ihr einen Fotoabend eingelegt."

„Balduin hat mir heute Nachmittag dieses Kuvert in die Hand gedrückt. Schau selbst. Es ist nicht uninteressant."

„Darf ich den Karton da auf den Boden stellen?"

„Oh, den hatte ich Peter mitgegeben. Ich dachte die ganze Zeit, ich hätte eine Erscheinung", machte Riemenschneider, doch Stefan schüttelte den Kopf.

„Ignaz wollte ihn nicht haben. Er meinte, damit solltest du dich vergnügen."

Riemenschneider streckte dem jungen Kollegen beide Hände entgegen und bewegte die Finger in seine Richtung.

„Puh", jammerte Beate eine halbe Stunde später und rekelte sich. Frustriertes Stöhnen machte die Runde. Die Zeichnungen, von Kinderhand gemalt, brachten ihren Erkenntnisstand keinen Millimeter voran.

„Nun kennen wir bereits sämtliche Familienmitglieder, die Fahrzeuge und einen Großteil des Mobiliars. Der hat echt alles gezeichnet, was ihm vor die Nase kam."

Franz Decker ließ den letzten Tropfen auf seiner Zunge zergehen.

„Aber alles ist detailgetreu gezeichnet. Der Junge hatte Talent und ein geradezu fotografisches Gedächtnis."

„Wie kommst du darauf?", fragte Stefan stellvertretend.

„Diese Schrankwand kennen wir alle", erklärte der Gerichtsmediziner und sah fünf Augenpaare auf sich gerichtet. „Die hat er vor wenigen Jahren gemalt."

Riemenschneider räusperte sich.

„Vergilbtes Papier aus der Landesnervenklinik", fuhr Franz fort und wendete das Blatt. „Seht ihr? Dieser Brief sollte im Mai 1978 geschrieben werden. Und wie es aussieht, sind die nächsten Werke ebenfalls in der Klinik entstanden. Da wäre eine Spritze, eine Rolle Leukoplast, eine Schere und eine Flasche Alkohol."

Einige Zeichnungen später blies Beate ihre Wangen auf und ließ die Luft geräuschvoll entweichen.

„Hier hatte unser Künstler offensichtlich eine Schaffenskrise. Das könnte sowohl ein Schneeball als auch ein Wattebausch sein."

„Eines der Geheimnisse, die er mit ins Grab genommen hat", meinte Jakobi, der bemerkte, dass Stefan auf die Armbanduhr schielte. „Schaffenskrise war genau das richtige Wort. Ich denke, wir sollten es für heute gut sein lassen."

Kapitel siebzehn

Das Nebenzimmer der Gaststätte war kleiner als Stefan es sich vorgestellt hatte. Hier gab es drei lange Tische, die man in Hufeisenform angeordnet hatte, mit einer Blumendeko aus Moosröschen und Schleierkraut. Neben den dunkelroten Kerzen wirkte das cremefarbene Service mit Goldrand eher farblos.

„Schön, dass ihr etwas von eurer kostbaren Zeit abknapsen konntet", strahlte Lena und tänzelte auf die beiden Ermittler zu.

Obwohl das bodenlange, helltürkise Seidenkleid seine Trägerin wohlwollend umschmeichelte, vermochte es nicht den Babybauch der Braut zu kaschieren.

„Nun ist die Gesellschaft doch etwas größer geworden als geplant", raunte Wilfried.

„Wolfgang hat neben seinen Eltern und Geschwistern die ganze Abteilung eingeladen", lachte die pausbackige Blondine.

„Dezent und trotzdem chic", lächelte Stefan und küsste Beate auf den Nacken. Wilfried begnügte sich mit der Schläfe, während sie die Plätze rechts und links von ihr besetzten. Dass sie hierbei die vorgesehene Sitzordnung geringfügig veränderten, schien niemand zu bemerken.

„Aber Atie würde es nie in den Sinn kommen, die Braut auszustechen", griente Sigurt Mathedy. „Aber, bei allem Wohlwollen, erinnert mich mein Schwesterherz stark an einen Flaschengeist."

Beates Brauen schnellten in die Höhe.

„Ist diese Stachelbeertorte selbst gebacken?", fragte sie und zeigte mit der Kuchengabel auf das homosexuelle Paar an der gegenüberliegenden Seite des Tisches.

Benno Kaiser schob seine Designerbrille nach hinten und nickte: „Aber das muss unter uns bleiben."

„Bei euch Zahnärzten ist das die pure Berechnung", kicherte sein korpulenter Nebenmann und fingerte einen Krümel aus seinem Vollbart.

„Ein Glück für dich, dass du weit genug weg wohnst!"

„So geht das seit gestern Abend", krächzte Sigurt, glücklich darüber, dass der letzte Bissen die Speiseröhre passiert hatte.

Die letzten zehn Monate hatten bei dem jungen Mann überwiegend positive Spuren hinterlassen. Nicht nur, dass sich die Leber des ehemals Drogensüchtigen erholt hatte. Die Garderobe war immer noch lässig, aber gepflegter. Auch seine blonde Schnittlauchmähne war um etliche Zentimeter geschrumpft.

„Sie sind Bennos älterer Bruder, der in Köln lebt?", meinte Wilfried und setzte ein Stück Kirschstreusel auf seinen Teller.

„Euskirchen."

„Der Orthopäde?"

„Ich bin Alfred Kaiser", nickte der Bärtige. „Einen Doktortitel habe ich nicht." Er legte die Hand auf den Unterarm seiner Nachbarin. „Das ist meine Frau Marlis. Kinder haben wir auch. Die sind längst flügge. Der Sohn ist achtzehn, die Tochter zwei Jahre jünger. Beide haben übers Wochenende eine Menge für die Schule zu lernen. Hoffen wir, dass dem auch so ist."

Stefan leerte seine Tasse in einem Zug und naschte von Beates Teller.

„Auch eine Art, sich durchzukosten", lachte Sigurt.

Am Nachbartisch erhob sich eine vollbusige Frau und bat um Gehör.

Es folgte eine Ansprache an die Brautleute, verbunden mit Ratschlägen für eine glückliche Ehe.

„Benno hat mir erzählt, dass Sie beide Kriminalbeamte sind."

„Ganz recht", antwortete Stefan.

„Ich habe neulich den Artikel über diesen jungen Mann gelesen, der in der Badewanne ertrunken ist."

Wilfried strich mit dem rechten Zeigefinger über den Flaum auf seiner Kopfhaut und verzog das Gesicht.

„Verstehe!", brummte Kaiser.

Eine junge Frau in Jeans und weißer Kittelschürze erschien auf der Bildfläche und schenkte Kaffee nach.

„Ich kannte den Bruder", erhob der bärtige Orthopäde erneut seine Stimme, nachdem er die Bedienung außer Hörweite wusste. „Matthias und ich hatten anfangs zusammen studiert, bevor ich meine Zelte in Mainz abgebrochen hatte und erst mal nach Freiburg gegangen bin."

„Und wie lange liegt das Ganze zurück?", wollte Stefan wissen.

„Nicht ganz siebzehn Jahre."

Beate hob abwehrend die Hände.

„So ganz jung warst du damals auch nicht mehr. Oder ist mir da was entgangen?"

„Genau! Ich hatte es mit dem Studium nicht so eilig und erst einmal zwei Jahre als Rettungssanitäter gearbeitet. Damals ging es noch etwas lockerer zu. Zudem war ich ja verheiratet."

„Waren Sie denn mit Matthias befreundet?", übernahm Wilfried die Befragung. „Er ist zwar nur knapp drei Jahre jünger als ich. Aber er wusste bereits von klein auf, dass sein Vater Doktor war. Mit uns Normalsterblichen hat er sich früher nur abgegeben, wenn die Situation es verlangte."

Kaiser schüttelte den Kopf und legte die Stirn in Falten. „Befreundet? – Das wäre übertrieben!" Im Unterschied zu seinem Bruder, den man selbst aus einiger Entfernung an seinem dunkelblonden Lockenschopf erkennen konnte, war von seiner Haarpracht nicht allzu viel übrig geblieben.

„Wir hatten ein paarmal zusammen gefeiert, und er hat die Puppen tanzen lassen. Vor allem, wenn der gute Matti von seinen Besuchen bei Mama und Papa zurückkam."

Wilfried schielte zu seinem Kollegen hinüber, und Stefan erwiderte den Blick. Dann wandten sie sich erneut ihrem Gesprächspartner zu.

„Weil sie ihm das nötige Kleingeld zugesteckt hatten?"

Kaiser gab ein verächtliches Grunzen von sich.

„Also nicht nur das?"

„Einmal hatte er fast den halben Rezeptblock mitgehen lassen, bereits fein säuberlich gestempelt und unterschrieben", murmelte der Orthopäde. „Wir anderen spekulierten, unter uns gesagt, ob sein Alter damals nur bequem oder auch arglos war."

„Zumindest hat der hin und wieder einen gebechert", brachte Sigurt Mathedy seine Anwesenheit ins Gedächtnis der Tafelrunde zurück. „Das weiß ich von unserer Mutter. Sie sagte, das sei unter den Ärzten und den Menschen in Pflegeberufen kein Geheimnis gewesen."

„Und sein Junior hat bestimmt schon mal was aus dem Medikamentenschrank mitgehen lassen?", raunte Beate. „An den Giftschrank konnte er ja nicht."

„Hmhm", ertönte es aus der Mitte des Raumes. Ein hagerer Mann mit Kartoffelnase teilte die Gäste in drei Gruppen und stimmte einen Kanon an.

„Klar doch!", brummte Kaiser, nachdem die Inszenierung ein Ende gefunden und der Chorleiter das Weite gesucht hatte. „Der gute Matti hatte für alle Wehwehchen die passende Pille."

„Ein einträgliches Geschäft", überlegte Nickel und fingerte in seiner Brusttasche. Zu seiner Enttäuschung wurde bei dieser Feier auf die Bedürfnisse der Raucher keine Rücksicht genommen. „Hat er denn selber auch was genommen?"

Kaiser machte ein unglückliches Gesicht.

„Mag sein, dass er mal ein Aufputschmittel eingeworfen und hin und wieder was geraucht hat."

Beate war versucht, sich zu einer abfälligen Bemerkung hinreißen zu lassen. Doch dann spürte sie Stefans Hand in ihrem Nacken und über das rechte Schulterblatt streichen.

„Und das ging die ganze Zeit über so?", nickte Wilfried.

„Matthias hat eines Tages damit aufgehört."

„Was war passiert?"

Kaiser kratzte sich an seinem Bart und ließ den Blick durch den Raum schweifen. Die Gespräche am Nachbartisch kreisten um andere Themen, und seine Frau war zu den Schwiegereltern der Braut geflüchtet.

„Matthias hatte eine kleine Freundin namens Sigrid. Wenn ich mich recht erinnere, studierte sie Jura. Der Vater, ein hohes Tier unter Adolf, drangsalierte das Mädchen mit seinem Perfektionismus. Unglücklicherweise litt die Kleine unter extremer Prüfungsangst. Zudem hielt Matthias nicht viel von Treue, ließ Sigrid am langen Arm verhungern. Jedenfalls hatte sie wohl alle Pillen, die er ihr zugesteckt hatte, gesammelt. Und als ihr das ganze Leben wieder einmal auf den Sender ging, hat sie sich mit dem Zeug in der Bahnhofstoilette eingeschlossen."

„Wenn ich den allein verputze, bin ich hinterher kugelrund", lachte Beate, als Lena ihr zum Abschied ein Kuchentablett überreichte.

„Dann sag deinem Vater, er soll ein Stück mitessen. Er wird mich wohl nie mögen, und ich kann es ihm nicht verdenken. Sag ihm, er soll es meiner Mama zuliebe tun. Sie wäre gern Oma geworden."

Sie seufzte. Man konnte ihren Schmerz fühlen. Doch Sekunden später war sie wieder Lena der Vamp, der die Freundin knutschte, und danach in der Menge verschwand.

„Da wird sich Heiners schwarze Seele aber freuen", grinste Stefan, nachdem Beate samt Kuchen im hinteren Teil von Wilfrieds Kastenwagen verschwunden war, und nahm auf dem Beifahrersitz Platz.

Wilfried hatte das Fenster auf der Fahrerseite heruntergekurbelt.

„Meinst du den Kuchen oder die Neuigkeiten?", fragte er und linste mit zusammengekniffen Lidern zur Seite.

Riemenschneiders Miene hellte sich auf, als er Wilfrieds Wagen erkannte. Bisher war der Tag zu seiner Zufriedenstellung verlaufen. Nach einem erholsamen Schlaf in der zweiten Nachthälfte hatte er den Vormittag ganz in den Dienst seiner Familie gestellt, den Wochenendeinkauf erledigt, die Eltern besucht und zu guter Letzt die Wiese neben dem Haus gemäht.

Schließlich schloss er das Fenster, das er am frühen Morgen auf Kipp gestellt hatte, und verließ das Kinderzimmer im ersten Stock.

Auf der obersten Treppenstufe verweilte er einen Augenblick und zog den Hosenbund über den Bauchansatz.

Vielleicht sollte er seine Träume aufzeichnen. In seinem eigenen Bücherschrank und in dem seiner Tochter befand sich einiges an Literatur, die sich mit dem Thema Traumdeutung befasste.

Dabei hatte er in dem Traumgeschehen der vergangenen Nacht nicht einmal aktiv mitgewirkt. Ihm war lediglich die Rolle eines Voyeurs zuteilgeworden, der sich Einblick in Marga Rupps Schlafzimmer verschafft hatte.

Die Ehefrau des Internisten schüttelte die Kopfkissen auf und positionierte sie so, dass sie in ihrem Bett bequem sitzen konnte. Klein-Julian saß auf dem Fußboden und jonglierte mit Watteällchen. Die Mutter lächelte, öffnete das goldene Etui auf ihrer Bettdecke und klemmte sich eine Zigarette in den Mundwinkel.

Schließlich erschien Martin Rupp. In der linken Hand hielt er eine Infusion, die er an einen Ständer hängte, während er sich aus der Cognacflasche in seiner Rechten einen kräftigen Schluck genehmigte.

„Stört er nicht?", fragte Rupp.

Er zog ein Feuerzeug und einen Hundertmarkschein aus seiner Hosentasche.

In dem Augenblick, als Marga Rupp mit dem brennenden Geldschein ihre Zigarette entzünden wollte, landete Julians Wattebausch auf ihrer Stirn, und sie verlor das Bewusstsein.

„Die vier Elemente heißen Feuer, Wasser, Erde, Luft!", brüllte Rupp und wedelte mit einem Frotteehandtuch vor dem Kleinen umher, ehe er mit der freien Hand die Infusion aufdrehte und die Flammen löschte.

„Alle Achtung, du warst recht fleißig", grüßte Wilfried den Hausherrn und schielte zu Beate hinüber. „Er hat die Wiese gemäht, und morgen ist mein Rasen dran."

Beate verfrachtete den Kuchen in den Kühlschrank und setzte die Kaffeemaschine in Gang.

„Gut gemacht, mein Schatz", lachte Stefan.

„War der Kaffee bei Frau Bauunternehmer nicht nach deinem Geschmack?", hetzte Riemenschneider.

„Der war wirklich unter aller Kanone", meinte Beate. „Lena kann nichts dafür. Seit sie weiß, dass sie schwanger ist, trinkt sie nur noch Kräutertee. Rauchen ist sowieso tabu. Das galt auch für die Hochzeitsgesellschaft."

„Und was hat Herr Bauunternehmer dazu gesagt?"

Das Thema hatten wir schon mal, rügte Beate ihren Vater im Stillen und bedachte ihn mit einem strafenden Blick.

Doch dann lenkte sie ein: „Vielleicht schmeckt der in Wolfgangs Büro auch nicht besser. - Hat jemand Lust an einem herzhaften Snack?"

Die Herren der Schöpfung schüttelten den Kopf.

„H. R., was machen die Ermittlungen?"

„Heute war nicht mein Tag, Wilfried. Wieder und wieder habe ich mir das Foto angesehen, das Balduins Schwager aus dem ersten Stock geschossen hat und schließlich einen Blick aus dem Fenster geworfen. Dann musste ich an Fasbich denken."

„Ja?", machte Wilfried und verzog den Mund.

„Er sprach von einem Schuppen in gerader Luftlinie zu Celines Zimmer. Aber das Ding stand etwas weiter weg." Riemenschneider legte die Unterarme auf die Tischplatte. „Der gute Schang hat sich geirrt."

„Vergiss nicht, dass er nur ein einziges Mal in diesem Haus war", gab Wilfried zu bedenken.

„Das wird's wohl sein."

„Aber dafür haben wir etwas Interessantes erfahren."

Riemenschneider hob die Augenbrauen. Er marschierte ins Wohnzimmer. Den Pappkarton unter dem Arm kehrte er zurück, während vor dem Fenster ein Güllewagen vorbeiratterte.

„Na, dann wollen wir doch vorsichtshalber nachschauen, welch junges Leben damals zu betrauern war. Sigrid soundso sagte der Orthopäde?", überlegte der Kripomann wenig später und überflog den Artikel aus seiner Brusttasche.

„Nur Sigrid", flötete Beate. „Alfred kannte sie nicht besonders gut."

Ihr Vater schielte an ihr vorbei.

„Passt", meinte Wilfried. „Und wenn ihr damals renoviert hättet, wäre dieses Teil zusammen mit der Tapete im Müll gelandet."

Der gerstenschlanke Oberkommissar wippte mit den Füßen und rutschte auf seinem Stuhl ein Stück nach vorn. Dann griff er in den Karton.

„Könnten wir vielleicht einen kurzen Blick auf die Zeichnungen werfen? Tut mir leid, wenn ich nerve. Aber ich muss in einer halben Stunde zu Hause sein, sonst stehen die Zwillinge vor verschlossenen Türen, falls Heidrun länger als vorgesehen in der Kanzlei zu tun hat."

Im Schnelldurchgang überflogen sie die Bilder vom Vorabend.

„Beim zweiten Mal sieht man die Dinge oft klarer", meinte Beate, als sie bei der letzten Zeichnung angelangt waren.

„Wenn du uns vielleicht kurz erklären könntest, wovon du sprichst", brummte Stefan.

„Dieses Ding hier ist ein Wattebausch."

„Und das hier passt wunderbar zur Praxiseinrichtung! Alles da: Spritze, Stethoskop, Pflaster, Medizinfläschchen", krächzte Wilfried und leerte seine Tasse in einem Zug, ehe der Hustenreiz die Oberhand gewinnen konnte. „Franz hätte seine Freude!"

Der Briefschlitz klapperte. Riemenschneider fasste sich ins Kreuz und stellte sich neben den Stuhl.

„Soll ich?", bot Beate ihre Hilfe an.

„Das war der junge Mann mit dem Anzeigenblatt", entgegnete der Vater.

Wilfried warf einen diskreten Blick auf seine Armbanduhr und strich sich über den Kopf. Beate betrachtete ihn von der Seite und lächelte. Ihr bester Kumpel war ein attraktiver Mann.

„Drei oder vier gehen noch", meinte der und wandte sich den nächsten Kunstwerken zu. „Aber bei den nächsten Zeichnungen sieht man, dass es sich bei dem Künstler um einen kleinen Jungen handelte. Null Ahnung von der weiblichen Anatomie. Es sei denn, er hätte versucht, unsere Atie zu malen. Die sieht so ähnlich aus."

„Deine Augen waren auch schon mal besser", attestierte Riemenschneider dem Kollegen.

Wilfrieds linker Mundwinkel wanderte nach unten, doch Riemenschneider blieb hartnäckig.

„Wer könnte das hier sein?"

„H. R., du Klugscheißer, worauf willst du hinaus?"

Der Herr des Hauses massierte seine Lenden und schüttelte seine Mähne in den Nacken.

„Sieh dir mal die Frisur und die Kleidung an", forderte er den Tischnachbarn auf und setzte sich.

„Alles klar!"

Beates Ellbogen näherte sich Stefans Oberarm.

„Nun lasst mich doch nicht dumm sterben!"

Der blonde Liebling aller Schwiegermütter legte den Arm um ihre Taille und zog die junge Frau ein Stück näher an sich heran.

Riemenschneider räusperte sich und zog seine Barthaare, eines nach dem anderen, in die Länge.

„Du, ich glaube, die beiden halten die unbekannte Schöne für Celine Kramer", erklärte Stefan.

„Könnte hinhauen", nickte Wilfried. „Das heraus zu finden gehört zu unseren leichtesten Übungen." Er holte ein weiteres Blatt aus der Schachtel und verdrehte die Augen.

Es gongte im Hausflur. Beate sprang vom Stuhl.

Wenig später verstaute sie sechs rohe Eier im Kühlschrank.

Dann beugte sie sich über die nächste Zeichnung in der Sammlung, die mittlerweile bei ihrem Vater angelangt war.

„Das ist doch Kappes!"

„Da pflichte ich dir bei", murmelte Riemenschneider.

Für eine Sekunde schloss er die Augen und schüttelte den Kopf.

„Julian kann diesen Frotteelappen nicht gekannt haben." Er legte das Blatt zurück in den Karton und erklärte die Arbeit für beendet.

Doch dann bemerkte er die Sensibilität, mit der die übrigen Anwesenden auf seinen Stimmungsumschwung reagierten.

„Franz' Tochter Pia hatte dieses Ding damals ins Klo gestopft", erklärte er. „Also war ich all die Jahre davon ausgegangen, dass Karin es zu Beginn ihrer zweiten Schwangerschaft gekauft hatte."

Kapitel achtzehn

Ein Knall ließ Riemenschneider aus dem Tiefschlaf aufschrecken. Durch die halb geschlossenen Rollläden schimmerten erste Sonnenstrahlen.

Wie jeden Morgen verfolgte er das Geräusch der nur unmerklich leiser werdenden Schrottkarre und reckte sich nach dem Wecker. Wenn man ihm Glauben schenken durfte, dann war es kurz vor sieben. Schließlich schielte er auf das Kissen neben ihm.

Doch Doris, deren Gesicht unter den blonden Strähnen kaum zu erkennen war, murmelte etwas Unverständliches und drehte ihm den Rücken zu.

Gedankenversunken, barfüßig und in Unterwäsche, trat er wenig später vor den Spiegel im Badezimmer.

Erst jetzt bemerkte er einen Schlüpfer, den jemand nebst BH auf dem Toilettendeckel deponiert hatte, und das Rauschen, das aus der Dusche drang.

Einen Augenblick später versiegte das Wasser.

„Guten Morgen!", trällerte Beate und öffnete die Kabine einen Spalt weit, während ihr Zeigefinger auf einen Stapel Badetücher zielte. „Das trifft sich ja prima. Heiner bist du so nett?"

„Wer hat dich denn so früh aus den Federn geworfen? Das wird Stefan aber gar nicht freuen."

„Der hat sich noch weniger gefreut, als Wilfried gegen fünf durchgeklingelt hat, um ihm mitzuteilen, dass er exakt eine Dreiviertelstunde Zeit hätte, in die Gänge zu kommen."

„Hä?"

„Ach Heiner, ich bin doch nur eine arme Polizistenfrau", gähnte die junge Frau und stakste aus der Nasszelle. „Über den Grund hat sich Stefan wie immer ausgeschwiegen."

„Vielleicht würde ein netter Bankangestellter besser zu dir passen."

„Was war denn gestern Abend mit dir los?", wechselte Beate das Thema und trat an ihren Vater heran. Da sie von Kindesbeinen an die Meinung vertrat, unnötige Schritte seien die reine Zeitverschwendung, versenkte sie auf halbem Wege ihr Badetuch in der Wäschetonne.

„Nun komm schon", bettelte sie und legte ihre linke Hand auf den Rand des Waschbeckens. „Mit mir kannst du über alles reden."
„Nicht in diesem Zustand!"
„Wie?"
„Das da hast du vergessen", knurrte Riemenschneider und hielt ihr die verwaisten Wäschestücke unter ihre Nase. „In exakt fünf Sekunden wirst du da hineingeschlüpft sein. Ich, jedenfalls, habe dir das nicht beigebracht."
„Hei…"
Schweigend und mit unmissverständlicher Miene verfolgte er aus den Augenwinkeln heraus, wie sie seiner Aufforderung nachkam.
„Ein Ei?", fragte sie, während er sie bei den Schultern packte.
„Von mir aus. Aber hör endlich auf, meine Kreise zu stören."
Auch an diesem Morgen wurde er in seiner Erwartung nicht enttäuscht. Der Eierkocher war in Betrieb, und der Tisch gedeckt. Aber entgegen ihrer Gewohnheit thronte seine Tochter nicht in einer gelenkschädigenden Haltung auf einem der sechs Stühle.
Stattdessen standen die Türen des Putzschrankes sperrangelweit auf.
„Fehlanzeige! Das Ding ist nicht hier." murmelte Beate. „Ich hab dreimal alles von oben nach unten geräumt. Das genügt."
„Wieder eines deiner berühmten Selbstgespräche?"
Mit nach hinten gestrecktem Arm verwies die junge Frau auf den Kaffee in der Thermoskanne und erhob sich aus der Hocke.
Riemenschneider schaltete das Radio an, und da der voreingestellte Sender nicht seinem Geschmack entsprach, beendete er umgehend die Beschallung.
Die folgenden zehn Minuten verhielten sich beide mucksmäuschenstill. Dicke Regentropfen prasselten gegen die Fensterscheibe.
„Umso besser", gähnte Beate. „Mir steht eh nicht der Sinn nach Fensterputzen. Sie griff zum Messer und köpfte ihr Ei. „Aber oben durchwischen kann ich ja. Übrigens: Ich habe mir diese Zeichnung noch mal angeschaut. Vielleicht sollten wir zwei uns noch ein paar Bildchen durchsehen."
Ihr Vater setzte seine Tasse ab, schüttelte seine schlohweiße Mähne und ließ die Augenbrauen in die Höhe schnellen.
„Besser, wir lassen solche Alleingänge", beschloss er, ohne die Stimme zu heben.

„Sag mir wenigstens, was dein seelisches Gleichgewicht gestern Abend aus der Balance gebracht hat?"

Riemenschneider wiegte den Kopf. Zum millionsten Mal fragte er sich, weshalb sie ausgerechnet seinen Dickkopf geerbt hatte. Aber wie pflegte sein Vater zu sagen: Sie ist so geworden, wie du sie haben wolltest.

„In Ordnung", meinte er schließlich.

Beate begab sich in den Fersensitz. Sie hielt ihren Teller gegen die Tischkante und fegte ein paar Krümel von dem Wachstuch. Dann war sie ganz Ohr für die Sorgen ihres Vaters.

„Das ist nicht verwunderlich, wenn man bedenkt, welch ungeheuerliche Geschichte sich möglicherweise innerhalb dieser vier Wände abgespielt hat", nickte sie und zwinkerte ihm aus ihren stahlblauen Augen zu.

Riemenschneider hob die Hände.

„Heiner, sag nichts."

„Ich hab nicht vor, euch mit den Auswüchsen meiner Fantasie zu infizieren."

Beate stellte ihre Tasse auf den Dessertteller und spreizte die Finger.

„Es verlangt keiner von dir, dass du vor versammelter Mannschaft dein Traumleben offenbarst. Hast du denn das Gefühl, diese Träume hätten vorausschauenden Charakter?"

Riemenschneider inspizierte den Boden seiner Tasse. Dann hob er die Kanne, ehe er sie unverrichteter Dinge an ihren Platz zurückstellte.

„Also nein."

„Aber ich wäre nie auf die Idee gekommen, auch nur eine Sekunde über meine Träume nachzusinnen, weil sie einfach nur idiotisch waren", seufzte der ehemalige Staatsdiener. „Doch dieses Mal verhält sich das Ganze irgendwie anders, weiß der Geier!"

Die junge Frau erhob sich und schob ihren Stuhl beiseite.

„Diese Träume sind dir unangenehm, nehme ich an", hörte sie sich sagen.

Ihre Hände umfassten die Kante der Tischplatte. „Und sie haben dich dein ganzes Berufsleben über begleitet?"

Er krault seine Barthaare und ließ seine Blicke, entlang den Karos auf der Tischdecke, hin zu ihren perfekt manikürten Nägeln wandern.

„Du, das nennt man überrumpeln", brummelte er. „Und bevor du auf die Idee kommst, mich weiter zu löchern - Doris weiß es auch erst seit Kurzem."

„Lothar, Peter und Franz solltest du nicht vergessen. Aber du hast ihnen gegenüber noch keine Silbe verlauten lassen, dass es dir schon wieder passiert ist."

Er atmete tief durch. Seine Gesichtszüge entspannten sich.

„Das tut auch nicht Not", versicherte er und tätschelte ihren linken Handrücken, während sich ein breites Lächeln auf seine Lippen stahl.

„Seid ihr aus dem Bett gefallen?", grüßte Doris, noch halb im Türrahmen.

Ein frischer Wind wehte Riemenschneider um die Nase, als er den regennassen Bürgersteig betrat.

Er schielte auf die Zeichnung in seiner Hand. Die Zahl derer, die für eine Tür-zu-Tür-Befragung in Betracht kamen, war an diesem Morgen äußerst dürftig.

Balduin und Pauline hatte er am Vorabend mit leichtem Handgepäck in Richtung Bushaltestelle marschieren sehen. In Mariannes Garage herrschte gähnende Leere. Doch dann entdeckte er die Nachbarin auf dem Fahrrad.

„Schön, dich zu sehen."

Marianne stieg vom Rad und schob es auf den restlichen Metern.

„Tut mir leid, Heiner! Du siehst, ich habe alle Hände voll zu tun."

Stell dich nicht so an, dachte Riemenschneider und trat ihr in den Weg.

„Sieh dir bitte diese Zeichnung an."

Marianne rollte die Augen und entblößte ihre obere Zahnreihe.

„Oh Gott – das ist ja unglaublich!"

„Soll das heißen, dass die Frau auf dem Bild Celine darstellen könnte?"

„Aber hundert pro!", versicherte Marianne Klinger und legte die zweite Hand zurück auf den Lenker. „Außerdem hatte Celine mir von der Zeichnung erzählt. Aber ich dachte damals, er wird halt malen wie alle anderen Kinder in dem Alter. Allerdings hab ich sie nie in solch teuren Klamotten rumlaufen sehen. Dieses Kleid muss ein Vermögen gekostet haben."

„Dankeschön", sagte Riemenschneider. „Mehr wollte ich gar nicht wissen."

Er blinzelte auf seine Clogs und bewegte sich einen Schritt zur Seite, als Marianne ihn bat, sie auf einen Sprung zu begleiten.

Aufgrund ihres Erscheinungsbildes, das an eine Marionette erinnerte, wirkte die Nachbarin ausgemergelt und schwächlich. Dass dem nicht so war, musste Riemenschneider wieder einmal zur Kenntnis nehmen, als Marianne, nachdem sie den Drahtesel gegen die Hauswand gelehnt hatte, jegliche Hilfe ablehnte.

„Ist deine Familie ausgeflogen?", fragte Riemenschneider, während sie hinauf in die erste Etage stiefelten.

Zwar hatte Mariannes Mann die steinernen Stufen im Rahmen einer Renovierungsmaßnahme mit dunkelgrünem Velours überzogen. Das machte die halsbrecherische Treppe vom Optischen her sympathischer, änderte jedoch nichts an deren Gefährlichkeit.

„Nee", meinte Marianne, schritt durch die offen stehende Küchentür und stellte die Einkauftaschen auf der Anrichte ab. „Mama musste zum Arzt und die Jungs: Du weißt, wie die Kinder in dem Alter sind. Erst recht, wenn sie ein paar Tage frei haben!"

Da habe ich mit Beate noch richtig Glück gehabt, dachte der Frühpensionär, dem der Kneipengeruch, der durch die Ritzen im hinteren Wohnbereich drang, nicht entgangen war.

„Im Wohnzimmerschrank müsste ich …", erklärte die Nachbarin und rauschte an Riemenschneider vorbei, während im selben Augenblick eine zombieartige Gestalt, den er als Mariannes fünfzehnjährigen Sohn Berthold identifizierte, ohne von ihm Notiz zu nehmen, ins Bad wankte.

„Ich habe tatsächlich zwei Bilder von ihr, und die gleich doppelt", strahlte Marianne. „Die kannst du gerne behalten."

Kapitel neunzehn

„Das ist wenigstens ein vernünftiges Foto", lächelte Kriminalhauptkommissar Peter Jakobi und ergriff von seinem Stammplatz in Riemenschneiders Küche Besitz.

Der Sonntagnachmittag neigte sich dem Ende zu. Die drei Freunde hatten eine beachtliche Wegstrecke durch Wald und Feld zurückgelegt. Wie in den meisten Fällen waren ihre Frauen auch an diesem Tag nicht mit von der Partie. Gerlinde Decker war wieder einmal mit der Betreuung ihrer Enkel betraut worden. Und Doris hatte den Kaffeeklatsch bei einer Kollegin vorgezogen.

„Was soll das bedeuten, Peter?", zog Franz ein ungläubiges Gesicht. „Sag mir sofort, dass ich spinne."

„Uns liegt nur das Passbild einer Achtzehnjährigen vor", erwiderte Jakobi und beugte sich vor. Aufmerksam studierte er das rundliche Gesicht. „Diese sichelförmige Narbe an der Unterseite des Kinns sehe ich zum ersten Mal. Hat Marianne auch verraten, wann diese Fotos aufgenommen wurden?"

„Fünf Wochen vor Celines Verschwinden. Außerdem meinte sie, für dieses Kleid, in dem der Junge sie gemalt hat, hätte sie wohl einiges zusammensparen müssen. Da musste Fasbich ja misstrauisch werden."

„Bist du mit den Zeichnungen weiter gekommen?"

Riemenschneider öffnete drei Bierflaschen. Zwei reichte er an die Freunde weiter.

„Nä", erklärte er, „weil ich beabsichtige, nur in Anwesenheit eines Kollegen weiterzustöbern."

Franz setzte die Brille ab und überprüfte die Metallbügel auf ihre Stabilität.

„Merkst du was?", murmelte er in Jakobis Richtung.

Der stützte sich mit den Ellenbogen auf der Tischplatte ab und rutschte auf dem Stuhl nach vorne.

„Glaub ich nicht!"

„Beate wollte mich gestern überreden und war enttäuscht, als ich ihrer Neugier nicht entgegengekommen bin. Dafür hat sie oben und im Keller rumgeputzt und dabei alle Lappen, die ihr in die Hände gefallen sind, von rechts nach links gedreht", fasste der Hausherr zusammen.

„Aber sie hat nichts gefunden", mutmaßte Jakobi. Er streifte die Ärmel seines Oberhemdes nach unten und schloss die Knöpfe.

„Davon musste sie nach so vielen Jahren ausgehen. Und selbst wenn Rupp ein Dutzend Handtücher hier vergessen hatte, sind die im Laufe der Zeit im Müll gelandet."

Die Kirchturmuhr schlug zur vollen Stunde, und nebenan setzte ein Taxi einen jammernden Hebemich und eine keifende Pauline ab, die die Auswirkungen des Alkoholkonsums ihres Mannes beklagte.

„Dann wollen wir mal!" Jakobi kniff die Lider zusammen und schielte dabei auf die Uhr an seinem Handgelenk. „Viel haben Franz und ich nicht nachzuarbeiten."

Minuten später räusperte sich Franz: „Bei diesem Monstrum, allemal hersehen – handelt es sich um eine Einwegspritze. Die stammt nicht aus dem Hause. Diese Dinger gab es damals noch nicht."

Nun folgten eine Pinzette, ein Holzspatel und ein Stethoskop.

„Sieh an, ein Fidibus", lachte Riemenschneider, nachdem sie eine Personenwaage und einen Rezeptblock bestaunt hatten.

„Beim nächsten Mal ziehen wir Ignaz hinzu", gähnte Jakobi und schob seine Flasche beiseite. „Weshalb soll es dem besser ergehen als uns."

„Nachschub?", bot Riemenschneider an.

Doch Jakobi schüttelte den Kopf: „Ich habe gleich ein Rendezvous."

Riemenschneider nickte und verbannte eine Strähne, die sich ein Stück zu weit vorgewagt hatte, hinter sein rechtes Ohr.

„Ja, dann!"

„Wenn so eine alte Scheune brennt …", feixte Franz, nachdem der gemeinsame Schulfreund die Runde verlassen hatte.

Riemenschneider entledigte sich eines roten Pullunders und platzierte ihn auf dem frei gewordenen Stuhl.

„Wie wäre es, wenn du der Einfachheit halber, deinen Revuekörper an meine grüne Seite schwingst?", grinste Franz.

Jede Menge Tassen und andere Haushaltsgegenstände, gefolgt von einem portraitierten Matthias Rupp mit Dreitagebart und einem mit etwas weniger vorteilhaftem Äußerem.

„Das ist eine Arbeit für jemanden, der Vater und Mutter erschlagen hat."

„Deshalb hat der gute Ing mir auch diesen Quatsch aufs Auge gedrückt", brummte Riemenschneider und lockerte seinen Gürtel.

„Aber wir haben es fast geschafft", lächelte Franz und erhob sich mit der Auskunft, das aktuelle Fassungsvermögen seiner Blase sei geringer als in den gängigen Lehrbüchern behauptet würde.

Während Franz seine Notdurft verrichtete, streckte Riemenschneider die Beine aus, verschränkte die Hände im Nacken und ließ den Blick durch den Raum wandern. Hier musste dringend renoviert werden.

Gedankenverloren griff er nach der nächsten Zeichnung: ein Waschtisch aus den Fünfzigern.

„Gerlinde war heilfroh, als wir unseren über den Jordan geschickt haben. Das Spiegelputzen war ihr ein Gräuel", lachte ein frisch gekämmter Franz Decker bei seiner Rückkehr. „Weißt du, wie oft und wann der Junge in den letzten Jahren gekrampft hat?"

Riemenschneider hob die Brauen. Dann spitzte er die Lippen.

„Da kann man nichts machen", brummelte Franz. „Mal sehen, ob ich es morgen einrichten kann, Peter und den Jungs einen Besuch abzustatten."

Erneut widmeten sie sich den Zeichnungen, die sie diesmal abwechselnd aus dem Karton holten.

Ein verschmitztes Lächeln stahl sich auf das Gesicht des Forensikers.

Die Abbildung zeigte eine Pflasterrolle, eine Verbandsschere und eine Art Dose mit Schraubverschluss. Auf der unteren Hälfte des Behältnisses konnte man eine Flamme erkennen.

„So ein Scheiß!", schimpfte Riemenschneider und schlug mit der flachen Hand auf den Tisch. „Warum kann sich der Kerl nicht auf ein Thema konzentrieren? – Nun malt er plötzlich vier riesige Tropfen und dann wieder dieses Zeug."

„Wenn mir mein Gehirn keinen Streich spielt, sehe ich einen Feuerwehrmann", erwiderte Franz mit sanfter Stimme. „Hier hinten in der Ecke!"

Seit mehr als dreiundvierzig Jahren krebsten sie zusammen durch dick und dünn und trotzten den Widrigkeiten, die das Leben für sie bereithielt. Und wenn Heiner einmal Verdacht schöpfte oder von einer Idee beherrscht wurde, dann war er wie ein Tier, das Blut geleckt hatte.

„Hast du seit heute Mittag irgendwann etwas Essbares zu dir genommen?"

Jeder Psychotherapeut hätte seine Freude an dir, dachte Franz. Denn das Gesicht, das sein Freund Heiner zog, unterstrich die These, dass sich nichts verbergen ließ.

„Anstatt mich entgeistert anzugucken, solltest du uns eins von den Wiener Würstchen im Kühlschrank spendieren."

Doch als Riemenschneider weiterhin regungslos in seine Richtung stierte, packte er ihn an der Schulter.

„Das ist mein Ernst", fügte er mit Nachdruck hinzu.

„Doris wollte morgen Kartoffelsalat machen", erklärte Riemenschneider zu seiner Enttäuschung, und da ihnen nicht nach Bückling zumute war, beließen sie es bei einem Brot mit kaltem Braten und zwei Gewürzgurken pro Person.

„Du warst vorhin guter Dinge."

Franz wiegte den Kopf.

„Betrachte dir mal die beiden Flaschen auf der Zeichnung." Der Gerichtsmediziner streifte die Ärmel seines Hemdes nach unten. „In ihnen befand sich allem Anschein nach Alkohol."

Riemenschneider verdrehte die Augen.

„Sicher?"

„Ziemlich! Ich erkläre es dir."

Franz tippte mit seinem rechten Zeigefinger auf das rechteckige Behältnis und fuhr fort: „Hier hat er eine 30 und so etwas wie ein Prozentzeichen gemalt. Diese Verdünnung verwendet man im Allgemeinen bei Umschlägen."

Der ehemalige Staatsdiener schloss für einen Moment die Augen und atmete mit leisem Stöhnen aus.

„Und bei diesem bauchigen Kunstwerk", raunzte er, „hat er wieder versucht zu schreiben. Leider ist nur ein Krickelkrakel dabei rumgekommen."

„Du, das ist eine chemische Formel." Franz, der für einen Augenblick seine Brille abgesetzt hatte, wurde hellwach. „Das ist Äther! Und was kommt als Nächstes?"

Von den letzten beiden Zeichnungen zeigte die eine einen Eimer mit Deckel, auf der anderen hatte er den Schuppen neben dem Haus verewigt.

Peter Jakobi runzelte die Stirn und knallte Julian Rupps Krankenakte auf die Schriftstücke, die sich auf seinem Schreibtisch türmten. Dann schüttelte er den Kopf.

Das Gebräu in seiner Tasse, dessen Geschmack ihn an diesem Morgen an aufgebrühte Blumenerde erinnerte, vermochte weder Milch noch zwei Teelöffel Zucker genießbar zu machen.

„Neue Erkenntnisse gewonnen?", erkundigte sich Stefan, der auf dem Weg zu seinem eigenen Arbeitsplatz, einen kurzen Stopp einlegte.

„Das wäre zu schön, um wahr zu sein", stöhnte sein Vorgesetzter. „Heiner hatte mich gebeten, mir diese Akten noch einmal vorzunehmen."

„Wozu?", schaltete sich Wilfried ein, kaum, dass der Gesprächspartner am anderen Ende der Leitung den Hörer aufgelegt hatte.

„Ihn interessiert, unter welchen Umständen der liebe Julian gekrampft hatte."

„Und?", erschallte der Kollegenchor.

„Wenn ich die Dokumentation richtig gedeutet habe, und wir ein oder zwei Vorfälle innerhalb der Klinik außer Acht lassen, ereigneten sich diese Anfälle einige Zeit, nachdem er Besuch aus der Heimat hatte", fasste Jakobi zusammen.

Wilfried verzog die Mundwinkel und tätschelte seine linke Brusttasche. Doch dieses Mal siegte der innere Schweinehund!

„Vater oder Bruder?", nuschelte der Ermittler, während er den Glimmstängel von allen Seiten beäugte und das Telefon mit ausgestrecktem Arm auf Jakobis Schreibtisch bugsierte. Schließlich reckte er sein Kinn. „Bei dem Gesicht, das du gerade machst, brauch ich nicht mal zu raten, Peter. Also, sowohl als auch!"

Peter Jakobi vertiefte sich in das Protokoll der Spurensicherung, las sich die Befragung des Krankenhauspersonals noch einmal durch.

Die Tabletten, die man nach Julian Rupps Tod sichergestellt hatte, waren mit Ausnahme einer einzigen Packung, deren Inhalt das Verfallsdatum in vier Monaten erreicht haben würde, über Jahre verwendbar.

Verflixt und zugenäht, wurmte es Jakobi. Womit hatten er und seine Truppe das verdient?

Nach einem mürrischen Blick auf seine Kaffeetasse stützte er den Kopf in beide Hände.

Die Leute vom Frühdienst hatten ausgesagt, dass Matthias Rupp vor Dienstbeginn im OP, den Bruder mit einer Stippvisite bedacht hatte. Gegen zehn hatten die Schwestern, die an diesem Tag mit dem Verbandswagen unterwegs waren, Rupp senior im Zimmer seines Sohnes verschwinden und wenig später wieder herauskommen sehen. Um die Mittagszeit war er wieder auf der Station erschienen. Und eine Stunde darauf hatte Matthias vorbeigeschaut, wollte dies gegen sechzehn Uhr wiederholen, war aber vor der Zimmertür angefunkt und zu einer frisch operierten Patientin gerufen worden. Zum Todeszeitpunkt hatte er an der abendlichen Röntgenbesprechung teilgenommen. Und der Vater weilte längst in Saarbrücken.

„Na, ihr Männer von Galiläa!", grüßte Hermann. „Fröhlich schaut ihr ja nicht gerade aus."

„Heiner ist übrigens einmal mit der Kiste durch", verkündete Stefan.

„Und wie ich ihn kenne, wird er das nicht zum letzten Mal getan haben", prognostizierte der stämmige Kriminalrat, nahm die rechte Hand aus der Hosentasche, fasste sich in den Nacken und fingerte an dem Etikett an der Krageninnenseite.

„Was hast du für ein Gefühl bei der Geschichte, Peter?"

Doch der zuckte mit den Achseln.

„Nächste Frage", forderte Jakobi. Doch dann besann er sich.

„Irgendwie erscheint alles unwirklich und teigig. Wir haben die Überreste einer jungen Frau, die vor über sechzehn Jahren gestorben ist. Und wir haben drei Tatverdächtige. Mit dem einen war sie verlobt, und mit den anderen lebte sie in häuslicher Gemeinschaft. Ach, weshalb soll ich den ganzen Mist aufzählen?"

Hermann antwortete mit einer kurzen Kopfbewegung. Dann ließ er sich rittlings auf dem freien Stuhl nieder.

„Ich wünschte, ich könnte euch weiterhelfen", fuhr er, nachdem er eine Weile schweigend seine Handgelenke betrachtet hatte, fort. „Seit Tagen zermartere ich mir das Hirn, ob ich irgendwann mit einem ähnlichen Fall konfrontiert worden bin. Aber da war nichts, weder in Wiesbaden, Mannheim noch in Berlin."

„Und dein Archie beim FBI?", schlug Wilfried vor.

„Nothelfer sollte man erst anrufen, wenn nichts mehr geht", erwiderte Hermann kehlig. „Außerdem habe ich seit Neujahr nichts mehr von dem Halunken gehört. Vielleicht hat man ihn suspendiert. Möglicherweise sitzt er im Bau, oder seine Frau hat ihn wieder einmal vor die Tür gesetzt."

Eine hitzige Debatte auf dem Flur, bei der sich zwei Uniformierte gegenseitig unkollegiales Verhalten vorwarfen, verhinderte für einen Moment jegliche normale Konversation.

„Hat Heiner Näheres zu den Bildern gemeint?"

„In meiner Gegenwart nicht", meinte Stefan und verschränkte die Arme vor der Brust.

„Hm?"

„Das heißt, dass ich letzte Nacht in meiner Wohnung zugebracht habe."

„Ihr Ärmsten", feixte Nickel. „Frisch verliebt und schon keine Kon…"

Ehe der gerstenschlanke Ermittler den Satz beenden konnte, hatte sein Oberkörper einen Neigungswinkel von 45 Grad erreicht.

„Gespräch aus Kanada", antwortete Stefan und verfrachtete den Stuhl samt Wilfried in die Ausgangsposition zurück. „Ich weiß nicht, ob Heiner gegen Mitternacht von einem gewissen Thomas Mogosky aus dem Bett geholt werden möchte."

Kapitel zwanzig

Der frühe Vogel fängt den Wurm, dachte sich Riemenschneider und stellte sein Frühstücksgeschirr in der Spüle ab.

Dieser Tag versprach, optimal zu verlaufen. Es gab keine wirren Träume, die ihm die Laune vermiesten. Er fischte ein Sandkorn aus dem linken Augenwinkel und vollzog gleichzeitig den allmorgendlichen Vergleich zwischen Küchen- und Armbanduhr.

Zu seiner Überraschung war es erst fünf vor neun.

Er nickte und schlenderte ins Wohnzimmer. Dort schloss er das Dokumentenfach des Sekretärs auf, in dem er seit Kurzem einen Schreibblock mit seinen persönlichen Aufzeichnungen zum Fall aufbewahrte.

Wieder in der Küche angekommen, widmete er sich dem Karton mit den Zeichnungen. Am Vorabend hatte er mit der Arbeit begonnen, und wenn er in demselben Tempo fortfuhr, würde die Liste innerhalb der nächsten Stunde vollständig sein.

Zu dem einen oder anderen Bild machte er eine Notiz zum vermutlichen Entstehungsdatum, fügte hie und da in Klammern Anmerkungen über Besonderheiten hinzu.

Schließlich hob er die Brauen und nickte.

Egal, ob die Kollegen murrten oder hinter seinem Rücken unkten! Zumindest konnten die Aufzeichnungen keinen Schaden anrichten.

Aber dann stöhnte er. Aus war es mit dem Anflug von Zufriedenheit.

Denn wie so oft im Leben, gab es auch hier mehrere Möglichkeiten. Entweder hatte Julian Rupp etwas Ungeheuerliches zu Papier gebracht oder wahllos drauflos gezeichnet.

Der Vater hatte in ihm ein debiles Wesen gesehen, das lediglich in der Lage war, Befehle auszuführen. Der Bruder vertrat eine gegenteilige Auffassung.

Aber, da war noch etwas gewesen. Der Vorfall mit dem Feuerzeug, von dem Urmersbach …

Er stoppte seine Gedankengänge und schielte ein letztes Mal auf die Uhr.

Diesmal saß der fette Kater auf der Fensterbank links von Matthias Rupps Haustür. Der Briefkasten war noch nicht geleert worden. Im Inneren des Hauses wummerten Bässe.

Wilfried überließ Stefan den Vortritt.

Bereits nach dem ersten Klingelton verstummte die Musik. Sekunden später erschien Matthias Rupp im Türrahmen.

„Ach", meinte der Mediziner, dessen freundliches Lächeln zu einer eiskalten Miene gefror.

„Tut uns leid, wenn du jemand anders erwartet hast", konnte sich Wilfried nicht verkneifen.

Der Chirurg schnaubte, unterließ es aber, den Ermittler mit einer abfälligen Bemerkung zu bedenken.

„Leider müsst ihr mit der Küche vorlieb nehmen", kläffte Rupp. „Das Wohnzimmer gleicht derzeit einem Schlachtfeld. Im Gegensatz zu meinem Alten, habe ich keine Putze, die mir den Kram hinterher räumt."

Auf Spüle und Anrichte türmte sich schmutziges Geschirr. Eine Grünlilie, die ein winziges Plätzchen auf der Fensterbank mit einem Paar Socken und einer Flasche Waschlotion teilen musste, drohte zu verwelken.

Nachdem Wilfried und Stefan sowohl den Kaffee als auch die angebotenen alkoholfreien Getränke dankend abgelehnt hatten, ließen sie sich um den Küchentisch nieder.

„Warum sollte jemand meinen Bruder ermordet haben?", hob er an, doch Stefan schüttelte den Kopf.

„Alles zu seiner Zeit!"

Rupps Lippen ähnelten mehr und mehr einer dünnen Linie. Schließlich setzte er sich kerzengerade und schüttelte eine Zigarette aus einer halb leeren Packung.

„Sie sind wohl nicht von hier?", nuschelte er in Stefans Richtung.

Der nickte stumm.

„Mannheimer Gegend?"

„Richtig!"

Ein Rettungsfahrzeug verließ, gefolgt von einem Notarztwagen, das benachbarte Krankenhausgelände und bog wenig später nach rechts ab.

„Darf ich fragen, was euch hierher führt?" Für einen Moment nuckelte Rupp unentschlossen an seiner Zigarette, ehe er zum Feuerzeug griff.

Für Wilfried war dies ein willkommener Anlass, ebenfalls in seine Brusttasche zu langen.

„Wir dachten", meinte er und inhalierte tief, „es wäre nicht verkehrt, über alte Zeiten zu plaudern."

Der Mediziner öffnete den Kragen seines Polohemdes und betrachtete den vergilbten Artikel. Binnen weniger Sekunden verfärbten sich die indigoblauen Synthetikfasern im Bereich der Achselhöhlen schwarz. Er schluckte, rutschte auf seinem Stuhl hin und her. Seine Hände ballten sich zu Fäusten.

„Teufel noch!" Sein Gesicht wechselte die Farbe. Schließlich zerquetschte er die halb gerauchte Zigarette im Aschenbecher. „Da habt ihr ganze Arbeit geleistet."

Energisch schüttelte er den Kopf: „Das ist doch schon so lange her, dass es bald schon nicht mehr wahr ist und außerdem ..."

Wilfried strich sich über den Hinterkopf und verzog den Mund.

„Das Beste wird sein, wenn du ein bisschen von damals erzählst."

„Es war zu Beginn meines Studiums", raunte Rupp nach einer Weile und starrte auf seine weiß hervortretenden Knöchel.

Sein Blick wanderte zu Wilfried hinüber.

„Natürlich hatte ich nicht allzu viel Interesse an der ganzen Büffelei. Ich wollte Spaß haben, Party feiern, mit Mädchen rummachen."

„Aber dein Vater hat dich kurz gehalten."

Der Kater schlich herein und strich ihnen um die Waden, bevor er zum Sprung ansetzte.

„Und um Abhilfe zu schaffen, hatten Sie hin und wieder ein paar Pillen und Rezepte mitgehen lassen", rief Stefan seine Anwesenheit in Erinnerung.

Rupp stieß den Kater vom Tisch.

„Zieh Leine, Caruso!"

„Hast du sie einzeln verhökert?"

„Größtenteils. Das fiel weniger auf. Die Profs durften ja nichts mitkriegen. Dass mein kleines Geschäft dadurch lukrativer wurde, brauch ich euch ja wohl nicht zu erklären."

„Kommen wir nun zu Sigrid." Wilfried streckte die Beine unter dem Tisch aus und zog sie wieder an sich heran. „In welchem Verhältnis standest du konkret zu ihr?"

„Lockere Beziehung halt", erklärte der Mediziner. „Wir waren hin und wieder zusammen im Kino oder in der Eisdiele."

„Nee, wie brav."

Oberkommissar Nickel hüstelte und verschränkte die Hände im Nacken.

„Sigrid studierte Jura, sollte später in der Kanzlei ihres Vaters arbeiten. Darauf war sie nicht gerade scharf. Wie denn auch, wenn allen bekannt war, dass sich ihr Alter seine Sporen unter Adolf verdient hatte?"

Rupp legte eine Pause ein und schnappte sich die Coladose auf der Anrichte, deren Inhalt er einer eingehenden Prüfung unterzog und im Anschluss in die Spüle kippte.

„Mann, die Kleine machte sich vor jeder Prüfung in die Hose. Ich wollte ihr doch nur helfen. Also hab ich ihr ab und an eine Beruhigungspille zugesteckt", beteuerte er. Dann schlug er mit beiden Händen auf die Tischplatte. „Wie konnte ich denn ahnen, dass sie das Zeug hortet, um dann eine solche Scheiße zu machen."

In der Diele klingelte das Telefon. Der Anrufbeantworter kam dem Wohnungseigentümer zuvor, und eine Frauenstimme erklärte, das mit den Steaks fürs Wochenende ginge klar.

„Zum Glück hat sich der alte Sack nicht dafür interessiert, wie seine Tochter an das Zeug herangekommen war. Die Kommilitonen hätten eh dicht gehalten", fasste der Mediziner zusammen und sank in den Stuhl, der unter der spontanen Belastung ein Stück nach hinten rutschte.

„Zumindest diejenigen, die zu deinem Kundenstamm gehörten. Tja, wer beißt schon in die Hand, die ihn füttert?" Wilfried stockte kurz, nachdem ein hämisches Grinsen seine Mundwinkel umspielt hatte. „Und dann hast du dieses erträgliche Nebengeschäft drangegeben?"

Sein Gegenüber antwortete mit einem unmissverständlichen Zitat.

„Wusste Celine darüber Bescheid?"

„Ja."

„Was hat sie dazu gesagt?"

„Es gefiel ihr nicht. Aber das juckte mich wenig."

Wilfried versenkte Zigaretten und Feuerzeug in seiner Brusttasche, ehe sein Kinn in Stefans Richtung zeigte.

„Geschah das mit Ihrer Freundin vor oder nach Celines Verschwinden?"

„Das kann ich nicht mit Gewissheit beantworten. Irgendwann kam ich nach Kell, und Celine war nicht mehr da. Von diesem Zeitpunkt an hatte ich meine Besuche auf ein Minimum beschränkt. War ja niemand mehr da! Nur ein Vater, der sich immer öfters die Nächte mit irgendwelchen Weibern um die Ohren schlug. Meine Mutter war eine intelligente und sensible Frau, hatte aber nicht viel zu melden. Und in Julian, so lieb er auch war, hatte ich auch nicht den idealen Gesprächspartner."

Stefan stützte den linken Ellenbogen auf den Tisch und machte eine kreisende Handbewegung, während sein Adamsapfel einen kleinen Hüpfer vollzog.

„Wenn Sie Weiber sagen, meinen Sie Nutten?"

„Edelprostituierte trifft den Nagel eher auf den Kopf."

Abermals trafen sich die Blicke der Beamten.

„Was ist mit der Spielbank? Dein Vater muss ja ein kleines Vermögen unter die Leute gebracht haben."

Matthias Rupp blies die Wangen auf. Ehe er etwas sagen konnte, ergriff Wilfried erneut das Wort.

„Wir wollen das Thema nicht vertiefen."

„Sondern?"

Nickel beugte sich quer über den Tisch. Sein Blick hing an der Pinnwand oberhalb des Kühlschranks. In der oberen linken Ecke haftete, mit zwei Stecknadeln befestigt und umgeben von allerlei Zetteln, ein Schwarz-Weiß-Foto.

Es zeigte den Studenten Matthias Rupp vor einem Regal. Darauf standen Flaschen und ein paar Gegenstände, die der Ermittler auf die Distanz nicht erkennen konnte.

Rupp presste sein Kinn gegen den Brustkorb. Dann wandte er den Kopf.

„Stimmt was nicht mit dem Foto?", erkundigte er sich verdutzt.

Wilfried verzog keine Miene.

„Ich habe zwar keine Ahnung, was daran außergewöhnlich sein sollte." Der Mediziner erhob sich, schob den Stuhl beiseite und entfernte die Aufnahme von der Pinnwand. „Aber, wenn es dich glücklich macht?"

Wilfried hob die Brauen, massierte mit den Fingerspitzen sein Kinn und nickte: „Sehr aufmerksam, aber das muss noch einen Augenblick warten."

Die Schulterpartie gegen die Lehne gepresst, rutschte er mit dem Hintern auf die vordere Hälfte des Stuhls und wieder zurück.

„Wollt ihr auch wissen, ob mein Vater irgendwann den Braten gerochen hat?"

„Hat er?", nahm Stefan den Faden wieder auf.

„Allerdings erst Wochen, nachdem ich das Geschäft aufgegeben hatte."

„Aha!"

„Wie meinen Sie das?"

Stefan schüttelte den Kopf und gähnte hinter vorgehaltener Hand.

„Das hat nichts zu bedeuten."

Er knetete seine Hände. „Sie hatten Ihre Besuche auf ein Minimum reduziert. Ich gehe mal davon aus, dass sich diese Auseinandersetzung vor der Tragödie mit Ihrer Mutter abgespielt hatte."

Für einen Augenblick hatte es den Anschein, als geriete Rupps Fassung ins Wanken. Seine Nasenflügel blähten sich zu Nüstern auf.

„Vierzehn Tage zuvor." Die Stimme nahm an Lautstärke zu. „Ach, was weiß ich? Da werde ich doch nach sechzehn Jahren keinen Eid mehr drauf schwören."

"Stopp! Stopp! Stopp!" Wilfrieds rechte Handinnenfläche schnellte in die Höhe, ehe sie nach einer kreisenden Bewegung auf seinem Oberschenkel landete.

„Ich schlage vor, du atmest ein paarmal tief durch. Dir ist doch klar, worauf wir hinaus wollen."

Rupp schluckte und pflanzte seine Hände auf die Tischplatte.

„Sollte dem so sein?", provozierte er in beleidigtem Ton.

Wilfrieds Stimmungsbarometer bewegte sich im oberen Drittel zwischen Gereiztheit und Explosionsgefahr. Er schnaufte, beobachtete Kater Caruso bei seinem Sprung auf die Fensterbank.

„Irgendeine Idee?"

Als der Mediziner keine Anstrengung unternahm, seinen unwissenden Gesichtsausdruck zu verändern, lenkte er ein.

„Wie hattest du jenen verhängnisvollen Tag erlebt? Erzähl schon!"

„Anfangs war alles normal. Na ja, wenn man davon absieht, dass im Haus so etwas wie Familienleben nicht existierte. Die Stimmung am Frühstückstisch hatte etwas Unheilverheißendes. Mutter kaute, nachdem Julian sein Brot gegessen und sich in seine Spielecke zurückgezogen hatte, wortlos auf ihrem Brötchen." Rupp kicherte, griff nach seiner Zigarettenschachtel und stellte sie auf den Kopf. „Dabei machte sie ein Gesicht, als hätte der Bäcker eine Ladung Sägespäne in den Teig gerührt. Mein Vater sah etwas mitgenommen aus. Plötzlich ging er ohne Vorwarnung hoch wie eine Rakete. Zuerst hat er mich angerotzt, da ich seiner Meinung nach eh ein Schmarotzer war – die alte Leier halt! Danach bekam Mutter ihr Fett ab."

Stefan klappte sein Notizbuch zu und befestigte den Kugelschreiber außen an der Umschlagseite.

„Und ihr hat er vermutlich ihre Krankheit zum Vorwurf gemacht?"

Rupp griff erneut zur Zigarette.

„Der Schuss ging noch ein Stück weiter unter die Gürtellinie. Er nannte sie eine Langweilerin, worauf sie ihm seine Sauferei und seine Weibergeschichten unter die Nase rieb. Daraufhin blaffte er, das verwundere bei ihrer Frigidität wirklich keinen. - Irgendwann wurde mir das Ganze zu blöd."

„Was hatten Sie unternommen?", brummelte Stefan und schielte auf seine Armbanduhr.

„In dieser Situation gab es nur eine vernünftige Entscheidung: Türmen. Ich hab meine Freunde der Reihe nach abgeklappert. Nachdem ich keinen von ihnen zu Hause angetroffen hatte, hab ich einen Abstecher nach Saarburg gemacht."

Er zerquetschte die Kippe und ließ die Schultern kreisen.

„Im Anschluss war ich noch mal kurz zu Hause. Leider herrschte immer noch eisige Kälte zwischen meinen Eltern. Also kümmerte ich mich um den Kleinen. Nach einer Dreiviertelstunde fing er an, rumzuquengeln und wollte zu meiner Mutter."

„Und danach?", unterbrach Wilfried die Ausführungen seines Altersgenossen.

Rupp nickte. „Ich musste noch ein Buch zurückbringen. Nach meiner Rückkehr hatte ich mein Zimmer nicht verlassen, bis Julian zu schreien begann."

„Was genau war geschehen?"

Augenblicklich wurden die Augen des Mediziners kugelrund.

„Irgendwie hatte es mein Vater geschafft, vor mir am Ort des Geschehens einzutreffen. Er machte auf dem Absatz kehrt und besorgte einen Eimer Wasser. Meine Mutter hatte Verbrennungen dritten Grades am gesamten Oberkörper. Möglicherweise hatte sie nach dem Streit ihre morgendliche Tablettenration erhöht. Jedenfalls war die Schachtel, die auf der Kommode lag, so gut wie leer. Vermutlich dachte sie, ihr könnt mich mal und wollte sich noch eine letzte Zigarette gönnen."

„Was mich noch interessieren würde: War die allergische Reaktion Ihrer Mutter an diesem Tag sehr ausgeprägt?", ergriff nun Stefan das Wort und faltete die Hände auf der Tischplatte.

Rupp hob die Schultern. „Tut mir leid. Davon hatte ich an diesem Tag nichts mitbekommen." Dann tippte er auf die Fotografie. „Das Bild entstand im Sprechzimmer. Julian hatte im Alter von vier Jahren einen Narren an diesen Flaschen gefressen und versucht, sie zu zeichnen."

Kapitel einundzwanzig

Riemenschneider blinzelte. Die Sonne hatte schon wieder Macht. Zur Abwechslung wollte er es sein, der an diesem Morgen auf einen Plausch vorbeischaute.

Wenn eine Idee von ihm Besitz ergriffen hatte, dann wollte er auch nach jedem Strohhalm greifen.

Der Schlaf in der vergangenen Nacht war entspannt gewesen. Kurz nach zehn holte er den Wagen aus der Garage. Aus irgendeinem Grund wählte er die Route über die Dörfer, um nach Trier zu gelangen. In Gedanken war er bereits in der Redaktion des „Trierischen Volksfreund". Doch als er den Ortseingang von Pluwig erreichte, fiel ihm eine weitere Person ein, die er noch nicht befragt hatte.

„Du kommst gerade recht", empfing ihn Gisela Knechtges. „Dann kannst du Leo beim Entrümpeln helfen."

„Betreibt ihr hier Papiersammlung im großen Stil?"

Die Sechzigjährige vergrub die Hände in ihrer Kittelschürze und schüttelte den Kopf. „Du erinnerst dich an unseren Mieter von damals?"

Der ehemalige Staatsdiener verdrehte die Augen. Schließlich nickte er und folgte seiner Gesprächspartnerin ins Innere des Hauses.

„Was treibt dich denn umher?", schmunzelte Franz' früherer Kollege, der in Flanellhemd und blauer Arbeitshose an ihm vorbeieilte.

Das Telefon im Flur schellte, verstummte aber nach dem zweiten Klingelton bereits wieder.

„Hast du noch viel von dem Zeug?", erkundigte sich Riemenschneider.

„Drei Kartons", keuchte Knechtges.

„Zu zweit geht's schneller!"

„Und zuweilen bist du nicht so uneigennützig, wie man annehmen könnte", kam Knechtges ihm zuvor.

Der Exkripomann räusperte sich.

„Okay", räumte er ein, während er beladen wie ein Kuli hinter dem pensionierten Pathologen her stapfte. „Ich kann machen, was ich will, mir geht der Tod von Marga Rupp nicht aus dem Kopf."

„Und du bist zu mir gekommen, weil dir eingefallen ist, dass Franz damals im Urlaub war. Aber ich fürchte, ich bin dir keine große Hilfe. Die glimmende Zigarette hatte die Textilien entzündet."

Riemenschneider reckte sein Kinn und schluckte vernehmlich.

„Und wenn sie zu diesem Zeitpunkt bereits tot war?"

Nun war es Knetchges, der unmerklich den Kopf wiegte.

„Sie war mit der Zigarette im Mund eingeschlafen, weshalb auch immer. Mag sein, dass sie im Schlaf erstickt war. Es ist auch nicht auszuschließen, dass der Kleine mit den Streichhölzern gespielt hatte. Vom rechten Arm, bis zu den Haarspitzen war alles verkohlt. Es war ein Unfall, Heiner", erklärte er, drehte sich um die eigene Achse und packte den Karton an den Seitenwänden, als der Boden nachgab.

Riemenschneider überließ den polternden Knechtges, dem sein Bauchumfang zu schaffen machte, seinem Schicksal und rannte ein letztes Mal auf den Dachboden.

Ein wenig später begegneten sich die Männer im Hausflur.

„Was wirst du als Nächstes tun?"

Noch ehe Riemenschneider antworten konnte, hielt ihm der Hausherr zwei Zeitungen unter die Nase und fuhr fort: „Einen Besuch beim „Trierischen Volksfreund" kannst du dir sparen. Hier habe ich die Ausgaben vom 19. und 22. Oktober 1965. Das ist es doch, was du suchst?"

Mit der Heimkehr hatte es keine Eile. Doris musste für eine erkrankte Kollegin einspringen. Das bedeutete im Klartext, dass er, da es ihm an Kochkünsten mangelte, außer Haus essen musste.

Bei seiner Schwester Hanni konnte er nur nach vorheriger Terminabsprache einen Zwischenstopp einlegen. Deshalb klingelte er bei Franz und Gerlinde. Doch das Haus war verwaist.

Nun musste er mit ein paar belegten Broten vorlieb nehmen. Noch im selben Augenblick, in dem er bei Josefs Anwesen nach rechts abbog, erblickte er eine Frauengestalt, die zielstrebig auf sein Haus zu marschierte.

„Da hast du aber Glück, dass ich nicht irgendwo eingekehrt bin", begrüßte er seine Halbschwester und schloss das Garagentor von außen. „Gerade eben habe ich an dich gedacht."

Hanni kniff die Lippen zusammen und warf ihm einen ungläubigen Blick zu. „Wo steckt Doris?"

„Die muss heute länger arbeiten. Aber was führt dich nach Kell?"

Er konnte es sich nicht verkneifen, einen Blick auf ihre Beine zu werfen. Die Krampfadern sahen gefährlich aus. Doch dieses Thema war tabu.

„Gregor will Lacke besorgen und hat mich an der Ecke abgesetzt", erklärte Hanni, öffnete ihre Handtasche und überreichte ihm ein Kuvert.

„Was ist da drin?"

„Hat mir Heidrun für dich mitgegeben. Ich war auf dem Weg zum Bäcker. Sie hat die Fenster zur Straße hin geputzt, und wir sind ins Plaudern gekommen."

Riemenschneider nickte und knickte den Umschlag in der Mitte. Dann öffnete er die Haustür und vollzog eine einladende Handbewegung.

„Tut mir leid, aber unsere alten Leutchen sind allein zu Hause. Bis dann!" Doch nach wenigen Metern drehte sie sich noch einmal um. „Ich soll dir ausrichten, sie hat alles punktgenau übertragen und wünscht viel Spaß beim Lesen."

Gelesen hatte er erst einmal genug, entschied er, nachdem er die Zeitung gefaltet und beiseitegelegt hatte.

Knechtges Worte hatten ihn nicht in Freudentaumel versetzt. Die Artikel in der Zeitung waren meilenweit entfernt von einer Sensationsreportage. Alles, was er las, war eine nüchterne Aneinanderreihung von Informationen mit einer Andeutung in Bezug auf Marga Rupps Depressionen.

Nicht das kleinste Fragezeichen tauchte auf.

Nach den Siebzehnuhrnachrichten war es um seinen Vorsatz geschehen. Er schaltete den Fernseher aus und angelte Heidruns Umschlag aus dem Karton. Pfeifend marschierte er zu Doris hinüber, die im Esszimmer zwei Stühle zusammengeschoben und die Beine hoch gelegt hatte.

Bereits nach den ersten Sätzen, begriff er, was es mit Heidruns Anmerkung auf sich hatte.

Da stand:

Eine Ausstellung ist keine Mess. Der Verkäufer pack die Schuhe in einen Karton. Der Piester besuchte den Kirchentag.

„Ach du ahnst es nicht!", seufzte Riemenschneider, klatschte in die Hände und erhob sich von seinem Stuhl.

„Ist was?", meinte Doris und schaute aus erwartungsvollen Augen zu ihm herüber.

„Hier, schau dir das an, sonst glaubst du es nicht. Besser, ich hol mir einen Kugelschreiber und notiere die fehlenden Buchstaben. Der Rand ist breit genug."

Im nächsten Satz vermisste er ein Ü. Dann drehte sich alles um ein flanze, gefolgt von einem fehlenden S.

Der Exkripomann schüttelte den Kopf. Als er schließlich die Lektüre in der Mitte faltete und beiseiteschob, verkündete die Uhr im Wohnzimmer die sechste Nachmittagsstunde.

„Schon fertig?", erkundigte sich Doris, als er wenig später die Küche betrat, und entschuldigte sich, dass ihr Interesse bereits nach fünf Minuten nachgelassen und sie einem Thema aus einer in Vergessenheit geratenen Fortbildung den Vorzug gegeben hatte.

„Für heute habe ich genug."

Doch er sollte sich irren.

Kapitel zweiundzwanzig

Kaum war er durch die Küche hinaus auf den Flur gelangt, als der Gong neben der Haustür ertönte.

„Hast du einen Schluck Wasser für einen durstigen Großvater?", lachte Franz und stieß sich vom Türrahmen ab.

„Das lässt sich einrichten."

Decker drehte die Lehne zum Tisch und setzte sich rittlings auf den Stuhl.

„Bist du wirklich sicher, dass du Wasser willst?", lachte Doris und schmeckte ein weiteres Mal den Kartoffelsalat ab, ehe sie acht Wiener Würstchen in den Topf mit siedendem Wasser gab und zwei weitere emporhielt.

Franz nickte hastig. Schließlich legte er den Kopf auf die linke Schulter und schielte zu Riemenschneider hinüber.

„Ich wollte nur eine Runde verschnaufen. Das ist alles. Meine Familie hält mich auf Trab. Wenn ausnahmsweise keines der Autos in die Werkstatt muss, klemmt es woanders."

„Wie heißt es nochmal: Kleine Kinder, kleine ...?"

Der Gerichtsmediziner hob abwehrend beide Hände: „Du kannst dich mit deiner Tochter glücklich preisen. Übrigens: Rosalia will dich um die Mittagszeit vor meinem Haus gesehen haben."

Riemenschneider strich die Haare aus seinem Gesicht und bestätigte die Aussage von Deckers Nachbarin.

„Nachdem ich den Morgen über meinen Notizen zugebracht hatte, wollte ich eigentlich nach Trier fahren. Als ich bei Knechtges vorbeikam, stand Gisela vor dem Haus."

Franz verzog das Gesicht zu einem hämischen Grinsen.

„Du erinnerst dich noch an seinen Untermieter?", brummte Riemenschneider.

Der Schulfreund setzte die Brille ab und massierte seine Nasenwurzel. Dort hatte die Sehhilfe die üblich leuchtend roten Spuren hinterlassen. „Der ist aber vor mehr als zwölf Jahren ausgezogen."

„Stimmt! Leider hat er damals vergessen, seine Zeitungen mitzunehmen. Ich hab Leo beim Ausmisten seines Dachbodens geholfen – Und, ob du es glaubst oder nicht, darunter waren zwei Ausgaben, die sich um den Tod von Marga Rupp drehten."

Nach diesen Worten verschwand Riemenschneider im Wohnzimmer.

„Hier lies!", schlug er vor und breitete die Zeitung vor Franz' Augen aus."

„Nicht gerade viel. Mal sehen, was ich für dich tun kann."

Der Frühpensionär zuckte mit den Schulterblättern und zog seine Barthaare in die Länge, während sich seine Lippen in einen schmalen Strich verwandelten.

„Leo hatte damals Dienst. Für ihn war und ist Marga Rupps Tod ein tragischer Unglücksfall", stöhnte er. „Na ja, von der Hand zu weisen ist die Theorie nicht. Vielleicht sollte ich sie akzeptieren."

Draußen knackte es leise. Wenig später vernahmen sie das anschwellende Geräusch sich nähernder Schritte.

„Wir haben schon mal fröhlicher dreingeschaut", begrüßte Beate ihren Vater und küsste ihn auf die Wange.

Riemenschneiders Pupillen wanderten nach oben.

„Wusst ich's doch!", griente die junge Frau und holte einen Stapel Teller aus dem mittleren Hängeschrank.

„Bist du weitergekommen?", eröffnete Stefan das Gespräch, reckte sich und zupfte an der Schulternaht seines Hemdes. Obwohl die Außentemperaturen im mittleren Bereich anzusiedeln waren, hatte seine Haut bereits erste Bräune angenommen.

„Nicht wirklich", meinte Riemenschneider kauend. „Zunächst habe ich eine Liste aller Kunstwerke zusammengestellt und danach die Fakten dokumentiert."

Er verzog das Gesicht und bewegte die erhobene Gabel in Stefans Richtung.

Doch der ließ die rechte Braue in die Höhe wandern und teilte das Würstchen auf seinem Teller in zwei Hälften.

„Wilfried und ich haben dem jungen Doktor einen Besuch abgestattet. Wie nicht anders zu erwarten, hielt sich seine Freude über unser Erscheinen in Grenzen. Und als er dann das Bild der Toten auf dem Bahnhofsklo zu Gesicht bekam, wurde er etwas nervös."

„Damit hatte er wohl am wenigsten gerechnet", lachte Riemenschneider.

„Zu guter Letzt haben wir ihn über den Todestag seiner Mutter ausgefragt."

„Und?"

Auch Franz' Augen weiteten sich. Er kaute hastig und schluckte hinter vorgehaltener Hand.

„Eines ist wohl klar", meinte er, nachdem Stefan seine Ausführungen beendet hatte. „Sie war bereits tot, als die Kleidung Feuer fing."

„Und die Nesselsucht, was ist mit der?", warf Riemenschneider in unbeabsichtigter Lautstärke ein und schüttelte wieder einmal seine Mähne in den Nacken.

„Vielleicht hatte sie sich bereits zurückgebildet. Wenn Matthias Rupp einige Stunden außer Haus verbracht hat, muss er davon nichts mitbekommen haben."

Für einen Moment hing jeder seinen Gedanken nach.

„Ach übrigens", bereitete Beate dem Schweigen ein Ende und presste ihr Glas an den Mund, das sie mit beiden Händen umfasst hielt. „Wollte Heidrun nicht etwas tippen?"

„Ist längst hier", erklärte ihr Vater. „Hanni hat es abgegeben."

„Und?"

Beate streifte ihre Ringe ab und steckte sie dann an den entsprechenden Finger der andern Hand.

Kurz darauf machte das Schriftstück die Runde. Einer nach dem anderen trug ein paar fehlende Buchstaben auf dem Rand ein.

Riemenschneider blies die Wangen auf.

Irgendwo in der Nachbarschaft lärmte eine Kreissäge.

„Und was machen wir nun damit?", grinste Stefan.

„Für eine Runde Rätselraten taugt es allemal", brummelte Franz, erhob sich, schob den Stuhl an seinen Platz zurück und klopfte dem Schulfreund auf die Schulter. „Leider müsst ihr dabei auf mich verzichten. Gerlinde wartet schon."

Gemurmel machte die Runde.

„Daraus soll schlau werden, wer will!", stöhnte Beate schließlich und runzelte zum wiederholten Mal die Stirn.

Stefan tippte ihr auf die Schulter.

„Vielleicht sollten wir versuchen, das Ganze von unten nach oben zu lesen."

Die junge Frau ließ ihre Schulterblätter abwechselnd nach oben wandern und schüttelte den Kopf.

Doch der Freund und Lebensgefährte blieb hartnäckig. „Wie wäre es mit jedem zweiten Buchstaben oder einer Kombination aus beidem."

Die rothaarige Frau verzog das Gesicht zu einer Grimasse.

„Das geht", mischte sich Riemenschneider ein, ehe der Zeigefinger seiner Tochter die Schläfe erreichte.

Minuten später war er es, der die Schultern sinken ließ. Doch dann spitzte er die Lippen.

„Spürte sich in das längst sie obwohl das und", schimpfte er. „Alles Übrige ergibt wenigstens einen Sinn."

Stefan gähnte und raufte sich die Haare.

Beate warf erst ihm dann ihrem Vater einen strafenden Blick zu.

„Sie hat recht!", nickte Doris. „Wenn wir schon den Abend geopfert haben, sollten wir nicht aufgeben, bis wir diese Nuss geknackt haben."

Doch Riemenschneider streckte ostentativ ihr beide Handflächen entgegen.

Erstes Tageslicht schimmerte durch die Rollläden, als Riemenschneider erwachte. Sehr schön, dachte er. Doch da hatte er sich zu früh gefreut. Denn Regen prasselte gegen den Fensterrahmen.

Der alte Spürhund richtete sich auf und verharrte einen Augenblick. Schließlich warf er einen flüchtigen Blick nach beiden Seiten. Das Bett neben ihm war leer. Die Leuchtziffern seines Radioweckers blinkten unablässig.

Riemenschneider bedachte ihn mit einem verächtlichen Blick. Vermutlich lag hier der Auslöser für seinen Traum. Und der Text, über den sie am Vorabend gebrütet hatten, hatte sein Scherflein dazu beigetragen.

Ein kleines Mädchen hatte auf einem Bett gesessen. Von irgendwoher tapste ein Labrador heran und legte seine linke Vorderpfote auf ihr Knie. Plötzlich veränderte sich der Körper der Kleinen. Er zog sich erst in die Länge und dehnte sich im Anschluss daran nach beiden Seiten aus, ehe er wie eine Seifenblase zerplatzte.

Abwechselnd tauchten Gesichter auf und verschwanden. Mit dem Großteil von ihnen wusste er nichts anzufangen. Doch dazwischen erkannte er Marga, Matthias, Julian und Martin Rupp. Schließlich betrat Celine die Bühne und schloss das Fenster.

Der Exkripobeamte warf einen verärgerten Blick auf seine nackten Zehen und beförderte die Bettdecke mit den Füßen in die gewünschte Position.

Dann vernahm er das Quietschen des äußeren Garagentores. Sekunden später setzte sich Doris' Wagen in Bewegung.

Aufstehen wäre nicht schlecht, dachte er schließlich, tastete mit der linken Hand nach den Pantoffeln und schob sie um einen halben Meter zur Seite.

Froh gelaunt und gedankenverloren schlenderte er zwanzig Minuten darauf in die Küche. Die Dusche hatte Wunder gewirkt und die Dämonen der vergangenen Nacht auf ein Miniaturformat schrumpfen lassen.

Ein herzzerreißendes Gähnen und ein Kichern drangen hinaus auf den Flur. Beate und Stefan waren bereits wach. Aber das störte ihn nicht.

Er legte den Lichtschalter um und nickte.

Der Tisch war leer, und bis der Rest der Familie den Raum betreten und in Beschlag nehmen würde, konnte er seine Arbeit vom Vorabend ungestört fortsetzten.

„Schon fleißig?"

Der Angesprochene legte den Kopf schräg und zupfte an seinen Barthaaren, während Stefan den Stuhl rechts von ihm besetzte.

„Wusst ich's doch", meinte Beate und drückte dem Vater im Vorbeigehen einen Kuss auf die Schläfe.

Schwatzend verteilte sie das Frühstücksgeschirr. Unglücklicherweise versetzte sie hierbei Riemenschneiders Notizblock einen leichten Schubs.

„Beate!", zischte der und pflanzte eine Hand auf seine Aufzeichnungen.

„Kann es sein, dass …?"

Die junge Frau verharrte einen Moment mit hoch gezogen Augenbrauen. Kleine Machtspielchen zur frühen Morgenstunde waren nichts Außergewöhnliches. Doch als sie erkannte, dass sich der Blick ihres Vaters nicht veränderte, lenkte sie ein.

„Entschuldige, Heiner, ich hatte keine Ahnung, mit welchem Ehrgeiz du bereits bei der Sache bist."

Riemenschneider packte sie am Handgelenk.

„Schon okay", meinte er schließlich um einiges milder gestimmt. „Und nun darfst du weiterarbeiten."

Beates Pupillen schnellten zum oberen Lidrand.

„Das bedeutet?", erkundigte sie sich in einem etwas schneidenden Unterton.

„Ich bin fertig - na ja, wenn man vom letzten Satz absieht!"

Stefan schnappte sich eine Scheibe Schwarzbrot und kratzte mit seinem Messer über die Butter.

„Lass mal hören, Herr Kollege!"

Riemenschneider führte seine Tasse zum Mund, nickte und wartete einen Augenblick, bis die Standuhr im Wohnzimmer verstummte.

„Das Mädchen ließ den Ball zu Boden fallen. Es setzte sich auf die Bettkante. Abend für Abend wölbte sich der Vorhang. Der Hund tapste heran. Er legte seine kräftige Pfote auf ihr Knie. Dann beschnupperte er sie, leckte und hechelte. Sie ermahnte ihn. Schließlich zählte sie die Blumen an der Tapete. Doch er ließ nicht von ihr ab, und ..." Der ehemalige Staatsdiener biss in sein Marmeladenbrot und kaute hastig.

„Na ja, den Rest des Rätsels werden wir irgendwann auch noch lösen, sollte es ermittlungsrelevant werden."

Schweigend setzten sie ihr Frühstück fort, bis Beate sich aufrecht hinsetzte und den rechten Fuß unter ihr Gesäß schob. Mit flinken Fingern rollte sie ihren Zopf zusammen und fixierte ihn mit Nadeln und Spange am Hinterkopf.

„Mit etwas Fantasie könnte man in den Text eine Menge hineininterpretieren."

Sie hatte ein Nicken erwartet, doch zu ihrer Enttäuschung strich der Vater mit dem Zeigefinger über die Narbe unter dem linken Augenlid.

„Im Prinzip spricht nichts dagegen", meinte Stefan und legte seine Hand auf die ihre.

„Das stimmt!", pflichtete Riemenschneider ihnen bei und stapelte sein Gedeck.

Er legte eine kurze Pause ein und schielte von einem zum andern. „Aber im Grunde können wir nicht einmal mit Bestimmtheit sagen, ob diese Aufzeichnungen überhaupt etwas mit dem Fall zu tun haben. Ebenso gut könnten die Stenohefte rein zufällig unter der Schrankwand gelandet sein."

Doch Beates Brauen bildeten ein vollendetes V.

„Aber, ich bitte euch", ereiferte sie sich. „Es versteckt doch niemand etwas ohne Grund."

Stefan grinste: „Oh, da fallen mir gut ein halbes Dutzend Leute ein, die ich dir aus dem Stegreif nennen könnte."

Doch die Tischnachbarin machte ein wenig überzeugtes Gesicht.

„Na ja", seufzte sie schließlich. „Es wäre ja auch zu schön gewesen."

Ehe sie ihre Gefühle zum Ausdruck bringen konnte, läutete es an der Tür.

„Guten Morgen allerseits", grummelte Wilfried, während er sich geräuschvoll auf den Stuhl pflanzte.

Der Oberkommissar trug nicht nur das blau karierte Hemd vom Vortag. Auch sein berüchtigtes Aftershave schien an Intensität eingebüßt zu haben.

„Kaffee?", erkundigte sich Beate.

Wilfried nickte, stützte die Ellbogen auf die Tischplatte und schob die Finger ineinander.

„Falls du eine Kleinigkeit essen möchtest: Brot, Butter, Marmelade. Außerdem hätten wir da noch ein Ei."

Wilfried nahm einen großen Schluck.

„Ich habe bereits gefrühstückt. Aber ein Ei wäre nett!"

Wortlos lauschte er Riemenschneiders Ausführungen, schielte hin und wieder auf seinen Ehering und verzog den Mund zu einem gequälten Lächeln.

„Du gefällst mir heute Morgen ganz und gar nicht, Will", wechselte der Hausherr das Thema.

„Hm."

„Zu wenig Schlaf gekriegt?" Stefan setzte eine Brotkrume auf seiner Untertasse ab und beugte sich vor.

„Nee", meinte Riemenschneider, „das steckt der besser weg."

Er betrachtete die schwarz umränderten Augenhöhlen des ehemaligen Kollegen, während Beate ihrer Gewohnheit folgend zum wiederholten Mal ihre Sitzposition wechselte.

„Kannst du nicht fünf Minuten lang Ruhe halten und auf deinem Arsch sitzen wie alle anderen Leute", herrschte Wilfried Beate an.

„Kannst du nicht fünf Minuten …" Anstatt ihn weiter nachzuäffen, entschuldigte sie sich und füllte seine Tasse aufs Neue.

Normalerweise ging sie mit Wilfried um wie mit ihresgleichen. Doch in diesem Augenblick verwandelte sich ihr bester Kumpel, der ihr mehr beigebracht hatte als der Vater erlaubt hätte, einmal mehr in den gestressten Familienvater. Und auch der Altersunterschied von fast siebzehn Jahren war wieder präsent.

„Marion mal wieder?"

Wilfrieds Augenbrauen schoben sich zusammen.

„Gegen Mitternacht wollte sie sich ins Haus schleichen. Zu dumm, dass ich ihr diesmal in die Quere gekommen bin."

„Und dann hat's gekracht?"

„Das kannst du wohl annehmen", krächzte er und leerte die Tasse in einem Zug.

„Und nun?"

„Na ja, heute Morgen ist sie pünktlich aus dem Haus." Er hustete hinter vorgehaltener Hand. „Nun wird sie eine Zeitlang sauer sein."

Beate zog eine Grimasse.

Wilfrieds Augen verengten sich.

„In dieser Hinsicht hast du ganz bewusst nie über die Stränge geschlagen?"

„Nun mach bloß nicht so ein scheinheiliges Gesicht", fuhr er fort. „Du warst immer pünktlich. Stubenarrest hättest ..."

Beate wollte etwas erwidern.

Riemenschneider räusperte sich.

Zu seiner Erleichterung brachten der Motorenlärm eines Traktors älterer Bauart von der Straße her und das Telefon, den Redefluss seiner streitbaren Tischgesellen zum Erliegen.

Die junge Frau verdrehte die Augen und sprintete an ihrem Vater vorbei ins Wohnzimmer.

„Sekunde Heidrun", rief sie kurz darauf erleichtert aus. „Ich hol ihn mal eben an den Apparat. Okay, ich werde es ihm ausrichten."

„Hat sie was vergessen?", murmelte Wilfried, der mit den Fingerkuppen seine Tasse umfasst hatte, und sie in Etappen um die eigene Achse drehte.

„Marions Chef möchte dich sprechen."

„Na dann", nickte er Stefan und Beate zu. „Ich bin bald wieder zurück."

Die Luft im fensterlosen Treppenhaus war abgestanden, und offensichtlich hatte man hier mit salmiakhaltigem Allzweckreiniger gewischt.

Wilfried nahm zwei Stufen auf einmal.

Vor dem obersten Treppenabsatz stoppte er und ließ eine Schwangere, die einen plärrenden Hosenmatz hinter sich herzog, passieren.

„Es geht schon. Der ist bloß zu faul", lächelte die junge Mutter und kniff die Lippen zusammen.

Die Tür zur Praxis ließ sich mit einem leichten Druck öffnen.

Hinter der Rezeption blätterte eine stämmige Blondine, mit Dauerwelle und einer riesigen Kunststoffbrille, in ihrem Terminkalender.

Die Glastür neben dem Tresen öffnete sich einen Spalt breit. Eine spindeldürre Riesin, mit glattem, im Nacken zusammengefasstem schwarzem Haar, gesellte sich kopfschüttelnd zu ihrer Kollegin.

„Also, der kann doch nicht mehr ganz dicht sein!", zischelte sie.

Nun erst entdeckte sie Wilfried, der sich ihrem Arbeitsplatz bis auf wenige Zentimeter genähert hatte.

„Ich schätze, Sie werden bereits sehnsüchtig von Ihrer Schwiegermutter erwartet."

„Nicht doch, Elke", bemerkte die Frau mit Brille und legte den Kopf in den Nacken. „Das ist der Vater von Marion."

Sie erhob sich und blätterte in einem weiteren Register.

„Wenn Sie vielleicht einen Augenblick auf dem Stuhl da drüben Platz nehmen möchten, Herr Nickel. Der Doktor ist gleich soweit."

Der Mann im weißen Kittel machte eine flüchtige Handbewegung.

„Herr Dr. Balte", eröffnete Wilfried das Gespräch.

„Diese Anrede steht mir nicht zu. Nur Balte!", erklärte sein Gegenüber und reckte sein kantiges Kinn.

Zum Verlieben sah der Gynäkologe, der vergangene Woche die Praxis übernommen hatte, nicht gerade aus. Seine Nase erinnerte an eine Kartoffel. Eine silberfarbene Brille korrigierte die Sehkraft der blauen Schweinsäuglein; dazu strähniges, blondes Haar.

„Okay, Herr Balte!" Der schlanke Ermittler rammte die Absätze seiner Sportschuhe in den Teppichboden. „Was ist mit meiner Marion? Hat sie Schwierigkeiten?"

Balte griff in die Ablage rechts vor ihm. Er schüttelte den Kopf.

„Ihre Tochter Marion mag etwas introvertiert sein und sich hin und wieder selbst im Weg stehen. Ich kenne sie zwar erst seit wenigen Tagen. Aber ich denke, sie packt das mit der Ausbildung schon."

Er rollte mit seinem Chefsessel ein Stück nach vorne.

An der Rezeption klingelte das Telefon, und wenig später quäkte die Stimme der hageren Angestellten aus der Gegensprechanlage.

„Lassen Sie uns nun zu dem kommen, weshalb ich Sie hergebeten habe", lächelte der Gynäkologe, nachdem er die Anruferin auf einen späteren Zeitpunkt vertröstet hatte.

„Das wäre mir auch lieb", meinte Wilfried und lehnte sich zurück.

„Kurz, nachdem ich Ihre Tochter damit beauftragt hatte, das Archiv nach abgängigen Patienten zu durchforsten, kam sie zu mir. Sie hatte diese

Karteikarte da in ihrer Hand und erzählte von einem Fall, in dem Sie zurzeit ermitteln. Leider hatten Sie das Haus bereits verlassen."

Irgendwo fiel ein metallenes Gefäß zu Boden.

Wilfried warf einen kurzen Blick in die Unterlagen und nickte: „Genau! Die junge Frau hieß Celine Kramer."

Er strich sich mit dem Zeigefinger über das Kinn.

„Darf ich …?"

Der Mediziner fischte ein DIN A 4-Blatt aus der Ablage.

„Ich war so frei, eine Kopie für Sie anfertigen zu lassen."

Kapitel dreiundzwanzig

„Sieh mal einer an!", murmelte Riemenschneider und platzierte mit Daumen und Zeigefinger eine Strähne hinter seinem rechten Ohr, wobei er die Tatsache ignorierte, dass sich außer ihm niemand im Raum befand. „Alle Welt hielt Celine für ein verstocktes Mauerblümchen. Dabei war sie schwanger!"

Nachdem Beate zusammen mit Stefan und Wilfried das Haus verlassen hatte, deponierte der Exkripomann den Karton im Wohnzimmer und begab sich in die erste Etage.

Diesmal begann er seinen Rundgang im ehemaligen Wohnzimmer. Er ließ die Blicke durch den Raum gleiten. Zwei helle Rechtecke auf der vergilbten Textiltapete wiesen auf das ehemalige Vorhandensein von Bildern hin. Der Fußboden war, abgesehen von einem braunen Fleck, der von einer Anstreichaktion herrührte, ganz in Grau gehalten.

Links vom Fenster, in einem Wäschekorb, stand ein Karton mit Tapetenrollen. Gleich daneben lagerte der Christbaumschmuck.

Riemenschneider ruckelte an der Verkleidung der Heizkörper, entfernte sie und befestigte sie erneut.

Ist wohl auch besser so, dachte er bei sich.

Als Nächstes führte ihn sein Weg über den Flur in Celines Kammer. Auf den Fußballen schritt er durch den Raum. Er massierte seine Schläfen, schloss die Augen und versuchte, in die Atmosphäre vergangener Zeiten abzutauchen.

Das Bild einer verzweifelten jungen Frau erschien, dazu ein eifersüchtiger Verlobter – ständig kurz davor, auszurasten. Und die Herren Rupp ... Was er sah, war dermaßen trostlos, dass es fragwürdig erschien, diese Gedankengänge zu vertiefen.

Noch einmal durchsuchte er jeden Winkel der Schrankwand im angrenzenden Arbeitszimmer.

Riemenschneider verweilte für einen Augenblick im Türrahmen. Schließlich entschloss er sich für einen Rückweg durch die Diele.

Beim Betreten der Küche vernahm er ein leichtes Scheppern von der Terrasse her.

Ach ja, Beate hatte gelüftet. Noch während er die Glastür schloss, schrillte das Telefon.

„Wie ich sehe, hat es dir geschmeckt", grinste Beate und dippte mit einem Stück Weißbrot die restliche Salatsoße von ihrem Teller.

„Ein paar Champignons mehr hätten es ruhig sein dürfen. Aber das Fleisch war fantastisch", erwiderte der Vater und nestelte an der Knopfleiste seines Hemdes.

Beate hatte ihre Arbeit früher als erwartet beendet. Und da sie kein eigenes Fahrzeug besaß, war Riemenschneider, mit der Bemerkung, dass alles auf der Welt seinen Preis hat, in die Presche gesprungen.

Die Welt um sie herum schien aus Stimmengewirr und klapperndem Geschirr zusammengesetzt. Ein Kleinkind am Nebentisch bekundete lautstark sein Desinteresse an der Nahrungsaufnahme. Wie immer um diese Zeit herrschte in dem Speiselokal Hochbetrieb.

Der ehemalige Staatsdiener betrachtete sein leeres Glas von allen Seiten. Doch seine Tochter verwies auf die lange Wartezeit und eilte mit gezücktem Portemonnaie zum Tresen.

„Sollen wir noch eine Kleinigkeit einkaufen? In unserem Kühlschrank herrscht gähnende Leere."

„Was? – Ach so", erwiderte Riemenschneider und hob seine Brauen.

„Heute ist wohl nicht dein Tag?"

Die junge Frau trat ihrem Vater in den Weg und taxierte ihn vom Kopf bis zu den Zehenspitzen.

„Weißt du", erklärte Riemenschneider und verharrte auf der Stelle. „Mir ist eben ein Gedanke gekommen. Und der spukt nun in meinem Kopf herum."

„Der wäre?"

„Celine war schwanger", fuhr er fort und packte Beate am Oberarm. „Eine verdammt beschissene Situation würde ich sagen!"

Riemenschneider ließ ihren Arm los, hantierte an seinem Hosenbund und fasste sich ins Kreuz.

„Einen Verlobten durfte es offiziell gar nicht geben. Verstehst du, worauf ich hinaus will?"

Beates Pupillen beschrieben einen Halbkreis, während ein wissendes Lächeln ihren Mund umspielte.

„Irgendwann hätte sie die Schwangerschaft nicht mehr verheimlichen können." Sie atmete schroff und hob die Schultern. „Eine Hausangestellte mit Kind hätte Rupp in seinem Haus niemals geduldet, ganz gleich, wer der Vater war."

„Du sagst es."
„Und das heißt …?"
Doch statt zu antworten, hob der Vater abwehrend die Hand.
Schweigend gingen sie an St. Gangolf vorbei. Noch ahnte Riemenschneider nicht, wie rasch sich seine Stimmung aufhellen würde.
Die nächste Etappe ihres Weges verlief ohne besondere Vorkommnisse. Auf dem Hauptmarkt herrschte reges Treiben. Vater und Tochter blickten gerade einer Gruppe auf ihrem Weg in den Dom hinterher. Urplötzlich fuhren sie herum.
„Mann! … Entschuldigung, aber was heißt hier hoppela? Rennt mich hier glatt über den Haufen!"
Die Frau hatte die Stimme einer Saatkrähe. Doch zunächst sahen sie nur einen massigen Kerl.
„Geschmeidig bleiben - ist ja nichts passiert!", blaffte der Dicke im Weitergehen.
„Schönen Tach noch!", schimpfte die Krähe und ging in die Hocke.
Ehe Riemenschneider sich versah, war Beate hinübergeeilt.
„Danke dir, Kleines", krächzte die Frau und erhob sich. „Keine Angst! Die Sache ist nicht der Rede wert. Aber die Kerle denken wohl, sie könnten sich alles herausnehmen."
Dann schielte sie zu Riemenschneider herüber.
„Atie, meine Süße, du wirst immer hübscher. Kein Wunder bei dem Vater! Aber sag mal H. R., irgendwie sieht unser Täubchen ein bisschen blass aus. Und so zugeknöpft!", fügte sie hinzu, ehe sie ungeniert loslachte.
„Lass es gut sein, Kitty", unterbrach Riemenschneider.
Kitty hatte pechschwarz koloriertes Haar und eine Gesichtsfarbe, die ihn an übertägige Milch erinnerte. Die Krähenfüßchen um ihre Augen und die Falten an ihrem Hals waren nicht weniger geworden. Auch wenn sie ein geblümtes Sommerkleid trug: Wie eine ehrbare Hausfrau sah die geschätzte Mittfünfzigerin, deren Personalausweis auf den Namen Ursula Fröhlich ausgestellt worden war, nicht gerade aus.
„Dich habe ich schon ewig nicht mehr gesehen", brummelte der Hauptkommissar a. D.
„Das habe ich nun davon, dass ich anständig geworden bin." Ein erneutes Loslachen konnte sie sich im letzten Moment gerade noch verkneifen. „Vor zwei Jahren haben mein Willi und ich eine Kneipe in

Kürenz gepachtet. Aber zurzeit muss ich mich ein bisschen um meine Mama kümmern. Nix Schlimmes, nur ein gebrochener Arm!"

Ein Passant mit einem schwerfällig dahintapsenden Bernhardiner schlurfte an ihnen vorbei.

„Dürfen wir dich zu einem Kaffee einladen?", meinte Riemenschneider.

Doch die einstige Animierdame schüttelte den Kopf.

„Danke. Ich bin schon viel zu lange unterwegs." Sie stellte ihre Einkaufstaschen auf den Boden und pfriemelte eine Packung Mentholzigaretten hervor, sah aber nach kurzem Hantieren mit dem Feuerzeug vor ihrem Vorhaben ab.

„Also gut", schlug Riemenschneider vor, „machen wir die Sache kurz und schmerzlos. Ich habe eine Frage zu den Mädchen in den Sechzigern. Zu wem sind die gegangen, wenn der Storch ihnen zu einem ungünstigen Zeitpunkt dazwischen gefunkt hat?"

„Ach, du Scheiße!", schluckte Kitty. „Geht's nicht 'ne Nummer kleiner?"

„Nee."

„Was willst du von der? Die müsste mittlerweile uralt sein, wenn sie nicht der Sensenmann geholt hat."

Noch während Riemenschneider die Lippen kräuselte, zauberte Beate Miniblock und Kugelschreiber aus ihrer Handtasche hervor.

„Tante Siska", polterte der Exkripomann mit Blick auf die Adresse. „Ein etwas ausgefallenerer Name hätte es ruhig sein dürfen. So heißen Tausende! Das war aber doch nicht die Einzige in ihrer Zunft!"

„Da hast du recht. Aber die war gut und vor allem preiswert. Alle, die ich kenne …"

Kittys Augenbrauen vereinten sich zu einem vollendeten V. Sie rieb sich die Nasenspitze. Dann bat sie erneut um den Stift.

Kapitel vierundzwanzig

„Da kannst du von Glück sagen, dass ich noch im Haus war", grinste Ignaz Hermann, der gerade noch den letzten Parkplatz ergattert hatte und nahm im Fond Platz. „Gerade wollte ich nach Kell aufbrechen und mal hören, ob du vielleicht einen Schritt weitergekommen bist."
„So - wolltest du?"
Der stämmige Kriminalrat hüstelte, kniff die Augen zusammen und massierte sich den Nacken. Sein blau-weiß gestreiftes Hemd spannte über dem Brustkorb.
„Haben Wilfried und Stefan dich nicht informiert?", wollte Riemenschneider wissen. Doch der Gesichtsausdruck, den er im Rückspiegel erkannte, bedurfte keiner verbalen Untermalung.
„Wo stecken die eigentlich alle?", erkundigte sich der Exkripomann, entfernte die Parkscheibe vom Armaturenbrett und deponierte sie im Handschuhfach.
„Peter wollte noch einmal auf die Schnelle bei Decker vorbeischauen, und Stefan und Wilfried hielten eine Runde Schießen für angesagt."
Langsam macht der Fall richtig Spaß, dachte Riemenschneider und reichte eines seiner Eukalyptusbonbons an Hermann weiter.
Das Gebäude, das sie unter der angegebenen Adresse vorfanden, glich einem verworfenen Quader. Wahrscheinlich hatte der Bauherr versucht, eine Mietskaserne in ein historisch anmutendes Mehrfamilienhaus zu pressen.
Heiner Riemenschneider lenkte den Benz durch eine schmale Einfahrt und parkte zwischen zwei Wäschereifahrzeugen.
„Vielleicht hat sich deine Informantin in der Adresse geirrt", überlegte Hermann, nachdem sie dem an der Straße gelegenen Teil des Gebäudetraktes wieder den Rücken gekehrt hatten.
„Das wäre das erste Mal. Die gute Kitty hat ein Gedächtnis wie ein Elefant."
„Wie lange kennst du sie?"
„Ach, du lieber Heiland!", rief Riemenschneider. „Das dürften mindestens fünfundzwanzig Jahre sein. Erst hat sie angeschafft, dann in einer Klitsche gearbeitet. Dort war es auch nicht besser."

„Nun lebt sie wohl mit einem ihrer Zuhälter zusammen?", griente Hermann.

„Mit ihrer arbeitsscheuen Jugendliebe, mit der sie bereits die dritte Kneipe gepachtet hat."

Als sie an dem Wagen vorbeikamen, reckte Beate ihren Kopf hinter einem Schmöker hervor.

„Das hab ich gleich geahnt", jammerte Hermann und studierte die Klingelleiste zum wiederholten Male.

„Ing, manchmal hilft nur eins", meinte Riemenschneider und betrachtete seine Hände. „Irgendwer wird schon zuhause sein."

„Ich komme!", zwitscherte eine Sopranstimme. Ein Bariton drohte mit der Polizei. Doch an eine Franziska Bäumer wollte oder konnte sich keiner erinnern.

Hermann bewegte seine Lippen lautlos, während das Patschen seiner Sandalen das Treppenhaus erfüllte.

Zurück auf dem Hof, verdrehte Riemenschneider die Augen. Seine Tochter hatte ihre eigenen Vorstellungen bei der Auswahl ihres Bekanntenkreises und ihm stets mit der Bemerkung, dass dies zu den Dingen gehöre, um die er sich keine Sorgen machen müsse, jegliche Einmischung untersagt. Doch der Anblick des dunkelhaarigen Kolosses mit Pferdeschwanz und tätowierten Oberarmen, der über der geöffneten Beifahrertür hing, ließ seinen Blutdruck in die Höhe schnellen.

„Hätte mich auch gewundert. Man sieht sich!", meinte der Pferdeschwanz und wandte sich zum Gehen.

„Gernot?", brummte Riemenschneider.

„Ich hab nichts angestellt."

Der Mann linste auf seine fleckigen Turnschuhe und zupfte an der ausgebeulten Hosennaht. „Das waren Dummejungenstreiche. Mein lieber H. R., vom Knast habe ich die Schnauze voll."

„Will ich überhaupt nicht wissen", wehrte der Exkripomann ab und atmete tief durch. „Ich hatte wohl vergessen, dass du hier wohnst."

„Seit ich geboren wurde. Das ist fünfunddreißig Jahre her."

„Und wovon leben Sie? Gefängnis macht sich in der Biografie nicht besonders gut", schaltete sich Hermann ein.

„Hausverwalter und Mädchen für alles", nuschelte der Mann namens Gernot, vergrub die Hände in den Hosentaschen und blinzelte zu

Riemenschneider hinüber. „Ich mach den Job seit fünf Jahren. Damals verstarb mein Vorgänger an Herzversagen."

„Dann müssten Sie sich an Franziska Bäumer erinnern", stellte Hermann fest.

Gernot blies die Wangen auf.

„Ach, die gute Tante Siska! Die arbeitet schon lange nicht mehr in dem Job und ist vor einer Ewigkeit ausgezogen", erklärte er und trat einen Schritt zurück. „Darf man fragen, wozu …"

Heiner Riemenschneiders Augäpfel bewegten sich auf unmissverständliche Weise.

„Nun hab dich nicht so!", jammerte Pferdeschwanz. „Mir ist da eben etwas eingefallen."

Schließlich zuckte er mit dem Kopf und imitierte die Kolbenstange einer Dampfmaschine.

Das Mobiliar stammte aus den Sechzigern, und die ursprüngliche Farbe des Fußbodens ließ sich nur noch mit Mühe und Not erahnen. Davon abgesehen war an dem Büro nichts auszusetzen.

Zielbewusst marschierte Gernot Trunger zu einem zweitürigen Schrank an der Fensterseite. Sekunden später ging der Mann in die Hocke und zog einen roten Ordner hervor.

„Hier haben wir es doch schon", murmelte er und reichte die gewünschten Unterlagen an die Ermittler weiter. „So ein Haus verliert nix."

Hermann zog ein angesäuertes Gesicht, während er es sich erneut auf dem Rücksitz bequem machte.

„Irgendwas nicht in Ordnung?", erkundigte sich Riemenschneider, dessen Blick beim Anschnallen den Rückspiegel streifte, und schaute über die Schulter.

„Heute kommt alles zusammen." Der Kriminalrat schob das Schriftstück, das Trunger ihnen zur Verfügung gestellt hatte auf den Nebensitz. „Dürfte ich deine Hilfsbereitschaft nochmal in Anspruch nehmen?"

„Nur zu!"

„Unsere Tante Siska ist damals nach Hermeskeil gezogen."

Riemenschneider zupfte an seinen Barthaaren. „Ich setz dich an deinem Wagen ab. Wir treffen uns danach bei mir in Kell. Und dort trinken wir erst mal eine Tasse Kaffee, bevor wir wieder in See stechen."

Petrus lieferte wieder einmal einen vollendeten Mix aus Sonnenschein und Regenschauer. Aber das war für Riemenschneider und Hermann, die nach einem kleinen Imbiss und mit etlichen Tassen Kaffee im Magen auf die B 407 auffuhren, nicht von Interesse.

„War doch gar nicht so schwer, oder?", bemerkte der ehemalige Staatsdiener und parkte den roten Benz vor dem Garagentor einer weißen Doppelhaushälfte.

Hermann honorierte diese Aussage mit gleichgültigem Gesichtsausdruck.

Über zehn Stufen, die an ihrem rechten Ende von einem Mäuerchen mit niedrigem, rotem Geländer begrenzt wurden, gelangten sie zum Hauseingang.

Wenn das Gesetz der Serie fortgesetzt wird, schreie ich, dachte Ignaz Hermann. Doch dann sah er, wie sein Spezi Heiner in aller Seelenruhe den Daumen auf den obersten der beiden Klingelknöpfe legte.

Hier wohnen lauter ehrbare Leute. Diesen Eindruck überfiel wohl jeden beim Anblick der braun und rot gesprenkelten Tapete. Eine Puppe in einer hellgelben Biedermeiertracht von der Größe einer Neunjährigen, die dem Anschein nach als Einzelstück angefertigt worden war, hockte zwischen den beiden Treppenabsätzen.

„Sie schon wieder?", fiepte die Frau, als sie Riemenschneider wiedererkannte und presste ihre rechte Hand zwischen Kehle und Brustkorb. Ihr kantiges Gesicht wechselte die Farbe und kaschierte die Warze, während sie nur mühsam einen Schrei unterdrückte.

„Na los, kommen Sie schon rein", zischelte sie schließlich, knallte die Schiebetür hinter den Ermittlern ins Schloss und marschierte vor ihnen her in die Küche. „Wie Polizei aussieht, habe ich nicht vergessen. Was wollen Sie von mir? Ich gehe einer anständigen Beschäftigung nach."

„Das weiß ich!", nickte Riemenschneider. Dann wandte er sich seinem Begleiter zu. „Darf ich bekannt machen? Franziska Bäumer führt den Haushalt bei Dr. Martin Rupp. Der Herr neben mir ist Kriminalrat Hermann."

Franziska Bäumer atmete schwer und nestelte an der Tischdecke.

„Wenn es um den Doktor geht, kann ich Ihnen leider nicht weiterhelfen. Ich kümmere mich nur um den Haushalt. Alles andere geht mich nichts an. Hinterher gehe ich nach Hause. Damit meine ich diese Wohnung."

Sie lugte hinaus auf die Straße und hantierte am Fenster. Es bedurfte zweier Anläufe, es zu schließen.

Das mit dem Chef ist vielleicht nicht so abwegig, wie du denkst, überlegte Riemenschneider im Stillen und verschränkte die Arme auf der Tischplatte.

„Wir hätten ein paar Fragen zu der Zeit, bevor Sie den Dienst bei dem Doktor angetreten haben", ergriff er erneut das Wort.
„Damals arbeitete ich in einer Wäscherei."
Die Frau stieß sich mitsamt dem Stuhl von der Tischkante ab.
„Und hin und wieder jungen Mädchen aus der Patsche geholfen", vervollständigte Riemenschneider ihre Aussage.
Tante Siska verdrehte die Augen und hob an, sich zu rechtfertigen.
„Sie brauchen uns nichts zu erzählen", kam Riemenschneider ihr zuvor. „Es steht außer Frage, dass es auch noch andere Adressen gab. Die waren in den einschlägigen Kreisen weniger bekannt. Aber, aus dem Grund sind wir nicht hier."
„Sondern?"
Ignaz Hermann befeuchtete seine Lippen mit der Zungenspitze und fischte ein Schwarz-Weiß-Foto aus der Brusttasche seines Hemdes hervor.
„Schon mal gesehen?", erkundigte er sich.
„Hm ... Stimmt!" Sie nahm das Bild in beide Hände. „An die erinnere ich mich deshalb, weil sie die letzte junge Frau war, die meine Dienste in Anspruch nehmen wollte. Das war vor siebzehn Jahren. Es war halt so ..."
Riemenschneider fasste sich ins Kreuz. „Bitte erzählen Sie uns, was damals genau vorgefallen war."
„Es war zwei Wochen nach Ostern. Sie klopfte an meine Tür. Mein Gott war das Mädel schüchtern! Sie behauptete, sie sei im dritten Monat schwanger und in Arbeit. Aber dort könne sie nur bleiben, wenn ich dafür sorgen würde, dass dieses Kind nie geboren würde."
Sie schnaufte und faltete die Hände vor der Brust.
„Doch plötzlich klagte sie über Schmerzen, krümmte sich förmlich. Ich wollte einen Arzt rufen. Aber sie hat immer wieder den Kopf geschüttelt und sich allein auf den Weg gemacht. Ich habe mir oft den Kopf darüber zerbrochen, was wohl aus ihr geworden ist."
Die Ermittler tauschten Blicke.
„Das ist die Wahrheit!", kreischte Tante Siska und sprang vom Stuhl.
„Wir haben auch nichts anderes behauptet", raunte Riemenschneider.
Seine Blicke folgten ihr, bis sie, nachdem sie sich vergewissert hatte, dass alle Türen und Fenster geschlossen waren, an ihren Platz zurückkehrte.
„Man hat mich ein paarmal angezeigt. Zum Schluss war ich im Gefängnis. Als ich dann entlassen wurde, war meine Arbeit in der Wäscherei

natürlich futsch. Zwei Jahre habe ich in einer Reinigung gearbeitet und mal hier, mal da geputzt."

„Neben dem kleinen Zubrot, versteht sich", meldete sich Hermann zu Wort.

„Nee, nee, nee!" Sie schüttelte den Kopf und hob beide Hände. „Dafür hatte ich weiß Gott keine Zeit. Aber dann stand dieses arme Ding vor meiner Tür. Als sie weggelaufen war, hatte ich bei mir gedacht, dass es ein Wink des Schicksals sein musste. Ende August las ich die Stellenanzeige. Ich dachte, so ein Doktor stellt mich sowieso nie im Leben ein. Aber der Mensch kann sich irren."

Wenig später legte Riemenschneider den Sicherheitsgurt an und langte in die Tüte in der Mittelkonsole.

Wie wird die wohl reagieren, wenn sie die Wahrheit erfährt, dachte er.

„Was hältst du davon?", murmelte Hermann und krault seinen dichten Haarschopf, ehe er den Kugelschreiber in sein Notizheft klemmte.

„Alles ist möglich."

„Könntest du etwas präziser werden?"

„Ach Ing", lachte der ehemalige Staatsdiener, während er nach Kell abbog und die Bahngleise überquerte. „Eines ist wohl klar. Celine Kramer ist mausetot. Entweder unsere Tante Siska lügt. In diesem Falle hätte der alte Rupp sie dort abgesetzt und sie wieder nach Hause gefahren, wo sie im Anschluss an den Eingriff an einer Infektion gestorben wäre."

Der Kriminalrat verzog die Mundwinkel und nickte: „Und was ist, wenn die Alte die Wahrheit gesagt hat? Dann ist unsere kleine Luxemburgerin erst nach Tagen mit der Sprache herausgerückt."

„Heute Morgen habe ich ein Gespräch belauscht. Demnach war Fasbich mindestens zweimal im Haus."

„Also haben wir nach wie vor drei mögliche Väter und ebenso viele Verdächtige."

Riemenschneider nickte. Langsam ließ er den Wagen in die Garage rollen und schaltete den Motor aus.

„Bei Fasbich war es die Eifersucht", zählte er an den Fingern die infrage kommenden Motive auf. „Die Herren Rupp litten unter dem Virus Standesdünkel. Matthias hatte außerdem dieses Problem mit den Pillen. Vielleicht kam es zu einer Auseinandersetzung. Ach, weiß der Geier!"

Kapitel fünfundzwanzig

Froh gelaunt verstaute Riemenschneider Butter und Marmelade im Kühlschrank und stellte, da die Spülmaschine leer geräumt war, den Rat des Kundendienstmitarbeiters, der eine Vorreinigung empfohlen hatte, befolgend, sein Frühstücksgedeck auf die Anrichte.

Nach einem Blick aus dem Küchenfenster aktualisierte er den Abrisskalender, ehe er einen Teil der Fotos, die Balduin vorbei gebracht hatte, in seiner Brieftasche verschwinden ließ.

Ein kurzer Blick auf die Armbanduhr. Es war fünf vor neun.

Glücklicherweise hatten die Überreste des Apfelbaums am Vorabend einen Verwerter gefunden.

Die Straße war trocken.

Die Harley war seit Freitag vergangener Woche zugelassen. Also sprach nichts dagegen, Fasbich einen erneuten Besuch abzustatten.

Doch erst einmal musste er die Maschine auftanken.

Ein altersschwacher Peugeot und ein Lieferwagen mit offener Ladefläche hatten die Zapfsäulen in Beschlag genommen. Also quetschte er sich an ihnen vorbei und stellte die Maschine nach getaner Arbeit in einer Ecke ab.

„Heiner, herrliches Wetter", grüßte der Mann hinter der Kasse. „Hast du das überhaupt verdient?"

„Aber immer", griente Riemenschneider und schob das Visier seines Helmes ein Stück weiter nach oben.

Die Männer frotzelten miteinander und bezogen auch den Schreiner Karl mit ein, der, wie jeden Tag um diese Zeit, gegen den Verkaufstresen gelehnt, in der Zeitung blätterte, ehe er sie kaufte.

„Dann werde ich mal wieder." Der Exkripomann zückte seine Börse, als er ein leises Geräusch vernahm.

Jetzt erst entdeckte er die hagere Gestalt, im Hintergrund zwischen den Verkaufsregalen.

„Herr Fasbich?"

„Wer will das wissen?", krächzte der Mann.

„Ich", meinte Riemenschneider und nahm den Helm ab.

„Ach ... und?"

„Ich wollte mich gerade auf den Weg zu Ihnen machen", erklärte der Kommissar a. D., nachdem sie die Tür des Verkaufsraums von außen geschlossen hatten.

„Es gibt da etwas, das mir nicht ganz klar ist!"

„Was das soll sein?"

Die Lippen des Luxemburgers verzogen sich zu einem dünnen Strich.

Doch der Frühpensionär streifte sich seine Handschuhe über und zeigte dorfeinwärts.

„Es betrifft die Räume im Obergeschoss. Und ich fände es nett, wenn wir uns da gemeinsam umschauen könnten."

„Viel Zeit ..."

Riemenschneider packte ihn am Arm.

„Besser, Sie fahren voraus", entschied er. „Der Weg dürfte Ihnen ja noch bekannt sein."

Ob das veränderte Straßenbild oder Fasbichs Unlust daran schuld war, vermochte Riemenschneider nicht zu beurteilen. Der Mann aus dem Großherzogtum schien es nicht mehr so eilig zu haben. Nach einer dreiminütigen Fahrtzeit brachte er den Lieferwagen geräuschvoll zum Stehen.

„Hier hat sich eine Menge getan", brachte er als Entschuldigung vor, während er sich aus dem Führerhaus bequemte und um die eigene Achse drehte. „Stehen die eigentlich immer noch hinter den Fensterscheiben? Ich meine Erna und Pauline."

Anstatt zu antworten, wiegte Riemenschneider den Kopf und dirigierte ihn zum Hauseingang.

Fasbich schnupperte argwöhnisch, dann zog er den Geruch der Diele in sich ein.

„Mich hat dieser Geruch gestört. Wissen Sie, dieser Alkohol und die ganzen Reinigungsmittel", brummelte er auf dem Weg ins Obergeschoss. „Die Treppe ist Qualitätsarbeit, kein Vergleich zu der Stiege von früher."

„Mein Vater war Schreinermeister", meinte Riemenschneider widerwillig.

„Es war mir ein Rätsel, wie Celine diese ganze Plackerei, Haushalt und Praxis, bewerkstelligen konnte."

Urplötzlich war Fasbichs Anflug von Gelöstheit verschwunden.

„Diese Etage haben wir bislang nur genutzt, um das Spielzeug meiner Tochter zu lagern. Die ist mittlerweile längst erwachsen, aber noch zu sehr Familienmensch, als dass sie einen eigenen Wohnbereich vorziehen würde.

Deshalb haben wir alles in dem Zustand belassen, wie wir es übernommen hatten."

Riemenschneider musterte den hageren Mann von der Seite und verbannte eine Strähne hinter seinem Ohr. Für den Bruchteil einer Sekunde lag so etwas wie eine Schwingung in der Luft, verbunden mit einem Gefühl, das er nicht einordnen konnte.

Wortlos öffnete er die Tür neben dem Badezimmer. Nach einem raschen Blick über die Schulter überließ er seinem Begleiter den Vortritt.

Doch der verharrte mit gleichgültigem Gesicht breitbeinig in der Mitte des Raumes.

„Ziemlich einfallslos, finden Sie nicht?", wertete Fabsich, der, nachdem er Fußboden und Tapete in Augenschein genommen hatte, den Raum und schielte zu der nackten Glühbirne empor.

„Wie?"

„Ich meine ja nur", machte er.

Ehe Riemenschneider etwas erwidern konnte, hatte Fasbich ihm bereits den Rücken zugedreht. Von der Straße her lärmte eine unverwechselbare Glocke, hin und wieder unterbrochen von einer männlichen Stimme, die sich nach dem Vorhandensein von Lumpen und altem Eisen erkundigte.

Sekunden später hörte der Ermittler a. D. seinen Namen.

Die Augen weit aufgerissen, stand Fasbich im vorderen Drittel des Zimmers. Auf seiner Stirn hatten sich zwei tiefe Querfalten gebildet, die die übrige Haut wie Wülste hervortreten ließen.

„Was ist das denn?", murmelte er und deutete auf die Sperrholztür, durch die man in Rupps Arbeitszimmer gelangte.

„Die hat der Freund meiner Tochter neulich entdeckt, als er die Schrankwand dahinter neu zusammensetzen wollte."

Ohne ein weiteres Wort zu verlieren, marschierte der Herr aus dem Nachbarstaat zu der Tür hinüber. Einen Augenblick lang überprüfte er die Angeln. Schließlich fasste er mit den Kuppen von Mittel- und Zeigefinger durch eine schadhafte Stelle und zog die Tür einen Spaltbreit zu sich heran, ehe er sie öffnete. In der nächsten Sekunde verlor sein ohnehin blasses Gesicht den letzten Rest von Farbe.

„Harter Tobak ist das", stammelte Fasbich. „Das ist zu viel."

Die Rückenmuskulatur des Mannes verspannte sich. Langsam drehte er sich um die eigene Achse.

„Herr Fasbich!", zischelte Riemenschneider, der sich ausgeschlossen fühlte und diesen Zustand nicht länger ertragen konnte.
Jean Fasbichs Mundwinkel huschte nach rechts außen.
„Jetzt wird mir einiges klar", meinte der Tankwart und fuhr sich durch seine strähnigen Haare. „Sie haben keine Ahnung, wie?"
Er trat einen Schritt zurück. Es bedurfte einiger tiefer Atemzüge.
„An dieser Wand ...", fuhr er schließlich fort und zeigte an Riemenschneiders Schulter vorbei. „Direkt neben dem Durchgang stand das Bett und von Ihnen aus gesehen, links vom Fenster, befanden sich ein Tisch und zwei Stühle. Dann war da noch ein dreitüriger Kleiderschrank und ..."
„Das hier war Celines Zimmer, nicht wahr?", unterbrach Riemenschneider ihn. Er kniff die Lippen zusammen. „Entschuldigen Sie! Irgendwie habe ich es seit Tagen geahnt, es aber nicht glauben wollen."
Anstatt zu antworten, ging Fasbich hinüber zum Fenster und riss es auf.
„Da unten haben Sie sie also gefunden", bemerkte er tonlos, ehe er herumfuhr. „Wie?"
„Eine Kuh hatte einem kranken Apfelbaum den Garaus gemacht, sodass ich ihn samt Wurzeln entsorgen musste."
„Einem blöden Baum habe ich diese Scheiße zu verdanken! Ich bin mein Leben lang immer mit euch Bullen ausgekommen."
„Aber Sie haben nicht ganz die Wahrheit gesagt", versuchte Riemenschneider einen Schuss ins Blaue. „Sie waren mehr als einmal hier oben."
Fasbichs Adamsapfel verwandelte sich in einen Kropf, während er jeden Muskel seiner sehnigen Arme einzeln anspannte.
„Ich, ach ja?", herrschte er Riemenschneider an und spreizte die Finger seiner rechten Hand.
Ehe er die Hand zur Faust ballen konnte, packte ihn der Exkripomann bei den Oberarmen.
„So etwas würde ich an Ihrer Stelle nicht einmal versuchen", raunte er.
„Lassen Sie mich los!"
„Erst, nachdem Sie sich beruhigt haben. Na, kommen Sie schon."
„Ich bin Ihr erklärter Bösewicht", gluckste Fasbich. Doch als ihm Riemenschneiders Blick begegnete, der durchdringend und nüchtern auf ihm ruhte, vermochte er keinerlei Feindseligkeit zu erkennen.
„Vielleicht liegen Sie damit nicht mal so falsch", räumte schließlich er ein.
„Ich höre", nickte der ehemalige Staatsdiener und legte den Kopf in den Nacken, ehe er die Arme vor der Brust verschränkte.

Fasbich taumelte zwei Schritte rückwärts.

„Ich war wohl nie ein Kavalier", erklärte er. Einen Moment lang befühlte er seine Oberarme und schob die Schultern vor und wieder zurück. „Celine hat es nicht leicht mit mir gehabt. Rumgebrüllt hab ich. Hin und wieder ist mir die Hand ausgerutscht."

Der Mann entfernte ein paar schuppige Hautpartikel unterhalb seines rechten Daumennagels und drehte den Kopf zur Seite. „Ich habe mir genommen, was ich wollte. Dass sie eine Heidenangst hatte, schwanger zu werden, hat mich nicht sonderlich interessiert."

„Nun denn", räusperte sich Riemenschneider.

„Sie wissen noch nicht alles. Einen Teil der Einrichtung habe ich bisher ausgelassen. Direkt hinter mir stand eine Kommode. Von der Tapetentür hatte ich keine Ahnung."

„Wie das?"

„Von ihr war nichts zu sehen, weil dort ein riesiger Spiegel hing. Das Ding war so groß wie die Tür."

Fasbich öffnete die Tür zum Flur und lehnte sich breitbeinig dagegen.

„Ich habe Celine oft vorgeworfen, sie würde sich in diesem Haushalt zum Deppen machen. Aber sie wollte davon nichts wissen, sagte nur, sie wolle nicht wieder nach Hause und den Eltern auf der Tasche liegen. Na ja", stöhnte er und verzog den Mund. „Jean, meinte sie, wenn man von dem Alten absieht, sind die Rupps eine nette Familie."

Riemenschneider begleitete Fasbich nach draußen, beobachtete, wie dieser den Transporter wendete und verweilte noch einen Moment auf den Eingangsstufen.

Erst als der Nachbar erneut seine Kreissäge in Gang setzte, schloss er die Tür von außen und schob die Harley in die Garage.

Sein Weg führte ihn ins Esszimmer.

Hier war Marga Rupp gestorben. Und unter diesem Fenster …

Diesen Gedanken wirst du nicht weiterspinnen, ermahnte er sich. Das Gespräch mit Fasbich, das Bild von dem Spiegel, reichten aus. Wenn er mit seinen Vermutungen richtig lag, dann war das Hausmädchen von mehr als nur einem Mann bedrängt worden.

Bedrängt, obwohl sie längst ein Kind … Er schlug sich mit der flachen Hand gegen die Stirn.

Beate und ihre Freundin Eva Pauly kicherten um die Wette.

„Ich hätte nie gedacht, dass es im Knast so lustig zugeht", prustete Eva und schüttelte ihren schwarzen Pagenkopf, während sie auf die rechte Abbiegespur wechselte.

Sie hatte die Freundin von der Arbeit abgeholt, und die beiden Frauen hatten sich ein kleines Eis gegönnt.

„Mein Arbeitsplatz ist jedenfalls für zwei weitere Jahre gesichert. Endlich hab ich es schwarz auf weiß", frohlockte Beate und zog das Kuvert aus ihrer Handtasche.

„Bis dahin kann noch jede Menge passieren. Denk an Lena!" Urplötzlich war es mit ihrer Heiterkeit vorbei. „Mann, Atie!", stotterte die Anwaltsgehilfin. „Ich hab etwas Wichtiges vergessen. Mein Chef dreht mir den Hals um."

„Dann musst du wieder umfahren."

„Und was wird aus dir?"

„Ich sprinte zum Bahnhof. Vielleicht erwische ich den nächsten Bus." Während die Ampel auf Rot wechselte, sprang die rothaarige Frau aus dem Wagen. „Und wenn nicht - bisher bin ich immer irgendwie nach Hause gekommen."

Sie warf einen verstohlenen Blick auf die Uhr an ihrem Handgelenk. Ein längerer Marsch würde ihr nicht schaden. Doch dann kam sie flotter voran, als sie es für möglich gehalten hatte.

Noch zwei drei Straßen musste sie überqueren, bis sie in die Straße einbiegen würde, in der Stuhldreher seine Wohnung hatte.

Beate verzog das Gesicht, da sie einen Kaugummi unter ihrer Schuhsohle bemerkte. Sie stoppte einen Augenblick, um sich seiner zu entledigen. Reflexartig sah sie sich nach allen Seiten um. Wilfried durfte nicht erfahren, dass sie diese Route gewählt hatte. Der würde aus der Hose springen.

Doch dann entdeckte Beate ein Fahrzeug der Feuerwehr und daneben, halb verdeckt den Krankenwagen. Sie näherte sich um weitere zehn Meter. Schließlich entdeckte sie Jakobis fahrbaren Untersatz.

Peter Jakobi und Stefan standen Schulter an Schulter.

Ihr Interesse galt einer Person, die Anstalten machte, über das Geländer eines Balkons im dritten Stock zu klettern.

Beate langte in ihre Handtasche, schob sich mithilfe einer Karte, die sie als Mitarbeiterin der Justizvollzuganstalt identifizierte, durch die Menschentraube der Schaulustigen.

„Bleiben Sie ganz ruhig!", appellierte Jakobi an den Mann per Megafon. „Gehen Sie zurück in die Wohnung. Alles wird gut."

„Stuhldreher?", fragte Beate entsetzt.

Stefan wandte den Kopf, dann sah er sie von der Seite an, während seine rechte Braue emporschnellte.

„Wo kommst du denn her? Ich dachte, Eva ..."

„Ich war auf dem Weg zum Bahnhof. Eva musste nochmal ins Büro. Wer ist bei ihm?"

„Wilfried und Dr. Hager sind auf dem Weg. Wir wurden auch per Zufall hinzugezogen. Die Kollegen von der Streife glaubten, dass sich der Kerl beim Anblick vertrauter Gesichter entspannen würde."

Beate steckte ihren Ausweis zurück in die Handtasche und zupfte am Ärmel ihrer Bluse.

„Vielleicht sollte ich ...?"

„Das hier ist unser Job", beschied Stefan und drückte ihr seinen Wagenschlüssel in die Hand. „Die Kiste steht einen Block weiter."

Beate zuckte unschlüssig mit den Schultern.

Mittlerweile hing Stuhldreher außen am Geländer. Seine Lippen bewegten sich. Er drehte seinen Kopf nach hinten, während die Feuerwehrleute das Sprungtuch in Position brachten.

Jakobi hob erneut das Megafon. - Zu spät!

Der Mann auf dem Balkon sprang in die Tiefe und lag eine Sekunde später schreiend zu Füßen der Sanitäter.

Beate kniff sich in die Unterlippe. Wie angewurzelt verharrte sie auf der Stelle und verfolgte das Geschehen aus den Augenwinkeln.

Wenige Minuten später schlossen sich die Türen des Krankenwagens hinter Stuhldreher.

„Junge, Junge", stöhnte Wilfried.

„Ist er schwer verletzt?", erkundigte sich Jakobi und händigte das Megafon an die uniformierten Kollegen aus.

Nickel strich mit dem rechten Zeigefinger über den Flaum auf seiner Schädeldecke und schüttelte schließlich den Kopf.

„Die Schulter ist lädiert." Er klemmte eine Zigarette zwischen seine Lippen, ehe er sie nach wenigen Zügen wieder zertrat. „Ob sie gebrochen ist, werden die Röntgenbilder zeigen."

„Hättet ihr nicht verhindern können, dass ...?", schaltete sich Beate ein. Doch Wilfried hob die Hand, ehe sie den Satz zu Ende bringen konnte.

„Nachdem wir die drei Stockwerke hoch gerannt waren, mussten wir die Wohnungstür eintreten. Bevor wir überhaupt Kontakt zu ihm aufnehmen konnten, rief er ‚Lasst euch nicht mit dem Geheimdienst ein, denn im Dom gibt es kein Kirchenasyl'."

Beates Augenbrauen schoben sich einzeln nach oben.

„Vielleicht hatte sich dieser Schub bereits angekündigt, als er mich vor sechs Wochen angreifen wollte. Ich hatte den Arzt auf Stuhldrehers affektive Anwandlungen hingewiesen."

Sie nagte am Knöchel ihres rechten Zeigefingers und seufzte: „Zum Glück war ein Vollzugsbeamter Zeuge des Vorfalls, sodass ich keinen Ärger bekam, weil ich den Knaben k. o. geschlagen hatte."

Wilfried schüttelte den Kopf.

Doch Jakobi antwortete stellvertretend: „Bei solch einer Krankheit dauert es seine Zeit, ehe man auf die Symptome aufmerksam wird. Ob sie langsam oder schnell voranschreitet, lässt sich nicht vorhersagen: auch nicht, welche Blüten sie treibt. Je nach dem entwickelt sie sich in Windeseile, wie bei einem Flächenbrand."

„Übrigens: Bei dem Wort Flächenbrand fällt mir ein, dass ich nicht mehr dazu gekommen bin, die Unterlagen über Marga Rupps Ableben durchzugehen", bekannte Stefan, ehe er die rechte Hand ausstreckte, um seinen Wagenschlüssel entgegenzunehmen.

Jakobi machte eine wedelnde Handbewegung und forderte den Rest der Truppe auf, ihm zu folgen.

„Mein Tag war nicht viel besser", erklärte er. „Erst hatten die im Krankenhaus mir den Mund wässrig gemacht. Doch dann musste betreffende Person einen Notfall versorgen."

Wilfried juckte sich an der Nasenspitze und lehnte sich gegen Stefan.

„Wir zwei werden Beate nach Hause fahren", griente er in die Runde. „Dann sehen wir uns gleich bei Heiner."

„Bist du sicher, dass du nicht doch auf einen Sprung mit reinkommen willst?", wandte sich Beate an Wilfried, der sich auf dem Rücksitz deplatziert fühlte und die Fahrt über geschwiegen hatte.

„Sieht nicht aus, als ob Heiner Besuch erwartet hätte", murmelte er und deutete mit dem rechten Zeigefinger auf den Hausherrn, der mit einer Ausziehleiter über der Schulter die Straße überquerte.

Doch dann entdeckte er Heidrun auf dem Weg zu Doris' Wagen.

„Auf dass mein Haus voll werde", lachte Riemenschneider und lehnte die Leiter gegen die Garagenwand.
„Ich durfte einen Tischtennisball aus Ernas Dachrinne angeln. Von den beiden Chaoten will niemand das Ding dorthin bugsiert haben. Schwindelfrei sind sie auch nicht", fuhr er fort, während sie zu sechst das Haus betraten. „Franz sitzt seit gefühlten zehn Minuten in der Küche."
„Dann wären wir wieder einmal vollzählig", meinte Peter Jakobi, der, nachdem die Truppe im Esszimmer Quartier bezogen hatte, eintraf, ein Schnittchen vom Tablett nahm und sich neben seinem Schulfreund Franz Decker niederließ.
Riemenschneider leerte sein Glas in einem Zug, spreizte die Hände auf der Tischplatte und ließ den Blick im Uhrzeigersinn durch die Runde wandern.
Jakobi nickte und wischte sich den Mund ab.
„Es gibt einen kleinen Silberstreifen am Horizont. Heute Nachmittag meldete sich die Stationsschwester aus dem Krankenhaus und erwähnte eine Ungeheuerlichkeit, die bei aller Sorgfalt bisher niemand bemerkt hatte." Er zückte seinen Notizblock, dann einen schwarzen Kuli, und platzierte beides geräuschvoll auf der Tischplatte.
„Nun denn", stöhnte der Hauptkommissar. „Leider kam ein Notfall dazwischen."
„Schon verstanden", rief Stefan wie aus der Pistole geschossen, der zu dem Kollegen gleichen Dienstgrades hinüberlinste.
Der nickte, schnappte sich ein Käsebrötchen. „Hat Ignaz dich für den ganzen Morgen verplant, Peter?"
„Diese Fragen kannst du ihm gleich persönlich stellen", schlug Beate vor und verschwand.
Ignaz Hermann streckte Beate eine Flasche Wein entgegen.
„Ich wollte nicht mit leeren Händen kommen."
„Dann wollen wir mal schauen, was ich für Sie tun kann!", lächelte Beate. „Wenn Sie einen Augenblick warten, können wir zusammen hineingehen."
Plötzlich war Hermann todernst.
„Von wem haben Sie das?", bellte er, als er den alkoholfreien Inhalt des Getränkekorbs realisierte.
„Was?", erwiderte Beate. Ihre Blicke begegneten sich. „Niemand hat geplaudert. Entschuldigung, aber ich bin Heiners wilde Tochter. Ich krieg so einiges mit, ob ich es will oder nicht. Aber ich merke auch, wenn ..."

Der stämmige Kriminalrat schüttelte den Kopf.
„Schon in Ordnung."
Beate nickte.
„Aber nun sollten wir die Anderen nicht länger warten lassen."
„Will und Stefan wollen morgen einen zweiten Anlauf im Krankenhaus wagen", empfing Jakobi den Neuankömmling.
Von der Straße her vernahmen sie ein schwächer werdendes Motorengeräusch. Riemenschneider erhob sich grinsend. Aber, nachdem der Fahrer das Fenster heruntergekurbelt und ein Dutzend Personen herbeizitiert hatte, schoben drei Männer aus der Nachbarschaft den alten Kadett in die, für ihn vorgesehene Einfahrt.
Die Uhr im Wohnzimmer schlug zur Dreiviertelstunde.
„Falls Julian Rupp tatsächlich verfallene Medikamente bekommen hat, bedeutet das, dass jemand seinen Tod in Kauf genommen hat", ergriff Wilfried das Wort und rutschte auf die vordere Hälfte des Stuhls.
„Fragt sich nur wer", räusperte sich Riemenschneider, nachdem es ihm gelungen war, einen störenden Krümel hinunterzuspülen. „Martin Rupp verachtete seinen Sohn. Für ihn hatte er keine Daseinsberechtigung. Er hatte ihn oft genug besucht, und er war in der Regel allein mit ihm. Also ist es nicht ausgeschlossen, dass er die Tabletten vertauscht hat. Mag sein, dass Matthias Rupp vielleicht auch einen Grund hatte."
„Musst du wieder mal sämtliche Haare spalten?", schimpfte Jakobi und setzte seine Flasche unverrichteter Dinge ab.
Wilfried kratzte sich an der Schulter und verdrehte die Augen.
„Matthias Rupp ist ganz gewiss nicht mein Freund. Aber ich kaufe ihm ab, dass er seinen Bruder gemocht hat."
Er krallte sich ein Schinkenbrötchen.
„Aber ausschließen kannst du es nicht. Als Stationsarzt hat er Zutritt zu allen Räumen. Vielleicht hat er, während die Schwester zum Telefon musste, die Gunst der Stunde genutzt", verteidigte der Exkripomann seinen Standpunkt.
„Hm!" Wilfried Nickel bearbeitete mit den Zähnen den Speckstreifen seiner Schinkenscheibe.
Hermann mischte Apfelsaft und Mineralwasser zu gleichen Teilen und schob die Schultern nach vorn.
„Das bringt doch nichts. Ich schlage vor, wir haken den Fall Julian für heute ab", bereitete er dem Treiben ein Ende.

„Einverstanden, wenn wir uns als Nächstes Celine zuwenden?", schlug Peter Jakobi vor. Er entfernte einen Partikel unbekannter Herkunft von der Knopfleiste und krempelte die Ärmel hoch.

Dabei rempelte er Franz an, der die Finger schützend über sein Salamibrot legte.

Riemenschneider spitzte die Lippen.

Wenn er so ein Gesicht macht, hat er eine Überraschung auf Lager, dachte Wilfried und schaute zu Stefan hinüber, der stellvertretend nickte.

„Also, wir wissen, dass Celine schwanger war und Franziska Bäumers Dienste in Anspruch nehmen wollte." Stefan strich sich durch die Haare. „Von dort ist sie, wenn wir der Aussage der Dame mal Glauben schenken, verschwunden, ohne besagten Eingriff vornehmen zu lassen."

„Haben sich diese Verwandten aus Frankreich mittlerweile gemeldet?", erkundigte sich Riemenschneider. „Rupp hatte doch einen Cousin erwähnt."

Jakobi schüttelte den Kopf. „Diesbezüglich dürften wir nicht mehr allzu viel erwarten."

„Nun denn! Dafür habe ich heute eine interessante und vielleicht nicht ganz unerhebliche Kleinigkeit erfahren."

Der Ermittler im Ruhestand pflanzte beide Unterarme auf die Tischplatte und schilderte sein Zusammentreffen mit Fasbich, ehe er seine eigenen Aufzeichnungen auf den Tisch legte.

„Er ließ nicht von ihr ab, und das, obwohl sie längst das Kind eines Anderen in sich spürte."

„Das liest sich wie ein verschlüsseltes Tagebuch", überlegte Heidrun.

„Siehst du!", meinte Wilfried und küsste sie auf die Wange. „Du hattest ein schlechtes Gewissen, weil du Hanni die Abschrift mitgegeben hattest."

„Stopp, Wilfried!" Ihre Augen weiteten sich unvermittelt.

„Was ist?"

„Mittlerweile ist mir eines klar: Wer immer das Ganze niedergeschrieben hat, hat dies mit Sorgfalt getan. Selbst wenn Celine ein einwandfreies Deutsch gesprochen hatte …", führte Heidrun ihre Überlegungen fort, während sich auf ihrer Stirn zwei tiefe Falten bildeten. „Ich will der Frau nichts in Abrede stellen. Aber ich glaube nicht, dass sie auch die deutsche Kurzschrift, präziser, die Verkehrsschrift, beherrschte."

„Schöner Scheiß!", jammerte Jakobi mit hochrotem Gesicht. „Das ist wieder mal hervorragend. Heiner, konntest du diesen blöden Baum nicht in Ruhe lassen?"

Ignaz Hermann füllte sein Glas aufs Neue und verschränkte seine Arme vor der Brust.

„Nun beruhige dich mal wieder, Peter", unternahm Franz Decker einen zaghaften Beschwichtigungsversuch und berührte den Schulfreund an der Schulter, bevor er zu Hermann hinüberschielte.

„Herr Kriminalrat, konnten Sie Ihren Freund beim FBI erreichen?"

„Sagen wir lieber, er hat mich erreicht." Der blinzelte verschämt auf die letzte Gewürzgurke.

„Greifen Sie ruhig zu!", lachte Beate. „Meine Tante versorgt uns jede Saison aufs Neue."

„Ich hatte schon nicht mehr daran geglaubt", bekannte Hermann, nachdem der letzte Bissen seine Speiseröhre passiert hatte. „Archie brauchte nicht einmal nachzudenken. ‚Kein Problem, Ing!', meinte er. - Er hat ein einziges Mal versucht, mich Ignaz zu nennen und es dann fortan gelassen. Und dann erzählte er mir von einem Fall in Louisiana.

Dort lebte ein Ehepaar mit zwei kleinen Töchtern. Obwohl sie gut gestellt waren, hing der Haussegen schief gestellt. Ob Geld oder Eifersucht eine Rolle spielte, hat niemand je erfahren. Eines Abends, die Kinder waren bereits auf ihrem Zimmer, hatte die Frau wieder einmal mit Scheidung gedroht. Im Laufe dieser Auseinandersetzung erwürgte der Mann seine Frau. Danach vergrub er sie hinter dem Haus. Er hatte keine Ahnung, dass ihn jemand beobachtete.

Die jüngste Tochter war aufgewacht und ans Fenster gelaufen. Doch sie war viel zu klein, um irgendetwas zu verstehen. Erst Jahre später begriff sie, was sich damals im Garten abgespielt hatte. Und als die ältere Schwester, eine brillante Schwimmerin bei einem Badeunfall im Hause ihres Vaters ums Leben kam, erkannte die junge Frau, dass auch sie auf der Hut sein musste."

„Hat er auch sie umgebracht?", stöhnte Wilfried und trommelte mit Zeige- und Mittelfinger auf die Tischkante.

„Du kommst schon noch zu deiner Raucherpause", zwitscherte Beate und erntete einen giftigen Blick.

Die Standuhr in der Ecke schlug zur vollen Stunde. Hermann wartete, bis das Läutewerk verklungen war.

„Sie hatte viele Jahre in Angst gelebt, bis sie sich, bereits im Erwachsenenalter, an die Polizei wandte. Wenige Tage nach seiner Inhaftierung verstarb der Alte an den Folgen einer Hirnblutung."

Stefan hatte den Arm um Beates Schulter gelegt und spielte mit ihren Haaren. „Falls er nicht irgendwann vorhatte die ganze Familie umzubringen, hatte er wenigstens ein eindeutiges Motiv."

„Die Beseitigung unliebsamer Zeugen", murmelte Riemenschneider, pflanzte seine Handflächen auf die Tischplatte und erhob sich.

„Das könnte auch hier der Fall sein", ließ Franz den Rest der Tischgemeinschaft aufhorchen.

„Heiner", rief er dem Freund zu, ehe der in seiner Bewegung erstarren konnte. „Darf ich einen Blick in deine Notizen werfen?"

Er setzte seine Brille auf und warf einen Blick auf Riemenschneiders Liste.

„Gestreiftes Tuch, Schneeflocken, Spritze, Flasche." Der Gerichtsmediziner setzte die Brille wieder ab. „Ich habe Knechtges Bericht gelesen. Der gute Leo erwähnt ein leeres Glas und eine Schachtel Tabletten auf dem Nachttisch. Er hat möglicherweise nicht alles in Betracht gezogen."

Riemenschneider befeuchtete die Lippen und krauste die Barthaare. Ein dünnes Rinnsal Schweißperlen bahnte sich den Weg durch die Achselhöhlen.

Ohne ein Wort marschierte er zum Sideboard.

Jakobi verzog die Mundwinkel und beugte sich vor, ehe er die Blätter, die sein Freund Heiner fächerartig vor ihm ausgebreitet hatte, zusammenschob. „Genauso gut können die Zeichnungen in einem Zeitraum von fünfzehn Jahren entstanden sein."

„Da gebe ich dir recht", erwiderte Franz. „Egal, was der Junge an jenem Nachmittag mitbekommen hatte: Nun ist er tot."

Kapitel sechsundzwanzig

Stefan summte vor sich hin. Er setzte sein salbungsvollstes Lächeln auf und wartete geduldig, bis die ältere Dame mit ihrem roten Ritmo die ersten Meter zurückgelegt hatte, ehe er seinen Wagen in die Parktasche gleiten ließ.

„Da bin ich mal gespannt, was die gefunden haben", brummte Wilfried.

Ein beißender Geruch strömte ihnen entgegen, als sie die Etage betraten. Neben zwei Zimmern brannte eine Lampe. Hier befand sich Pflegepersonal bei der Arbeit. Der Schwesternsitz war verwaist. Eine grauhaarige Putzfrau stellte ihren Wagen gleich neben einem Sack mit Schmutzwäsche ab und bewegte im Anschluss zwei Nachtkonsolen quer über den Flur.

Die Tür des Lastenaufzugs öffnete sich. Eine Blondine in Schwesterntracht schob, zusammen mit einer indischen Ordensfrau, einen anscheinend frisch operierten Patienten auf die Station.

„Den Rest schaffen Sie ja allein", meinte die Examinierte, ehe sie an den Ermittlern vorbeikamen, und nickte Wilfried zu. Es war dieselbe Person, die an dem Tag, an dem Julian Rupp ums Leben gekommen war, ihren Dienst versehen hatte.

„Herr Nickel, nicht wahr?" Dann zeigte sie mit dem Kinn in Stefans Richtung.

„Das müssten Sie uns etwas näher erklären", meinte der blonde Oberkommissar, nachdem er sich vorgestellt hatte. „Der Tablettenbestand stimmte, und der Patient war bei der Einnahme nie allein."

Der Engel in Weiß führte die Beamten ins Schwesternzimmer.

„Als Julian bei uns eintraf, hatte er zu Abend gegessen und somit auch seine Tagesdosis intus. Das versicherten uns seine Angehörigen. Entschuldigen Sie, aber ich …" Da sie keine ablehnende Antwort erhielt, zog sie unter dem Stapel auf dem Schreibtisch eine Krankenakte hervor, die sie nach eingehender Prüfung zurück an ihren Platz legte.

„Ich hatte an jenem Tag Spätdienst." Ihre Gesichtszüge versteinerten sich. Sie atmete schroff.

„Er hat das Zeug nicht unter Aufsicht des Personals geschluckt?", kam Stefan ihr zuvor.

„Ein Kollege, der bis gestern Urlaub hatte, war wohl so beschäftigt, dass er froh war, dass kurz vor Beendigung der Mahlzeiten immer ein Familienmitglied anwesend war."

„Morgens war der Bruder da und mittags der Vater?"

„Genau!" Sie ballte die linke Hand und legte die rechte darüber.

Im Zimmer des frisch Operierten schellte jemand Alarm.

Die Frau betätigte die Gegensprechanlage und vernahm zu ihrer Beruhigung lediglich ein: „Herr Müller, nix klingeln, wenn Schwester in Zimmer!"

„Aber das ist sicher nicht der alleinige Grund, weshalb Sie uns sprechen wollten." Wilfrieds Augenbrauen huschten unmerklich in die Höhe. „Das hätte man tolerieren können."

„Gestern war Frühjahrsputz angesagt. Dann wird all das erledigt, wozu man normalerweise nicht kommt. Zudem fing die Neonleuchte an dem Platz, an dem Julian Rupps Bett gestanden hatte an, zu flimmern. Beim Abmontieren entdeckte der Elektriker diese Pillen."

„Und wer könnte Ihrer Meinung nach die Dinger ausgetauscht haben?"

Die Betroffenheit in ihrem Gesicht war unübersehbar.

„Der Stationsarzt springt ständig hier rum." Die Schneidezähne drückten sich in ihre Unterlippe. „Und der alte Doktor hat sich von jedem von uns persönlich verabschiedet, ehe er nach Saarbrücken fuhr. Selbstverständlich war er auch im Schwesternzimmer, genau wie unser Doc eine Stunde danach."

„Ich beneide Peter und Ignaz nicht!", seufzte Wilfried und pflanzte sich nach einen kurzen Sprint auf den Beifahrersitz. „Den Leuten von der Pressestelle ein paar mundgerechte Häppchen weiterzugeben, dürfte in diesem Fall allerdings nicht allzu schwer sein."

Stefan fischte einen Kaugummi aus seiner Brusttasche.

„Klar!" Er entfernte das Stanniol, ließ den Inhalt zwischen den Zähnen verschwinden und startete den Motor. „Noch gibt es ja nicht allzu viel zu berichten. Das Zusammentreffen mit Staatsanwalt Krämer wird weniger entspannt ablaufen."

Matthias Rupps Garagentor war verschlossen. Auf ihr Läuten hin regte sich nichts. Nur Kater Caruso hockte wie ein Pascha hinter der Fensterscheibe.

„Was nun?", murrte Stefan.

„Ungerecht, wenn der Schatz einen freien Tag hat, wo unsereins malochen muss. Ich meine, Beate hätte dir zuliebe ja auf einen Tag Zusatzurlaub verzichten können. Sie hat sich doch ehe erst letzte Woche daran erinnert", griente Wilfried und stieß den Kollegen von der Seite an.

Ehe der Freund etwas erwidern konnte, fügte er ein „Hoffen wir, dass sich der Alte nicht auch aus dem Staub gemacht hat" hinzu.

Mit einem eleganten Schlenker manövrierte Stefan den Wagen in die gewünschte Fahrtrichtung.

Auf der Durchgangsstraße herrschte das übliche Verkehrsaufkommen. Der Betreiber des Kinos fegte den Rinnstein, und Stefan gelang es gerade noch auszuweichen, ohne einen entgegenkommenden Pkw zu gefährden.

Wilfried verzog den rechten Mundwinkel und schielte zu Stefan hinüber.

Kaum, dass sie das Gartentörchen hinter sich geschlossen hatten, verließ Franziska Bäumer mit Colliedame Luise an der Leine das Haus.

Sie atmete schwer.

„Gehen Sie ruhig rein", begrüßte sie die Beamten mit tonloser Stimme, noch ehe sie ihre Ausweise zücken konnten und presste die Lippen aufeinander.

„Falls du dir eingebildet hast, ich zahle die Rechnung für deine schönen Stunden, hast du dich geirrt", hörten sie Matthias Rupps Stimme, kaum dass sie das Haus betreten hatten.

Rupp senior, in grauem Freizeitdress, saß breitbeinig auf dem vorderen Drittel der Ledercouch. Mit halb offenen Lidern stierte er zu seinem Sohn hinüber. Dessen Augen sprühten vor Zorn, während sich seine Fingernägel in die Armlehnen gruben.

„Ach, sind wir plötzlich zu den Chorknaben übergesiedelt?", lächelte der Alte süffisant.

„Darüber können wir uns ein andermal Gedanken machen", beschied Wilfried.

Die Köpfe der beiden Männer fuhren herum.

Keiner von ihnen hatte das Eintreten der Ermittler bemerkt.

„Wie ...?", bellte der Hausherr, dessen Schenkel augenblicklich zusammenschnellten. Doch weiter kam er nicht.

„Frau Bäumer war so freundlich." Wilfried stemmte die linke Hand auf den Beckenkamm und beschrieb einen Bogen, ehe er einen Schritt von Rupp entfernt stoppte.

Martin Rupp legte den Kopf in den Nacken und verzog das Gesicht.

„Es gibt da ein paar Dinge, über die wir uns gern mit Ihnen unterhalten hätten", ergriff Stefan das Wort. „Wie war das nochmal mit der Anordnung der Räume im ersten Stock. Welches Zimmer grenzte an das Ihre?"

„Julians Zimmer", erwiderte Martin Rupp.

„Für die letzten Monate mag das ja zutreffen. Davor war Celine dort untergebracht."

„Das stimmt", schaltete Matthias Rupp sich ein.

Er schaute zu seinem Vater hinüber, der ihn keines Blickes würdigte.

„Und dass Celine schwanger war, ist wohl auch allseits bekannt?"

„Schwanger? - Das glaube ich nicht!", rief der Chirurg und ließ die Schultern sinken. Die Überraschung stand ihm ins Gesicht geschrieben.

Sein Vater schnaubte.

„Du hast recht gehört", erklärte Wilfried und vergrub den linken Zeigefinger im Hosenbund. „Aber das hat deinem Vater missfallen. Man stelle sich vor: ein schwangeres Hausmädchen. Irgendwann wäre es herausgekommen. Und was für ein Gerede im Dorf entstehen kann, wissen wir alle zur Genüge. Besser man handelt."

„Wie meinst du das?", erregte sich Matthias Rupp.

„Dann überleg mal scharf."

„Lassen Sie das!", zischte sein alter Herr.

„Er hat sie zu einer Engelmacherin geschickt", fuhr Wilfried fort. „Aber, wenn wir der Version der guten Frau Glauben schenken dürfen, hat Celine im letzten Moment gekniffen."

Mit aufgeblähten Nasenflügeln schoss Martin Rupp in die Höhe und räusperte sich.

„Du siehst, dein Vater weiß genau, wovon ich rede. Deshalb versieht die gute Frau Bäumer seit mehr als fünfzehn Jahren ihren Haushalt", kam Wilfried Nickel ihm zuvor.

„Sag, dass das nicht stimmt", krächzte Matthias Rupp. „Franziska ist doch nicht etwa ...?"

Wilfried Nickel vollzog eine wedelnde Handbewegung.

„War", korrigierte er seinen Altersgenossen. „Ganz recht, sie war Tante Siska. Als sie damals Arbeit suchte, hat dein Vater sie eingestellt, weil er sicher sein wollte, dass sie den Mund hält. Aber das hätte sie sowieso getan. Sie hat keine Ahnung, wer diesem verhuschten Menschenkind, dessen Namen sie nicht kannte, einen Zettel mit ihrer Adresse in die Hand gedrückt hatte."

„Die Leute zerrissen sich bereits die Mäuler über meine Frau. Und dann wurde dieses dumme Mädchen schwanger", krächzte der Internist. „Mein Herr Sohn hing ja ständig mit ihr rum."

Für einen Moment erstarb das Gespräch. Draußen kroch eine Blechlawine, angeführt von einem Bagger, stadtauswärts.

„Ständig? Okay, ich war in ihrem Zimmer und sie in meinem", räumte Matthias Rupp ein und beugte sich vor. „Wir haben geredet. Aber im Gegensatz zu dir habe ich immer die Zimmertür benutzt." Er schaute zu Wilfried hinüber, dann zu seinem Erzeuger. „Du kannst davon ausgehen, dass Riemenschneider die Tapetentür entdeckt hat." Sein Blick wanderte zwischen Wilfried und Stefan hin und her. „Die Tür hatte er durch einen Spiegel getarnt. Diesen Durchgang hat er besonders gern benutzt. Spitz wie Nachbars Lumpi, war er und vom ersten Tag an hinter ihr her."

Die Augenbrauen des Internisten bewegten sich aufeinander zu.

„Falls du es vergessen hast. Sie war vielleicht ein Jahr im Haus", fuhr Rupp junior fort, „als sie deinetwegen gestürzt ist und sich den Arm gebrochen hat."

Peng! – Wilfried hallte Franz' Aussage förmlich in den Ohren. Es war fast wie ein körperlicher Schmerz. Von unversehrten Knochen war die Rede gewesen.

Er blickte zu Stefan hinüber. Auch er schien plötzlich hellwach.

Der Gong im Hausflur ertönte.

„Bleib ruhig sitzen, Heiner!", meinte Beate und setzte das Bügeleisen zum Abkühlen auf die Fensterbank.

Die Frau auf der unteren Treppenstufe maß ungefähr eins sechzig und war schlank. Sie trug einen rosafarbenen Pulli über der rostbraunen Stoffhose.

„Entschuldigen Sie", versuchte sie, ihre Anwesenheit zu erklären. „Mein Name ist Monninger. Ich mache mit meiner Familie hier ein paar Tage Urlaub, und ich wollte die Gelegenheit nutzen und mir das Dorf ansehen."

Beate nickte. Ihr Gegenüber hob den Kopf. Beate stockte der Atem. Sie sprang ihr förmlich ins Auge: eine schmale, sichelförmige Narbe am Kinn. Nur mit Mühe widerstand die rothaarige Frau dem Reflex, die Hand auf die Lippen zu pressen.

„Diese Wiese mit den Bäumen ist sehr nett." Die Besucherin schüttelte den Kopf und entschuldigte sich. Obwohl sie ein ans Schwäbische angelehnte Hochdeutsch sprach, konnte sie ihre moselfränkische Herkunft nicht verleugnen.

„Vor siebzehn Jahren …. Ach, um Himmels willen! Vielleicht ist es besser, ich gehe wieder."

Beate hatte ihre Fassung wieder erlangt.

„Sie heißen Celine, nicht wahr?", lächelte sie und umfasste den rechten Oberarm der Totgeglaubten mit beiden Händen. „Bitte, Frau Monninger, kommen Sie mit rein."

„Wenigstens die Küche ist an ihrem alten Platz geblieben", registrierte Celine Monninger erfreut, während sie sich auf dem Stuhl gleich neben der Tür niederließ.

Riemenschneider, der den Raum durch das Esszimmer betrat, verharrte einen Augenblick im Türrahmen.

Die Entspanntheit wich aus Celines Gesicht.

„Ihre Haare waren damals kurz", erinnerte sie sich. „Sie sind der rothaarige Polizist, der mit seiner Familie über der Schreinerei gewohnt hat."

„Ganz recht!"

Der ehemalige Staatsdiener schielte zu seiner Tochter hinüber, die auf allgemeinen Wunsch hin die Kaffeemaschine in Gang setzte.

„Wo soll ich anfangen?", begann er und dankte seinem Schöpfer, der wieder einmal die Dinge zu seiner Zufriedenheit zu fügen schien. „Vielleicht können Sie mir die eine oder andere Frage beantworten. Aber davor muss ich Ihnen Folgendes erzählen."

Er ließ ihr Zeit.

Es vergingen einige Minuten, bis Celine Monninger sich gefasst hatte.

„Ich kann das nicht glauben. Der arme Junge, die gute Marga", schniefte sie und schnäuzte sich ein letztes Mal in ihr durchtränktes Taschentuch.

„Da hält einen die Welt für tot, und man selbst hat keine Ahnung." Sie hob den Blick von ihrer Kaffeetasse. „Sie müssen wissen, mein Mann ist Kunsthistoriker. Wir wohnen in der Nähe von Stuttgart und haben nur einen sehr kleinen Bekanntenkreis."

„Haben sie Kinder?", ließ Beate in das Gespräch einfließen.

„Eine Tochter, Jacqueline. Sie ist zwölf."

„Und was ist aus ihrem ersten Kind geworden?", ergriff Riemenschneider erneut das Wort. Er fischte ein Waffelröllchen aus der Gebäckschale, die Beate auf den Tisch gestellt hatte, und legte es neben seine Tasse.

Noch während ihn Celine verblüfft anstarrte, fügte er hinzu: „Wir wissen, dass sie schwanger waren. Sagen Sie uns bitte: Wer hatte sie zu dieser Frau geschickt?"

„Das war Martin Rupp. Dieser schreckliche Mensch hatte mich gezwungen, den Bus zu nehmen." Sie setzte sich kerzengerade. „Es wäre mir auch nichts anderes übrig geblieben, weil alle ausgeflogen waren. Marga und Julian waren zur Kur, Matthias in Mainz und der Alte auf irgendeinem Kongress.

An jenem Tag goss es wie aus Kübeln. Trotz Regenschirm war ich pitschnass, als ich bei dieser Frau klingelte. Plötzlich wurde mir bewusst, was dort geschehen sollte. Auf einmal kriegte ich Schmerzen. Irgendwie gelang es mir, auf dem Absatz kehrt zu machen. Mehr schlecht als recht quälte ich mich die Straße entlang. Nach ungefähr achtzig Metern entdeckte ich eine Arztpraxis. Und dann ging alles ganz schnell."

Sie leerte die Tasse in einem Zug. Vor dem Fenster hechtete Josef wieder einmal hinter seinem Hund her.

Ein kurzes Lächeln stahl sich auf ihre Lippen.

„Wie ging es dann nach dem Krankenhaus weiter?", lenkte der Exkripomann ihre Aufmerksamkeit zurück in die gewünschten Bahnen.

„Zurück nach Kell wollte ich auf keinen Fall. Zunächst fuhr ich zu meiner Mutter und von da aus nach Frankreich."

Beates Augen weiteten sich. „Was ist aus Ihren Kleidern und den anderen Sachen geworden?"

„Die hat Marga aus dem Haus geschmuggelt. Nach der Fehlgeburt hatte ich ihr geschrieben."

„Ins Sanatorium?"

„Ja. Mit dem Geld, das als Honorar für die Engelmacherin gedacht war, hatte ich mich mit dem Nötigsten eingedeckt. Und ein bisschen was war noch bei meiner Mutter."

Beate schenkte nach.

„Das Kind war von Jean Fasbich. Habe ich recht?", führte ihr Vater die Befragung fort.

Die Frau fingerte ein neues Taschentuch hervor.

„Aber er weiß bis dato nichts davon", brummte Riemenschneider und zupfte an seinem Bärtchen.

„Ich kam nicht mehr dazu. Wahrscheinlich hätte er mir eh nicht geglaubt."

Das ist anzunehmen, dachte Riemenschneider und erinnerte sich an Fasbichs ungefilterten Wutanfall vom Vortag.

„Und wie verstanden Sie sich mit Matthias Rupp?"

„Der war in Ordnung. Na ja, er war ungefähr in meinem Alter."

„Hat er nie versucht ...?"

„Matthias stand auf blonde Mädchen und fühlte sich, im Vertrauen gesagt, zu Männern und Frauen in gleichem Maß hingezogen. Bei ihm konnte ich mein Herz ausschütten, wenn Jean launisch war, oder sein Vater mir nachgestellt hatte."

„Martin Rupp hat Sie nicht in Ruhe gelassen; selbst als er wusste, dass Sie ein Kind erwarteten."

Die Befragte nickte hastig.

„Zwischen seinem und meinem Zimmer gab es eine Verbindungstür. Sie befand sich hinter einem Spiegel."

Der Exkripomann schob seine Tasse beiseite und zwinkerte seiner Tochter zu.

„Wir, nein, ich meine der junge Kollege, der mit meiner Tochter zusammen ist, hat per Zufall diese Tür entdeckt", erklärte er und schielte zu Beate hinüber, die den Karton aus dem Wohnzimmer herbeischaffte.

„Dr. Martin Rupp hatte sie übertapeziert und von der anderen Seite her hinter einer Regalwand verschwinden lassen. Nach Ihrem Verschwinden hatte man Julian in Ihrem Zimmer einquartiert. Was die Anordnung der Räume anbelangte, hatte Rupp uns die Unwahrheit gesagt. Daher hatten wir angenommen, dass diese Tür Julians wegen eingebaut und später nicht mehr gebraucht worden war."

„Entschuldigung", machte Celine Monninger und bedeckte Mund und Nase mit den Händen. „Aber Julian mochte seinen Vater nicht, weil der oft nach Alkohol roch. Und Martin Rupp mit seinen ganzen Lastern in der Rolle als treu sorgender Vater: Da könnte man gleich den Bock zum Gärtner machen. Wenn ich in Urlaub war, hat der Kleine bei seiner Mutter geschlafen. Und so wird es nach meinem Weggang auch gewesen sein."

In den darauffolgenden Minuten überließ Riemenschneider Celine den Karton mit den Zeichnungen. Er registrierte, wie ab und an ein Lächeln über ihre Lippen huschte.

„Sehen Sie!", sagte sie, legte einen dünnen Stapel Blätter vor Riemenschneider hin und breitete sie fächerförmig auseinander. Sie zeigten ein paar Haushaltsgegenstände, Arzneifläschchen und ein gestreiftes Tuch.

„Diese Bilder hat er in den Anfängen gemalt, größtenteils in meinem Beisein. Dieser Lappen, zum Beispiel, war eines von Margas Gästehandtüchern. Alles andere muss in den späteren Jahren entstanden sein."

„Sie sagten eben, Marga hätte Ihre Sachen aus dem Haus geschmuggelt. Sie war wohl eine enge Vertraute?"

Die Frau nickte und fingerte eine Träne aus ihren Augenwinkeln.

Der ehemalige Staatsdiener holte die beiden Stenohefte hervor. „Jemand hatte sie unter die Schrankwand geschoben. Dadurch sollte die Standfestigkeit ausgeglichen werden, die durch den Teppichboden nicht gegeben war."

„Die gehörten Marga", rief sie, ohne zu überlegen. Sie schlug die erste Seite auf, blätterte alles von vorne bis hinten durch, ehe sie die Hefte erneut Riemenschneiders Obhut überließ.

„Sie wollte immer, dass ich Steno lerne. Aber alle ihre Versuche scheiterten kläglich. Daher sagte ich mir, dass ich mich damit begnügen müsse, die deutsche Sprache weitgehend fehlerfrei in Wort und Schrift zu beherrschen."

Sie stapelte ihr Gedeck und verzog den Mund, während die braunen Pupillen zum unteren Lidrand huschten.

„Wenn du Kurzschrift kannst, sagte sie immer, ‚brauchst du weniger zu befürchten, dass jemand anders in deinen Tagebüchern rumschnüffelt.'"

„Scheint fast so, als hätte Marga Rupp das mit den Tagebuchaufzeichnungen stellvertretend und in verschlüsselter Form für Sie getan", meinte Riemenschneider.

„Wie darf ich das verstehen?"

„Heidrun, die vor ihrer Hochzeit mit meinem Kollegen Wilfried mit Marianne zusammengearbeitet hatte, war so nett, den Inhalt dieser Hefte ins Reine zu übertragen." Er legte die Abschrift auf die Tischplatte. „Sehen Sie, auf den ersten Blick sieht es so aus, als habe die Person auf Korrektheit keinen Wert gelegt und sich nicht um die Rechtschreibfehler geschert. Erst hatte ich die fehlenden Buchstaben notiert." Sein kräftiger Zeigefinger bewegte sich am Rand entlang. „Und nach vielen Stunden gemeinsamen Knobelns ist das da herausgekommen.

Das Mädchen ließ den Ball zu Boden fallen. Es setzte sich auf die Bettkante. Abend für Abend wölbte sich der Vorhang. Der Hund tapste heran. Er legte seine kräftige Pfote auf ihr Knie. Dann beschnupperte er sie, leckte und hechelte. Sie ermahnte ihn. Schließlich zählte sie die Blumen auf der Tapete. Doch er ließ nicht von ihr ab, und das, obwohl sie längst das Kind eines Anderen in sich spürte."

Celine fröstelte. Sie rieb sich die Oberarme.

Riemenschneider bedankte sich für die Hilfe.

„Wohnt Marianne immer noch da drüben?", wandte sie sich an Beate, während sie die Eingangstreppe erreichten.

„Aber ja! Und das wird auch so bleiben. Seit ihrer Heirat lebt sie ganz und gar für ihre Familie. Sie ist Mutter von zwei großen Jungs." Die junge Frau lächelte. „Wenn Sie möchten, kann ich Sie gerne begleiten."

Kapitel siebenundzwanzig

Ignaz Hermann öffnete die Jalousie zum Flur ein Stück und schielte zu Jakobi hinüber, der bei der Kaffeemaschine stand und das Gebräu in der Glaskanne einer eingehenden Prüfung unterzog.

„Du auch eine Tasse, Ignaz? Der ist noch lauwarm."

„Ergebensten Dank!", lachte der. „Irre ich mich, oder war der Staatsanwalt heute Morgen verschnupft?"

„Der ist immer so drauf. Wenn ich alle Facetten, in denen ich ihn im Laufe der Jahre erleben durfte, miteinander vergleiche, versichere ich dir: Er war nahezu umgänglich, richtig nett."

„Aber ich gehe jede Wette ein, wenn wir nicht mit einer klitzekleinen Erfolgsaussicht aufgetrumpft hätten, hätte er unsere Arbeit als Fantastereien eines unausgelasteten Drückebergers abgetan."

Hermann verdrehte die Augen und pflanzte sich auf Wilfrieds Stuhl. Mit einem Seufzer schnappte er sich einen Bleistift und ließ ihn über die Schreibtischplatte tanzen.

„Schlimm genug, dass Heiner mitunter ein ähnliches Selbstbild von sich entwickelt", seufzte Jakobi.

„Dann sollte ihm wer die Ohren lang ziehen", brummelte Hermann und zuckte mit dem Schnurrbart, ehe er den Bleistift an seinen Platz zurücklegte. „Der Kerl ist nahezu genial. Ich bin überzeugt, dass an dem, was er sich zusammenreimt, eine Menge dran ist. Es ist hart, innerhalb von fünfzehn Monaten mit zwei Fällen konfrontiert zu werden, von denen man trotz Befangenheit nicht abgezogen werden kann."

Der Kriminalhauptkommissar nickte: „Hoffentlich hilft uns das, was Wilfried und Stefan erfahren, ein Stückchen weiter."

Es klopfte, und ein uniformierter Kollege schlurfte heran.

„Hallo Helmut", grüßte Jakobi, schlug das rechte Bein über das linke und schnürte seinen Schuh.

„Wenigstens du kannst dir die blöde Frage, ob ich immer noch da bin, verkneifen. Eigentlich hätte Lebrecht mich vor Stunden ablösen sollen, aber vergiss es!"

Der Polizist namens Helmut wischte sich über die rot umränderten Augen, gähnte und machte eine wegwerfende Handbewegung. Schließlich legte ein Schriftstück auf Jakobis Schreibtisch.

„Ich dachte, da ihr den Fall Julian Rupp untersucht, wäre das hier interessant."

Peter Jakobi faltete die Hände auf der Tischplatte und nickte: „Sei so nett und fass es für uns zusammen."

„Neulich hatten die vom Zoll einen Schwachkopf mit einer Kofferraumladung Zigaretten erwischt. Aber damit nicht genug. Vor einer Woche ist der Kerl wieder auffällig geworden. Diesmal hatte er versucht, verfallene Tabletten an den Mann zu bringen. Zu Protokoll hat er gegeben, die Dinger stammten aus Hermeskeil. Ach, lies einfach selbst!"

Jakobi verdrehte die Augen und kratzte sich am Hinterkopf.

„Stefan und Wilfried sind wieder einmal mit Stefans Privatwagen unterwegs. Hat die jemand gesehen, seit sie das Krankenhaus verlassen haben?"

Der Uniformierte nickte.

Die Zufriedenheit stand dem Hauptkommissar förmlich ins Gesicht geschrieben, während er zum Hörer griff.

„Ich denke, wir kommen am ehesten weiter, wenn wir aufhören, um den heißen Brei herumzureden", preschte Wilfried vor und schob seine Rechte in die Brusttasche.

Matthias Rupp rang nach Luft. Sein Vater, dessen Züge an eine Gestalt aus Madame Tussands Wachsfigurenkabinett erinnerten, starrte an Stefan vorbei, in die Zimmerecke.

Noch während Wilfried Nickels Finger zwischen Zigarettenschachtel und Feuerzeug nach unten glitten, schrillte das Telefon.

„Ist hier", hörte er Matthias Rupp sagen, ehe der die Tür zur Diele aufriss und ihn herbeizitierte.

„Peter, was gibt's? ... Daran dachten wir auch. Umso besser!" Um seine braunen Knopfaugen bildeten sich zwei winzige Fältchen. Nur mühsam konnte er sich ein Kichern verkneifen. „Dann hat uns die trübe Tasse, ohne es zu ahnen, einen Bärendienst erwiesen."

Seine Finger wanderten ein zweites Mal in seine Brusttasche. Ein kurzes Lächeln stahl sich auf seine Lippen. Schließlich kehrte er ins Wohnzimmer zurück.

Stefan hatte eine bequemere Stellung eingenommen und sein Körpergewicht auf den rechten Fuß verlagert.

„Celine hatte sich Ihretwegen den Arm gebrochen", kehrte der blonde Beamte zurück zum Thema. Sein Blick wanderte zwischen Sohn und Vater hin und her. „Dann möchte ich fragen …"

Intuitiv schielte er an Wilfried vorbei, dessen Unterlippe sich um einen Millimeter nach oben verschob.

Manchmal lassen sich Erfolge eher erzielen, wenn man drauflos fragt und dann das Thema wechselt, schoss es ihm durchs Hirn. Aber es ging nichts über einen Überraschungseffekt.

Okay, dachte Stefan und spreizte Mittel- und Zeigefinger. Wilfried, du bist an der Reihe!

„Das ist das Antiepileptikum meines Sohnes", brummte Martin Rupp ohne Anzeichen einer emotionalen Regung.

„Was wollt ihr uns da unterschieben?", herrschte sein Sohn den Ermittler an. „Sind wir schon soweit, dass …"

„Eine Putzfrau hat sie beim Großreinemachen im Patientenzimmer von Julian entdeckt", erklärte Wilfried.

„Na und", brach Martin Rupp in schallendes Gelächter aus und schlug sich auf die Oberschenkel. „Herr Nickel, woher wollen Sie wissen, dass die nicht schon seit einer Ewigkeit dort gelegen haben?"

Wilfried nickte. „Der Punkt geht an Sie. Vielmehr er ginge an Sie. Aber ich habe mir sagen lassen, dass viele Medikamente nach Überschreitung des Verfallsdatums irgendwann ihr Aussehen ändern. Also bei diesen hier kann nach Aussage der Stationsschwester davon keine Rede sein."

Er machte eine Pause, nahm die Stimmung im Raum in sich auf.

„Und ferner ginge er an Sie, wenn ich auf Teufel komm raus bluffen würde. Aber dem ist nicht so."

Der Oberkommissar verzog die Mundwinkel. Sein Blick traf Matthias Rupp, der zusammenzuckte. Dann drehte er den Kopf. Martin Rupps Miene schien eingefroren.

„Zu dumm, dass der junge Mann, dem Sie die Pillen überlassen hatten, erwischt wurde, als er sie auf dem Trierer Hauptbahnhof zu Geld machen wollte."

Wieder legte er eine Pause ein.

„Du Schwein hast deinen eigenen Sohn umgebracht!", stammelte Matthias Rupp, ehe seine Stimme sich überschlug.

„Mörder!", brüllte er und sprang mit wutverzerrtem Gesicht aus seinem Sessel.

„Machen Sie sich nicht unglücklich", riet Stefan, packte ihn bei den Schultern und beförderte ihn auf seinen angestammten Platz zurück.

Der Chirurg stemmte die Hände auf die Sessellehnen.

„Julian hat keiner Menschenseele was getan", schrie er, während Tränen sich über seinem unteren Lidrand sammelten. „Er war traumatisiert, seiner Sprache beraubt. Und ich bin überzeugt, dass da noch einiges an Potenzial im Verborgenen schlummerte. Das alleine ist wohl kein Verbrechen."

Sein Vater schnaufte verächtlich.

„Schwachsinn!", echauffierte er sich. „Nur weil er dich hin und wieder Matti genannt hat, musstest du gleich einen Therapieplatz für ihn suchen!"

„Woher …?

„Ich hatte ihn an seinem Geburtstag überraschen wollen. Er schlief. Also hatte ich mich angeschlichen und meine Hand auf seine Schulter gelegt. Im ersten Moment hat er mich für dich gehalten. Der Pfleger hat mir dann von dem Therapieplatz erzählt."

„Mein Bruder war es wert, nichts unversucht zu lassen", erklärte Matthias Rupp mit Entschiedenheit.

„Papperlapapp!"

„Eine Chance bestand, wenn auch minimal!", widersprach der Chirurg.

„Du sagt es, Matthias: minimal!"

„Und genau das hat Sie in Angst und Schrecken versetzt", schritt Wilfried ein.

Rupps Gesicht verzog sich zu einer Fratze.

„Ihnen ging der Arsch auf Grundeis!", knurrte Wilfried.

„Was erlauben Sie sich?"

Der Gelbstich wich aus Martin Rupps Gesicht. Der Mann bäumte sich auf.

„Sie haben die Pillen ausgetauscht. Dabei hat der Todeszeitpunkt eine untergeordnete Rolle gespielt. Hauptsache, es passierte, bevor er in der Lage war zu reden. Dass es so flott gehen würde, damit hatten selbst Sie nicht gerechnet. Herr Dr. Rupp, weshalb musste Julian sterben?"

Matthias Rupp rutschte auf die Sesselkante. „Dafür braucht man wohl kein Hellseher zu sein!"

Er drehte die Füße nach außen, während sich seine Fingernägel in das weiche Leder gruben.

Wilfried nickte erneut. „Es ging Ihnen darum, einen lästigen Zeugen zu beseitigen. Sie können gerne warten und einen Anwalt hinzuziehen, aber besser wäre, sie legten ein Geständnis ab."

„Ja!" schrie Rupp und rang nach Luft. „Damit Sie Ruhe geben! " Er faltete die Hände in seinem Schoß. „Ich habe nichts mehr zu verlieren."

„Warum?", wimmerte sein Sohn.

„Meine Frau hatte mich in der Hand. Das Geld, das ich mit der Praxis verdiente, war am Monatsende weg."

„Dein Alkoholproblem, deine Spielsucht, deine Weiber?"

„Mit der tauben Nuss, die sich die meiste Zeit bis zur Nasenspitze unter der Bettdecke verkrochen hatte, war ja wohl nicht mehr viel anzufangen. Und an jenem Tag hatte sie mir bereits nach dem Frühstück Vorhaltungen gemacht, sagte, sie wolle zu ihrer Mutter ziehen und die Scheidung beantragen. Julian wollte sie mitnehmen. Einer der Patienten hatte Primeln vorbei gebracht. Die Reaktion war nicht allzu heftig. Aber das Mittel, auf das sie in diesen Fällen schwor, machte sie jedes Mal müde."

„Sie wachte nicht mehr auf?", versuchte Stefan, Rupps Ausführungen zu straffen.

Der Mediziner bewegte lautlos seine Lippen.

„Wie haben Sie's getan? – Betäubt und angezündet?"

„Erst wollte ich eines der Gästehandtücher mit Äther tränken, entschied mich aber letztendlich für Alkohol und eine Spritze."

„Wie hast du sie umgebracht, mit Insulin oder Kaliumchlorit? Zeit hattest du ja reichlich. Du warst über Stunden …"

Nur mit Mühe konnte Stefan Matthias Rupp an seinen Platz zurückdrängen.

„Nachdem ihr Herz aufgehört hatte zu schlagen", ignorierte der Senior die Frage seines Sohnes, „besprengte ich ihren Oberkörper und das Kopfkissen mit etwas Alkohol. Danach zündete ich mir eine Zigarette an und ließ sie auf ihr Nachthemd fallen. Im selben Moment kam Julian aus einer Ecke hervor. Er sah das Feuer und fing an zu schreien."

„Mann, wird mir übel" Wilfried betrachtete Rupp von allen Seiten, als wollte er nach zwei verdeckten Hörnern Ausschau halten. „Aber Sie wussten nicht, dass Matthias im Haus war. Als er zur Tür hereinstürzte und Julian in Sicherheit brachte, blieb Ihnen keine andere Wahl, als den Brand zu löschen."

„Was hatten Sie denn ursprünglich vor?", kochte nun auch Stefan vor Wut. „Wollten Sie das Zimmer abschließen und ausharren, bis die Feuerwehr Sie vom Dach holt?"

Martin Rupp fuchtelte mit seinen Händen umher. „Nicht auszudenken, was aus mir geworden wäre, wenn sie mich verlassen hätte."

„Fein für Sie, dass Knechtges als Arzt vor Ort war, sonst hätte es die Geschichte über den tragischen Unfalltod nie gegeben." Stefan setzte sich auf den Couchtisch. „Aber zurück zu Ihrer Frage! Da war dieser Gedanke, der in Ihrem Kopf herumspukte. Ihre Frau hätte möglicherweise zur Polizei gehen können, weil sie von ihrem Schlafzimmer aus ein grausiges Schauspiel beobachtet hatte."

„Du warst es", schrie Matthias Rupp, „nicht dieses Makrelengesicht Fasbich! Celine war schwanger. War das Kind von dir? Ist sie an den Folgen ihrer Abtreibung gestorben oder hast du sie umgebracht?"

„Stopp!", bremste Wilfried seinen Altersgenossen. „Das einzige Mal, bei dem dein Vater die Wahrheit gesagt hat, war, als er eine Aussage über ihr Verschwinden abgeben sollte."

Matthias Rupps Augen verengten sich zu zwei Schlitzen. Er wich ein Stück zurück. „Könntest du dich vielleicht präziser ausdrücken?"

„Wen immer dein Vater hinter eurem Haus vergraben hat: Es war mit Sicherheit nicht Celine Kramer. Die Knochen waren unversehrt und wiesen auch keine alten Frakturen auf."

Wilfried drehte den Kopf zu dem Internisten hin.

„Ich habe keine Ahnung, wer sie war. Im Oktober 64 hatte Matthias eine Party gegeben. Celine war für ein paar Tage zu ihrer Mutter gefahren. Kurz vor Mitternacht, nachdem mein Sohn mit der ganzen Bande das Haus verlassen hatte, hörte ich Geräusche im Sprechzimmer. Das kleine Luder schien einiges intus zu haben und hatte es sich auf der Untersuchungsliege bequem gemacht. Sie hatte ein Kettchen in der Hand, dass ich Celine schenken wollte. Ich griff danach. Es kam zu einer verhängnisvollen Rangelei. Urplötzlich fing sie an zu schreien. So, als hätte ich versucht, sie zu vergewaltigen. Da lag dieses Kissen, und …"

„Können Sie sie wenigstens beschreiben?", meldete sich Stefan zu Wort und erhob sich.

„Schmales Ding, circa eins siebzig groß, mit etwas platter Nase und einem blonden Krausschopf, der von seiner Form her gewisse Ähnlichkeiten mit einem Atompilz hatte."

„Die Begleitung!" rief Matthias Rupp.
„Wie bitte?"
„Eines der Mädchen hatte sie mitgebracht. Sie wollte am darauf folgenden Tag nach Idar-Oberstein. Wenn ich mich recht erinnere, hieß sie Rike, irgendwas mit ki am Ende."
„Wilinski", korrigierte ihn Wilfried. „Sie hieß Frederike Wilinski."
Der Chirurg nickte. „Kann sein."
„Wie ging es weiter? Sie trugen das Mädchen in den Keller und dann?", wurde Stefan ungeduldig, während Wilfried die Betroffenheit ins Gesicht geschrieben stand.
Charlie, sein alte Schachpartner, war an dem Verlust seiner Rike zerbrochen. Und nun war die Reihe an ihm, diesem armen Tropf die Todesnachricht zu überbringen.
„Eine Grube brauchte ich nicht auszuheben. Damals wollte ich auf dem Rasen einen Teich anlegen. Die Erde musste nur an ihren Platz zurück. Nach wenigen Wochen war Gras über die Sache gewachsen."

Riemenschneider begleitete Celine Monninger, nachdem sie auch Jakobi Rede und Antwort gestanden hatte, ein letztes Mal zur Tür.
Verblüfft registrierte er, wie Beate ihm im Vorbeigehen in seine Hosentasche langte und dann wenig später seinen heiß geliebten Benz auf der gegenüberliegenden Straßenseite parkte und die Beifahrertür öffnete.
„Hat sie dich endlich überrumpelt?", lachte Jakobi. „Nun hab dich nicht so! Deinem Schmuckstück wird schon nichts passieren."
Riemenschneiders Mundwinkel drifteten nach außen. Doch sein Unmut verflog, sobald er das erste nagelnde Geräusch vernahm.
„Die arme Frau", meinte Beate, während der Wagenschlüssel erneut den Besitzer wechselte. „Vermutlich hat ihr irgendein Therapeut zu diesem Schritt geraten. Und dann erlebt sie hier so was."
Sie schielte zu ihrem Vater hinüber. „Schon was von Will und Stefan gehört?"
„Und ob", lächelte Peter Jakobi und zückte sein Notizbuch.
„Am besten kneifst du mich mal", brummelte der ehemalige Staatsdiener, nachdem der Schulfreund seine Ausführungen beendet hatte. Dann beförderte er seine eigenen Aufzeichnungen auf die Spülmaschine, räumte den Rest zusammen und verschloss den Karton mit einem Klebeband.
„Bist du noch im Dienst?"

„Für heute ist Feierabend."

Riemenschneider holte zwei Bierflaschen aus dem Kühlschrank.

„Die ganze Geschichte ähnelt diesem Fall aus Amerika, von dem dieser Archie unseren Freund Ignaz erzählt hat."

„Du meinst wohl eher, dem, was du dir zusammengereimt hattest", lachte Jakobi. „Aber keiner von uns hätte gedacht, dass Celine am Leben sein könnte."

„Der Fall wird dir hie und da ganz schön an die Nieren gegangen sein", durchkreuzte er Riemenschneiders Gedankengänge.

„Nicht nur das. Er hat mich bis in meine Träume verfolgt."

Peter Jakobi griente verschmitzt. Dann wurde er ernst.

„Ich will sie dir nicht alle auftischen." Riemenschneider brach in Gelächter aus. „Aber der erste war so bescheuert, aber auch so heftig, dass ich mich hinterher auf dem Bettvorleger wiedergefunden hatte. Dabei fing es so harmlos an. Ich fuhr in einem grünen Käfer auf der L 146. Im Radio wurde ein Konzert übertragen. Der Empfang war saumäßig. Genervt steuerte ich den Parkplatz ‚Drei Mörder' an und verließ den Wagen."

Abschließend möchte mich bei Michael, Jutta und Hans-Peter für ihre tatkräftige Unterstützung und ehrliche Kritik bedanken.

Danke auch Ihnen, liebe Leserin, lieber Leser!

Ich hoffe, Ihnen hat dieses Buch gefallen.